h 指数与 h 型指数研究

Studies on the h-index and h-type indices

叶 鹰 唐健辉 赵 星等 著

科学出版社

北 京

内 容 简 介

本书是研究 h 指数和 h 型指数的一部专著。在阐明 h 指数和 h 型指数来龙去脉的基础上，对 h 指数和 h 型指数的理论机理、实证研究和应用研究进行了系统探索。这是在国家自然科学基金项目"h-指数与类 h-指数的机理分析与实证研究"（批准号：70773101）资助下独立研究并结合国内外进展创作的国内有关 h 指数和 h 型指数研究的第一部专著。

本书可作为科研管理与评价、科技政策、科学计量学、信息计量学、文献计量学、图书情报与档案管理等相关领域研究者和工作者的业务参考用书，也可作为信息资源管理、信息管理与信息系统、科学学与科技管理、图书馆学、情报学与文献学等相关专业的本科生和研究生的专题教材。

图书在版编目(CIP)数据

h 指数与 h 型指数研究 / 叶鹰，唐健辉，赵星等著 .—北京：科学出版社，2011

ISBN 978-7-03-030263-2

Ⅰ. h···　Ⅱ. ①叶···②唐···③赵···　Ⅲ. 计量-管理-研究　Ⅳ. TB9

中国版本图书馆 CIP 数据核字（2011）第 021783 号

责任编辑：李　敏　赵　鹏／责任校对：何艳萍
责任印制：钱玉芬／封面设计：耕者设计

科 学 出 版 社 出版
北京东黄城根北街 16 号
邮政编码：100717
http://www.sciencep.com

源海印刷有限责任公司 印刷
科学出版社发行　各地新华书店经销

*

2011 年 3 月第 一 版　　开本：B5（720×1000）
2011 年 3 月第一次印刷　　印张：13 1/2
印数：1—2 000　　　　　　字数：263 000

定价：**58.00 元**
（如有印装质量问题，我社负责调换）

目　　录

第一篇　发 展 概 况

第二篇　理 论 机 理

第三篇　实 证 研 究

第四篇　相　关　研　究

第五篇　延　伸　研　究

引　言

2005 年美国物理学家 J. E. Hirsch 引进的 h 指数,以简单稳健的特点引起学术界的广泛关注,很快成为学术评价新指标和信息计量学研究热点。

学术界之所以对 h 指数如此感兴趣,除了 h 指数是平衡产出(output)与影响(impact)的简洁测度外,在很大程度上还因为该简单参数蕴涵了丰富的信息计量学研究信息,可供信息计量学深入研讨和借鉴发挥,激发了信息计量学的研究活力,进而使研究向更多方向延展。

本专著是在第一作者作为负责人的国家自然科学基金项目"h-指数与类 h-指数的机理分析与实证研究"(批准号:70773101,2008.1~2010.12)资助下产生的研究成果,项目执行期间课题组成员发表国际同行评议论文多篇、发表国内核心期刊论文两组,主要有:

Ye F Y. A unification of three models for the h-index. Journal of the American Society for Information Science and Technology,2011,62(1):205-207

Ye F Y,Rousseau R. Probing the h-core:an investigation of the tail-core ratio for rank distributions. Scientometrics,2010,84(2):431-439

Ye F Y. An investigation on mathematical models of the h-index. Scientometrics,2009,81(2):493-498

Ye F Y,Rousseau R. The power law model and total career h-index sequences. Journal of Informetrics,2008,2(4):288-297

Rousseau R,Ye F Y. A proposal for a dynamic h-type index. Journal of the American Society for Information Science and Technology,2008,59(11):1853-1855

叶鹰. 一种学术排序新指数——f 指数探析. 情报学报,2009,28(1):142-149

叶鹰. 对数 f 指数及其评价学意义. 情报科学,2009,27(7):965-968

丁楠,潘有能,叶鹰. 基于 CSSCI 的文科学者 h 指数实证研究. 大学图书馆学报,2009,27(2):55-60

潘有能,丁楠,朱佳惠等. 基于 Web of Science 的理科学者 h 指数实证研究. 大学图书馆学报,2009,27(2):61-65,84

— 1 —

周英博，马景娣，叶鹰．国际基础科学核心期刊 h 指数实证研究．大学图书馆学报，2009，27(2)：66-70

程丽等．国际大学 h 指数与综合指标排名的比较研究．大学图书馆学报，2009，27(2)：71-75

次仁拉珍，乐思诗，叶鹰．世界百强企业 h 指数探析．大学图书馆学报，2009，27(2)：76-79

乐思诗，叶鹰．专利计量学的研究现状与发展态势．图书与情报，2009(6)：63-66，73

次仁拉珍，叶鹰．专利权人 h 指数研究．图书与情报，2009(6)：67-69，107

唐健辉，叶鹰．3G 通信技术之专利计量分析．图书与情报，2009(6)：70-73

乐思诗，唐健辉．汽车节能技术之专利计量分析．图书与情报，2009(6)：74-77

这些成果为本专著的写作奠定了坚实基础。

专著内容分为发展概况、理论机理、实证研究、相关研究、延伸研究共五篇 15 章，各章大多有研究论文基础，因而相对独立且参考文献自成体系，符合专著构造特点。

尽管 h 指数原产于作者论文按引用次数排序后的发文数与引文数的平衡点且原意作为评价和排序学者的测度，但在应用推广和理论研究中发现这一简单有趣的指数不仅可以推广应用于学术期刊、研究机构、专利权人，甚至国家，而且在理论上还能启发不少优雅的研究构思，因此获得学术界的青睐。不过，其片面单一的特性也遭到不少批评，有必要认识到高 h 指数不必然等于高学术水平和高知识创造。有鉴于此，兼顾 h 指数的优点和缺点，客观公正地研究并运用 h 指数和 h 型指数成为本专著的学术立场，论著内容由此展开。

第一篇 发展概况

  2005 年 11 月 15 日，一篇名为"An index to quantify an individual's scientific research output"的论文发表在美国科学院院报（PNAS）102 卷 46 期上（Hirsch，2005），署名 J. E. Hirsch，虽然该文 2005 年 8 月已经在 arXiv 上公开，但 PNAS 的正式发表强化了学术界的关注。*Nature* 评论员 P. Ball 在当年 *Nature* 第 436 卷 900 页上的一页评论（Ball，2005），正面肯定了 h 指数的效果，后来尽管也有不同意见（Lehmann et al.，2006），h 指数仍以其简单新颖引人关注，很快，h 指数研究的学术帷幕开启并成为学术热点。

第 1 章　h 指数及其变体

1.1　Hirsch h 指数

按照 Hirsch 的原始定义，一名科学家的 h 指数是指其发表的 N_p 篇论文中有 h 篇每篇至少被引 h 次、而其余 $N_p - h$ 篇论文每篇被引均小于或等于 h 次（A scientist has index h if h of his or her N_p papers have at least h citations each and the other $(N_p - h)$ papers have $\leqslant h$ citations each），也就是说：一位学者的 h 指数等于其至多发表了 h 篇每篇至少被引 h 次的论文，亦即一个学者的 h 指数表明其至多有 h 篇论文被引用了至少 h 次。Braun 等将原来针对学者的 h 指数概念用于期刊（Braun et al.，2005），提出一种期刊的 h 指数等于该期刊发表了至多 h 篇每篇至少被引 h 次的论文，或者说一种期刊的 h 指数表明该期刊所发表的全部论文中最多有 h 篇论文至少被引用了 h 次。一般地，可将一个学术信息源的 h 指数定义为该信息源至多有 h 篇每篇至少被引用了 h 次的学术发文数，这一概念可普遍适用于学者、期刊、机构（包括大学）、专利权人乃至国家。

h 指数的计算首先需要把论文按照被引次数从高到低排序，表 1.1 是对其形成机制的数据示意。

表 1.1　h 指数形成机制的数据示意

发表及被引数据			排序数据	
PY	P	C	TC	r
1996	1	2	32	1
1997	2	3+5	25	2
1998	3	4+6+8	20	3
1999	2	10+9	18	4
2000	3	32+16+25	17	5
2001	2	20+18	16	6
2002	1	15	15	7
2003	5	1+2+3+17+11	12	8

续表

发表及被引数据			排序数据	
PY	P	C	TC	r
2004	4	12+8+6+3	11	9
2005	3	9+7+5	10	10→h
2006	2	2+1	9	11
			9	12
			8	13
			8	14
			7	15
			6	16
			6	17
			5	18
			5	19
			4	20
			3	21
			3	22
			3	23
			2	24
			2	25
			2	26
			1	27
			1	28

注：PY＝publishing year；P＝papers；C＝citations from publishing to present；r＝order of paper；TC＝ total citations in decreasing order

设 r 是按被引次数降序排列的论文的序次，TC_r 是论文 r 的被引总数，则有以下序列：

$$r = (1, 2, \cdots, r, \cdots, z) \tag{1.1}$$

$$TC = (TC_1, TC_2, \cdots, TC_r, \cdots, TC_z); TC_1 \geqslant TC_2 \geqslant \cdots \geqslant TC_r \geqslant \cdots \geqslant TC_z \tag{1.2}$$

h 指数就是

$$h = \max\{r : r \leqslant \text{TC}\} \tag{1.3}$$

即把一位学者发表的论文按其被引次数（TC）从高到低排序（r）后，h 指数等于按被引次数从多到少排列的单篇论文总计被引次数（TC）大于等于 r 时对应的最大序数 r。

参照学者们的总结（Costas and Bordons，2007；Bornmann et al.，2007；叶鹰，2007；赵基明等，2008；Rousseau，2008；Alonso et al.，2009），h 指数的主要优点有以下几个方面：

（1）具有数学简单性（It is a mathematically simple index）；

（2）具有数值稳健性（It is a robust indicator）；

（3）结合了产出与影响（It incorporates both output and impact）；

（4）适用于各种层次（It can be applied to individual and aggregative levels）；

（5）数据容易获取（Data are easily obtained）。

缺点相应如下：

（1）具有数据源依赖性（It is dependent on database source）；

（2）缺乏敏感性（It lacks sensitivity to changes in performance）；

（3）只升不降会导致吃老本（It allows scientists to rest on their laurels）；

（4）会受自引影响（Self-citations etc. can positively influence its value）；

（5）很难收全决定 h 指数的完整数据（It is difficult to collect complete data for the determination of the h-index）。

尽管褒贬俱存，各种 h 指数变体、h 型指数仍层出不穷（Alonso et al.，2009；Egghe，2010；Cabrerizo，2010），择要综述如下。

1.2　h(2)指数与 h_f 指数

1.2.1　h(2)指数

由于在利用 ISI Web of Science 计算学者 h 指数过程中，存在英文姓名缩写相同或英文姓氏改变等原因导致学者文献数量与引文次数变化，造成 h 指数计算误差。Kosmulski（2006）通过增加高被引文献的权重，提出了 h(2) 指数，其定义是：一个科学家的 h(2) 指数是其发表论文中有前 $h(2)$ 篇高被引文献至少被引用 $[h(2)]^2$ 次的最大自然数（"A scientist's h(2)-index is defined as the highest natural number such that his $h(2)$ most cited papers received each at least $[h(2)]^2$ citations."）。

例如，h(2) 指数为 10，代表这位科学家至多发表了 10 篇至少被引用 100 次的论文。

h(2) 指数的计算过程与 h 指数相似，以表 1.1 数据为例转换为表 1.2。

表 1.2 学者 h(2) 指数计算过程示意

发表及被引数据			排序数据		
PY	P	C	TC	r	r^2
1996	1	2	32	1	1
1997	2	3+5	25	2	4
1998	3	4+6+8	20	3	9
1999	2	10+9	18	$4 \to h(2)$	$16 \to [h(2)]^2$
2000	3	32+16+25	17	5	25
2001	2	20+18	16	6	
2002	1	15	15	7	
2003	5	1+2+3+17+11	12	8	
2004	4	12+8+6+3	11	9	
2005	3	9+7+5	10	$10 \to h$	
2006	2	2+1	9	11	
			9	12	

由此可见，对于任何一位科学家而言，h(2) 指数将不高于其 h 指数数值 (Jin et al.，2007)。h(2) 指数的最大优点在于减少了误差问题，为利用 Web of Science 数据库计算 h(2) 指数数值减少了论文数据核对等耗时，尤其是计算 h 指数过程中辨析学者姓名的大量工作 (Bornmann et al.，2007)，为实证研究带来便利。

但是 h(2) 指数并未能解决 h 指数因不同学科与不同年龄、自引与互引等因素导致的不足和缺陷。

1.2.2 h_f 指数

用 h_f 指数泛指经过归一化处理的 h 指数 (Sidiropoulos et al.，2007；Iglesias and Percharroman，2007)，其目的是实现对不同学科主体进行直接比较。Sidiropoulos 等把归一化 h 指数记为 h^n 并定义为

$$h^n = \frac{h}{N_p} \tag{1.4}$$

其中 N_p 为 h 指数主体发文总数，这实际上是一种篇均 h 指数，而且标记符号容易混淆指数 n 次方。我们更倾向更一般的 h_f 指数定义 (周英博等，2009)：

$$h_f = \frac{h}{f_m} \tag{1.5}$$

其中 f_m 表示不同学科的篇均被引次数，相当于归一化因子。最简便 f_m 取值可用 ESI 十年累积篇均被引作为实际数据。表 1.3 是 1998～2008 年 ESI 中 22 个学科的具体数值。

表 1.3　ESI 平均引文率：f_m 取值

领域	1998	1999	2000	2001	2002	2003	2004	2005	2006	2007	2008	All Years
All Fields	17.74	17.11	16.38	15.08	13.56	11.62	9.74	7.33	4.69	2.35	0.46	9.91
Agricultural Sciences	11.21	11.12	11.10	9.97	8.99	8.05	6.61	4.81	3.12	1.43	0.25	6.20
Biology and Biochemistry	29.13	27.61	26.69	24.11	21.37	18.42	15.09	11.11	7.04	3.52	0.66	16.41
Chemistry	16.47	15.69	15.64	14.04	13.51	11.67	10.01	7.84	5.14	2.65	0.54	9.72
Clinical Medicine	20.62	20.05	19.21	17.92	16.42	14.42	12.14	9.32	5.95	2.91	0.52	11.99
Computer Science	7.20	6.36	5.84	6.02	5.98	3.81	2.66	1.99	1.06	0.80	0.15	3.15
Economics and Business	10.50	9.55	8.84	7.77	7.49	6.17	4.94	3.42	1.94	0.86	0.17	5.19
Engineering	6.75	6.66	6.45	6.15	5.48	4.81	4.18	3.06	1.92	1.00	0.18	3.93
Environment/Ecology	19.20	17.84	17.80	15.33	13.86	11.93	9.80	7.11	4.50	2.15	0.38	9.75
Geosciences	17.95	16.35	14.73	13.59	11.27	9.92	8.08	6.00	4.04	1.76	0.43	8.72
Immunology	36.18	33.00	32.95	30.70	26.96	23.33	20.08	15.00	9.87	5.10	0.93	20.92
Materials Science	9.60	9.41	9.57	8.92	7.93	7.40	6.13	4.61	3.07	1.50	0.27	5.72
Mathematics	5.86	5.79	5.18	4.52	4.27	3.61	2.99	2.27	1.44	0.69	0.15	3.07
Microbiology	28.23	26.44	24.67	22.55	20.00	17.32	14.62	11.59	7.04	3.42	0.65	15.04
Molecular Biology and Genetics	46.63	44.38	41.95	38.51	34.16	28.64	23.71	17.49	11.33	5.64	1.12	25.13
Multidisciplinary	3.54	3.46	3.74	5.45	7.32	6.65	5.76	4.24	4.87	3.42	1.12	4.17
Neuroscience and Behavior	32.67	31.69	29.88	27.99	24.24	20.02	16.67	12.62	8.18	3.88	0.71	18.18
Pharmacology and Toxicology	17.87	18.22	17.89	17.06	16.05	13.21	11.83	8.50	5.97	2.82	0.51	10.96
Physics	13.81	13.35	13.10	11.86	10.51	9.25	8.18	6.36	4.30	2.06	0.55	8.19
Plant and Animal Science	12.81	12.30	11.76	10.71	9.58	8.21	6.87	4.97	3.13	1.50	0.31	7.06

续表

领域	1998	1999	2000	2001	2002	2003	2004	2005	2006	2007	2008	All Years
Psychiatry/Psychology	18.39	18.34	16.78	15.66	13.38	11.94	9.68	6.96	4.28	1.86	0.37	9.93
Social Sciences, general	7.64	7.35	7.09	6.34	5.85	5.04	4.32	3.26	1.96	0.88	0.20	4.16
Space Science	21.34	23.14	18.11	19.68	15.40	15.77	12.99	10.73	7.39	4.49	0.90	13.17

数据来源：http：//esi. isiknowledge. com/baselinespage. cgi

1.3　h_I 指数 与 h_m 指数

1.3.1　h_I 指数

作为一项科学研究评价的新指标，h 指数对不同研究领域的合作方式、引文方式等因素较为敏感，导致 h 指数存在学科依赖性和差异化。例如，Hirsch 列出了物理学领域学者最高 h 指数为 110（Witten E），而生命科学领域学者最高 h 指数为 192（Snyder S H）。同时，h 指数是一个整数，当两位学者 h 指数相等时，为进一步区分需要选择另外的指标进行评价。

为弥补 h 指数的上述不足，Batista 等考虑学者合作这一因素的影响，以物理学、化学、生物学/生物医学和数学四大学科为例，将 h 指数除以 h 篇论文中学者人数的平均值，对各学科差异进行标准化处理，提出了 h_I 指数（Batista et al.，2006），计算公式为

$$h_I = h^2 / N_a^{(T)} \tag{1.6}$$

其中，$N_a^{(T)}$ 是 h 篇论文中的学者总数（允许学者重复出现）。假如某位学者在其 h 篇论文中均为单独作者，此时 $N_a^{(T)} = h$，h_I 指数与 h 指数值相等。h_I 指数近似表征了某一位科学家独立写作的 h_I 篇文献均至少被引用了 h_I 次，可相对有效地测量属于作者自己的产出及影响。但是，h_I 指数的算法仅考虑了合作作者数量，忽略了作者署名排序的差异，故高小强等提出了按作者署名顺位对被引次数进行分权的 h_{AW} 等指数作为补充（高小强，赵星，2010）。

1.3.2　h_m 指数

h_m 指数是 Schreiber 针对 h_I 指数的不足提出的，他认为简单地以 h 篇论文学者数的平均值作为标准化处理方法，会过多地降低大规模合作论文的影响力和过多地增加单个学者论文的影响力。

h_m 指数类似于 h 指数，不同之处在于 h_m 指数按照学者数量进行排序。计算过程如下（Schreiber，2008）：

首先，类似于 h 指数的计算，将学者论文数按照被引次数从高到低排列，可得到序号 r，而 h 指数即为：$h = \max_{r}(r \leqslant c(r))$。

由此，将 r 以数学语言表示为：$r = \sum_{r'=1}^{r} 1$。然后采集序号从 1 到 r 的每篇论文学者数，记为 $a(r')$，得到一个有效的排序序号 $r_{\text{eff}}(r)$，$r_{\text{eff}}(r) = \sum_{r'=1}^{r} \dfrac{1}{a(r')}$。

最后可将 h_m 指数表示为

$$h_m = \max_{r}(r_{\text{eff}}(r) \leqslant c(r)) \tag{1.7}$$

此外，国内张学梅（2007）也提出过不同含义的对 h 指数进行修正的 h_m 指数。

1.4　实 h 指数与有理 h 指数

1.4.1　实 h 指数

从 h 指数的定义出发，Rousseau 扩大了源项种类，提出了实 h 指数（real h-index）的计算方法（Rousseau，2006；Guns and Rousseau，2009）。

令 $P(r)$ 为第 r 项源项的产出量，$P(x)$ 为 r 项源项产出量的分段线性函数；那么实 h 指数即为函数 $P(x)$ 和函数 $y=x$ 的交点，见图 1.1。

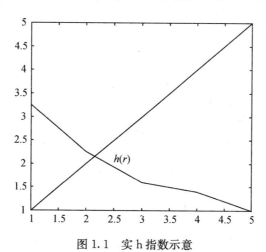

图 1.1　实 h 指数示意

图 1.1 中实 h 指数的数值为 2.15。

1.4.2 有理 h 指数

相对于实 h 指数，Ruane 和 Tol（2008）还发展了有理 h 指数（rational h-index），其定义为 $h+1$ 减去为获得 $h+1$ 指数所需要的相对引文量，因此有理 h 指数（h_{rat}）满足条件 $h \leqslant h_{rat} < h+1$，并且可精确地表示为

$$h_{rat} = (h+1) - \frac{n_c}{2 \cdot h + 1} \tag{1.8}$$

其中 n_c 为使 h 指数从 h 增加至 $h+1$ 所需要的实际引文数量；而 $2 \cdot h + 1$ 则表示增加 1 单位 h 指数所需要的最大引文数量。

与 h 指数相比，有理 h 指数的优点在于评价过程中增加了对于 h 指数增长的细节考查。在实际测评中，实 h 指数和有理 h 指数都比 h 指数更具区分度，能改善 h 指数测评中常出现的同值问题。

1.5 连续 h 指数

Ruane 和 Tol 在提出有理 h 指数时，就附带称为"successive" h 指数。而 2007 年 Schubert 提出的连续 h 指数（successive h-indices），则是一个 h 指数序列概念（Schubert，2007）：设学者个人的 h 指数为 h_1，其从属于所在机构的 h 指数 h_2，该机构又从属于更上级群体如国家的 h 指数 h_3。

Egghe 在 Lotka 信息计量学框架下考查研究 Schubert 的连续 h 指数后，指出在国家（h 指数设为 h_3）→机构（h 指数设为 h_2）→作者（h 指数设为 h_1）→论文（h 指数设为 h_0）→引文（C）序列中存在关系链并为之建立了数学模型（Egghe，2008）：

$$h_0 = C; \quad h_1 = T^{1/\alpha_0}; \quad h_2 = S^{1/\alpha_0\alpha_1}; \quad h_2 = R^{1/\alpha_0\alpha_1\alpha_2} \tag{1.9}$$

其中 R，S，T，C 分别为机构层、作者层、论文层、引文层的最大数，而 α_0，α_1，$\alpha_2 > 0$ 为对应层次间幂律关系的 Lotka 指数，约束条件为

$$R < S < T < C; \quad 1 < \frac{1}{\alpha_0} < \frac{1}{\alpha_1} < \frac{1}{\alpha_2} \tag{1.10}$$

连续 h 指数的重要意义之一是尝试建立了不同测评层面 h 指数之间的联系。

1.6 锥形 h 指数

锥形 h 指数（tapered h-index）提出的主要目的是为了评价所有对 h 指数增长 1 单位的增量产生作用的引文，赋予每篇引文以相当的数值（Anderson et al.，2008）。

锥形 h 指数的计算过程需借助 Ferrers 图（Ferrers diagram）进行，如图 1.2 所示。

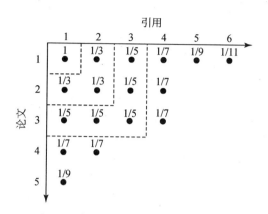

图 1.2　某学者引文的 Ferrers 图示意图

假设某一学者的 5 篇论文按被引次数排序依次为 6，4，4，2，1，那么该学者的论文产出可用 Ferrers 图表示，每一行代表 17 篇引用文献中的分区。图中左上角黑点所能组成的最大正方形称为 Durfee square，h 指数就等于该正方形边长 3。

假如某一学者只有 1 篇论文且被引用 1 次，那么他的 h 指数值为 1；若 h 指数数值为 2，则 2 篇论文至少均被引用 2 次。也就是说，h 指数数值从 1 增加到 2，需要再增加 3 次引文数，其中 1 次用于第 1 篇论文，2 次用于第 2 篇论文。以此类推，h 指数数值从 2 增加到 3，需要再增加 5 次引文数。此时，形成 3×3 的 Durfee square。由此可以计算出每个黑点所代表的分值，即为增加的每篇引文分值。若将 Durfee square 黑点数值相加，则其总和与 h 指数相等。

考虑 Durfee square 以外其他黑点数值，随着不断增加黑点个数即引文次数，那么总和数值必然不断增大，由此提出了 h_T 指标。Ferrers 图中任何一个黑点数值均可表示为 $(1/2 \cdot i - 1)$，其中 i 为该黑点所在正方形边长。因此，该位科学家 5 篇论文的分值分别为 1.88，1.01，0.74，0.29 和 0.11，故 h_T 为 4.03。

将上述过程以数学语言表示，假设最高被引论文的被引次数为 n_1，其相对应的数值为 $h_{T(1)}$，则

$$h_{T(1)} = \sum_{i=1}^{n_1} \frac{1}{2 \cdot i - 1} = \ln(n_1)/2 + O(1) \tag{1.11}$$

其中 $\ln(n_1)$ 是 $\log(n_1)$ 的转换；$O(1)$ 表示，当 n_1 趋向无穷时，其值趋向于零。

进一步假设，学者的 N 篇论文其被引次数按降序排列依次为 n_1，n_2，n_3，…，n_N，那么第 j 篇论文对应的分值为 $h_{T(j)}$：

$$h_{T(j)} = \frac{n_j}{2j-1}, \quad n_j \leqslant j$$

$$h_{T(j)} = \frac{j}{2j-1} + \sum_{i=j+1}^{n} \frac{1}{2i-1}, \quad n_j > j$$

综上，锥形 h 指数即为以上 N 篇论文对应数值 $h_{T(j)}$ 的总和 h_T，

$$h_T = \sum_{j=1}^{N} h_{T(j)} \tag{1.12}$$

1.7　现时 h 指数与趋势 h 指数

由于 h 指数未将论文的年龄因素考虑在内，所以在评价著名学者和年轻学者时，因著名学者在长时期内处于该领域学术前沿，其论文被引远远大于刚进入该领域的年轻学者，会造成评价的不公正。为此 Sidiropoulos 等考虑论文的年龄因素，提出现时（contemporary）h 指数（Sidiropoulos et al. ，2007），记为 h^c，并定义为：一位研究者的 h^c 指数是指其发表的 N_p 篇论文中 h^c 篇论文每篇论文的 $S^c(j)$ 均满足 $S^c(j) \geqslant h^c$，而余下的 $N_p - h^c$ 篇论文 $S^c(j)$ 均满足 $S^c(j) \leqslant h^c$。

$S^c(j)$ 是论文 j 基于引文数据的分值，计算公式为

$$S^c(j) = \gamma \cdot (Y(\text{now}) - Y(j) + 1)^{-\delta} \cdot \text{cit}_j \tag{1.13}$$

其中，$Y(j)$ 是论文 j 的出版年龄，cit_j 是论文 j 的被引次数。

若令 $\delta = 1$，那么 $S^c(j)$ 就是论文 j 已获得的被引次数除以其出版年龄。γ 是为了避免 $S^c(j)$ 数值过小而设置的参数。

进一步，Sidiropoulos 等考虑随时间变化每篇论文引文信息价值发生变化，赋论文每个引文以一个衰减权重，提出趋势（trend）h 指数（Sidiropoulos et al. ，2007），记为 h^t，并定义为：一位研究者的 h^t 指数是指其发表的 N_p 篇论文中 h^t 篇论文每篇论文的 $S^t(j)$ 均满足 $S^t(j) \geqslant h^t$，而余下的 $N_p - h^t$ 篇论文 $S^t(j)$ 均满足 $S^t(j) \leqslant h^t$。

$S^t(j)$ 是论文 j 的分值，计算公式为

$$S^t(j) = \gamma \cdot \sum_{\forall x \in \text{cit}_j} (Y(\text{now}) - Y(x) + 1)^{-\delta} \tag{1.14}$$

γ, δ 和 $Y(x)$ 含义同上。

不过，以上这些将简单 h 指数复杂化的改进面临一个重要理论问题：是否值得为微小的回报投入复杂高昂的代价？

1.8　h 序列与 h 矩阵

h 序列和 h 矩阵是我国学者梁立明提出的概念（Liang，2006），梁教授对 h

序列和 h 矩阵的陈述采用实际数据图表形式，她收集了 11 位物理学家的 h 指数年度分布数据，每位按年度区间如 2004，2003～2004，2002～2004，…分别称为 h_1，h_2，h_3，…，形成该物理学家的 h 指数序列 h_i，就是 h 序列（h-sequence）；11 位学者的 h 序列排列在表中，就构成 h 矩阵（h-matrix）。

　　Egghe 将这样的 h 序列称为 $h^*(t) = \{h_1, h_2, \cdots, h_{t_m}\}$，并在 Lotka 信息计量学框架下为之建立了数学模型（Egghe，2009）：

$$h^*(t) = (T(t_m) - h(t_m - t)^a)^{1/a} \tag{1.15}$$

其中 $t = 1, 2, \cdots, t_m$ 是相应时间序列，T 则是对应发表总量。

参 考 文 献

高小强，赵星 . 2010. 基于 h 核心的被引次数分权类 h 指数 . 情报理论与实践，33(3)：50-53

叶鹰 . 2007. h 指数和类 h 指数的机理分析与实证研究导引 . 大学图书馆学报，25(5)：2-8

张学梅 . 2007. h_m 指数——对 h 指数的修正 . 图书情报工作，51(10)：116-118，16

赵基明，邱均平，黄凯等 . 2008. 一种新的科学计量指标——h 指数及其应用述评 . 中国科学基金，22(1)：23-32

周英博等 . 国际基础科学核心期刊 h 指数实证研究 . 大学图书馆学报，27(2)：66-70

Alonso S, Cabrerizo F J, Herrera-Viedma E, et al. 2009. h-Index: A review focused in its variants, computation and standardization for different scientific fields. Journal of Informetrics, 3: 273-289

Anderson T R, Hankin R K S, Killworth P D. 2008. Beyond the Durfee square: Enhancing the h-index to score total publication output. Scientometrics, 76(3): 577-588

Ball P. 2005. Index to aims for fair ranking of scientists. Nature, 436(7053): 900

Batista P D, Campiteli M G, Kinouchi O, et al. 2006. Is it possible to compare researchers with different scientific interests? Scientometrics, 68(1): 179-189

Bornmann L, Daniel H D. 2007. What do we know about the h index? Journal of the American Society for Information Science and Technology, 58: 1381-1385

Bornmann L, Mutz R, Daniel H D. 2007. Are there better indices for evaluation purposes than the h index? A comparison of nine different variants of the h index using data from biomedicine. Journal of the American Society for Information Science and Technology, 59(5): 830-837

Braun T, Glänzel W, Schubert A. 2005. A Hirsch-type index for journals. The Scientist, 19 (22): 8

Cabrerizo F J. 2010. h-index Bibliography [EB/OL] . http: //sci2s. ugr. es/hindex/index. php

Costas R, Bordons M. 2007. The h-index: advantages, limitations and its relation with other bibliometric indicators at the micro level. Journal of Informetrics, 1(2): 193-203

Egghe L. 2008. Modeling successive h-indices. Scientometrics, 77(3): 377-387

Egghe L. 2009. Mathematical study of h-sequeces. Information Processing and Management, 45: 288-297

Egghe L. 2010. The Hirsch-Index and Related Impact Measures. ARIST，44：65-114

Guns R，Rousseau R. 2009. Real and rational variants of the h-index and the g-index. Journal of Informetrics，3(1)：64-71

Hirsch J E. 2005. An index to quantify an individual's scientific research output. Proceedings of the National Academy of Sciences of the USA，102(46)：16569-16572

Iglesias J E，Percharroman C. 2007. Scaling the h-index for different scientific ISI fields. Scientometrics，73(3)：303-320

Jin B H，Liang L M，Rousseau R，et al. 2007. The R-and AR-indices：Complementing the h-index. Chinese Science Bulletin，52(6)：885-863

Kosmulski M. 2006. A new Hirsch-type index saves time and works equally well as the original h-index. ISSI Newsletter，2(3)：4-6

Lehmanns，Jackson A D，Lautrup B E. 2006. Measures for measures，Nature，444：1003-1004

Liang L M. 2006. h-index sequence and h-index matrix：Constructions and applications. Scientometrics，69(1)：153-159

Rousseau R. 2006. Simple models and the corresponding h-and g-index ［EB/OL］. E-LIS：ID 6153. http：//eprints. rclis. org/archive/00006153/

Rousseau R. 2008. Reflections on recent developments of the h-index and h-type indices. COLLNET Journal of Scientometrics and Information Management，2(1)：1-8

Ruane F，Tol R S J. 2008. Rational (successive) h-indices：An application to economics in the Republic of Ireland. Scientometrics，75(2)：395-405

Schreiber M. 2008. To share the fame in a fair way，h_m for multi-authored manuscripts. New Journal of Physics，10(040201)：1-9

Schubert A. 2007. Successive h-indices. Scientometrics，70(1)：201-205

Sidiropoulos A，Katsaros D，Manolopoulos Y. 2007. Generalized Hirsch h-index for disclosing latent facts in citation networks. Scientometrics，72(2)：253-280

第 2 章 h 型 指 数

第 1 章所述 h 指数的各种变体是在 h 指数基础上的细节改变，本章把类似 h 指数或与 h 指数有关的其他新指数归为 h 型指数。第一个独立的 h 型指数是 Egghe 提出的 g 指数。

2.1 g 指数

Egghe（2006）把 g 指数界定为"论文按被引次数排序后相对排前的累积被引至少 g^2 次的最大论文序次 g，亦即第 $g+1$ 序次论文对应的累积引文数将小于 $(g+1)^2$"。

g 指数的计算和 h 指数一样也是首先需要把论文按照被引次数从高到低排序，而且需要计算累积被引 CC。表 2.1 是与表 1.1 中 h 指数对应的 g 指数形成机制的数据示意。

表 2.1 g 指数形成机制的数据示意

发表和被引数据			排序数据			
PY	P	C	TC	r	r^2	CC
1996	1	2	32	1	1	32
1997	2	3+5	25	2	4	57
1998	3	4+6+8	20	3	9	77
1999	2	10+9	18	4	16	95
2000	3	32+16+25	17	5	25	112
2001	2	20+18	16	6	36	128
2002	1	15	15	7	49	143
2003	5	1+2+3+17+11	12	8	64	155
2004	4	12+8+6+3	11	9	81	166
2005	3	9+7+5	10	10→h	100	176
2006	2	2+1	9	11	121	185
			9	12	144	194

发表和被引数据			排序数据			
PY	P	C	TC	r	r^2	CC
			8	13	169	202
			8	14g←	196	210
			7	15	225	217
			6	16	256	223
			6	17	289	229
			5	18	324	234
			5	19	361	239
			4	20	400	243
			3	21	441	246
			3	22	484	249
			3	23	529	252
			2	24	576	254
			2	25	625	256
			2	26	676	258
			1	27	729	259
			1	28	784	260

注：PY＝publishing year；P＝Papers；C＝citations from publishing to present；r＝order of paper；TC ＝total citations in decreasing order；CC＝cumulative citations

沿用（1.1）和（1.2）的符号，设 CC_r 是论文 r 从 1 到 r 的累积引文数，有

$$CC = (CC_1, CC_2, \cdots, CC_r, \cdots, CC_z); \quad CC_1 = TC_1, CC_r = \sum_{i=1}^{r} TC_i \quad (2.1)$$

g 指数就是

$$g^2 = \max\{r^2 : r^2 \leqslant CC\} \quad (2.2)$$

即 g 指数等于按被引从多到少排列的前列多篇论文累积引文数（CC）大于等于 r^2 时对应的最大序数 r。

Egghe 在导出 h 指数 Egghe-Rousseau 模型（Egghe and Rousseau，2006） $h = (T)^{\frac{1}{\alpha}}$ 的同样理论基础上导出的 g 指数的一般数学模型为

$$g = \left(\frac{\alpha-1}{\alpha-2}\right)^{\frac{\alpha-1}{\alpha}} h \geqslant h \quad (2.3)$$

赵星等（2009）把 g 指数内的论文集合称为 g 核心（g-core），通过理论和实证研究揭示 g 指数在数值上与 g 核心内论文的篇均被引次数（CPP）接近，

Schreiber（2010a）随后也得到了类似的结果。g 指数作为较早提出的 h 型指数，已产生了较大影响，成为迄今讨论最多的 h 型指数（Tol，2008；Schreiber，2008；Costas and Bordons，2008；Van Eck and Waltman，2008；Woeginger，2009；Schreiber，2009；Schreiber，2010b）。

随着 g 指数和其他 h 型指数的发现，h 型指数与 h 指数的关系及其组合被纳入研究视野，如表 2.2 所示的普赖斯奖获得者（Price medallists）的 g/h 值和 $g-h$ 值，就提供一种最简单的组合。

表 2.2　Price 奖获得者的 h 指数、g 指数及其组合

获奖者	h 指数	g 指数	g/h	$g-h$
Garfield	27	59	2.19	32
Small	18	39	2.17	21
Narin	27	40	1.48	13
Braun	25	38	1.52	13
Ingwersen	13	26	2.00	13
White	12	25	2.08	13
Schubert	18	30	1.67	12
Martin	16	27	1.69	11
Glanzel	18	27	1.50	9
Moed	18	27	1.50	9
Van Raan	19	27	1.42	8
Egghe	13	19	1.46	6
Leydesdorff	13	19	1.46	6
Rousseau	13	15	1.15	2

数据来源：参考文献（Egghe，2006），按右列计算数据 $g-h$ 排序，数据相等时按 h 指数和姓名字顺排

叶鹰（2007）建议将 $g-h$ 称为学术差，而将 g/h 称为学术势。陈亦佳（2009）以图书馆作为研究对象进行了理论和实证讨论，认为学术差和学术势的主要意义是测量了高被引论文集合的被引频次分布差异。

2.2　hg 指数

h 指数和 g 指数分别从不同角度反映出科学家的学术成就，并且均已被大量实证研究证明了有效性。继续上述 h 指数和 g 指数的组合构想，Alonso 等

（2010）将 h 指数和 g 指数结合在一起，提出了 hg 指数，定义为 h 指数和 g 指数的几何平均数：

$$hg = \sqrt{h \times g} \tag{2.4}$$

表 2.3 是 Price 奖获得者的 hg 指数示意。

表 2.3　Price 奖获得者的 hg 指数（按 hg 降序排列）

获奖者	h 指数	g 指数	hg 指数
Garfield	27	59	39.91
Narin	27	40	32.86
Braun	25	38	30.82
Small	18	39	26.50
Schubert	18	30	23.24
Van Raan	19	27	22.65
Glanzel	18	27	22.05
Moed	18	27	22.05
Martin	16	27	20.78
Ingwersen	13	26	18.38
White	12	25	17.32
Egghe	13	19	15.72
Leydesdorff	13	19	15.72
Rousseau	13	15	13.96

h 指数、g 指数和 hg 指数三者之间的关系为

$$h \leqslant hg \leqslant g, \quad hg - h \leqslant g - hg \tag{2.5}$$

实证发现 hg 指数更接近 h 指数，其优点是可以避免对低 h 指数作者的片面评价以及高被引论文的过大影响，由此期望 hg 指数可能吸收 h 指数和 g 指数两者的优点而尽可能避免两者的缺点。Moussa 和 Touzani（2010）尝试了将 hg 指数用于营销类期刊的学术影响力评价。

2.3　A 指数、AR 指数与 R 指数

把 h 指数内的论文集合称为"Hirsch-core"（简称 h 核）（Rousseau，2006；Burrell，2007），金碧辉（B. H. Jin）等合作提出了 A，AR 和 R 指数（Jin et al.，2007）。

A 指数可以简单地定义为在 Hirsch-core 论文集合内的每篇论文平均被引次

数，即

$$A = \frac{1}{h} \sum_{j=1}^{h} \mathrm{cit}_j \tag{2.6}$$

式中 cit_j 为 Hirsch-core 内按降序排列的第 j 篇论文被引次数。

由于 A 指数计算分母为 h，在评价过程中有可能会造成低估拥有高 h 指数值的作者研究水平的问题。为此，将 Hirsch-core 中引文次数总和以平方根方式处理，就得到 R 指数：

$$R = \sqrt{\sum_{j=1}^{h} \mathrm{cit}_j} = \sqrt{A \cdot h} \geqslant \sqrt{g \cdot h} \tag{2.7}$$

式中 cit_j 为 Hirsch-core 内按降序排列的第 j 篇论文被引次数。

当发表总量为 T 时，这几个指数之间的关系为

$$T \geqslant A \geqslant g \geqslant R \geqslant h \geqslant 0 \tag{2.8}$$

金碧辉等经过实证研究表明，h 指数、A 指数、R 指数和 g 指数四者之间具有较高的相关性，既表明其相互不独立，也表明 A 指数、R 指数和 h 指数、g 指数一样可以用于评价。

为了克服 h 指数只增不减的缺陷，他们还提出将 R 指数改进为 AR 指数：

$$AR = \sqrt{\sum_{j=1}^{h} \frac{\mathrm{cit}_j}{a_j}} \tag{2.9}$$

式中 a_j 表示论文 j 的发表年龄，即 AR 指数是 Hirsch-core 内每篇论文的年均被引次数总和的平方根。AR 指数是在 R 指数解决了 h 指数的敏感度和区分度问题基础上采用论文发表年龄这一变量来解决其只升不降的问题。

A 指数、AR 指数和 R 指数聚焦于 Hirsch-core 这一概念，以较自然的方式测评了论文集合中高水平论文的影响力，也成为现今常被提及的 h 型指数，产生了较大影响（Burrell，2007；Egghe，2008；Schreiber，2008；Liu and Rousseau，2009；Boell and Wilson，2010）。

2.4　e　指　数

张春霆（C. T. Zhang）认为 h 指数虽然具有简便性和有效性，但其诸多缺陷导致 h 指数用于学术评价中产生不准确和不公正。他强调了其中两点不足：第一，引文信息的缺失；h 指数最多能够利用 h^2 数量的引文信息。第二，h 指数的低决策性，主要体现在 h 指数为整数，当出现 h 指数相等时需要进一步评价。于是他引进一个实数指数——e 指数（Zhang，2009），对 h 指数忽略的引文信息进行弥补。

利用 h 指数至少可以得到 h^2 数量的引文信息，但在 Hirsch-core 内 h^2 之前的引文信息被忽略，将其称为过剩引文量（excess citations），记为 e^2，并定义为

$$e^2 = \sum_{j=1}^{h}(\text{cit}_j - h) = \sum_{j=1}^{h}\text{cit}_j - h^2 \tag{2.10}$$

其中，cit_j 表示第 j 篇论文的被引频次。

令 $d^2 = \sum_{j=1}^{h}\text{cit}_j$，得 $e = \sqrt{d^2 - h^2}$，故 $0 \leqslant e \leqslant \infty$，由此可判定 e 为实数。

e 指数与 h 指数、A 指数、R 指数均有关联：由 $R = \sqrt{\sum_{j=1}^{h}\text{cit}_j}$ 得 $R = \sqrt{h^2 + e^2}$，由 $A = \frac{1}{h}\sum_{j=1}^{h}\text{cit}_j$ 得 $A = \frac{1}{h}(h^2 + e^2) = h + \frac{e^2}{h}$。

由此可将 h 指数、e 指数、A 指数、R 指数四个指数分为两组：前两个为基础指数，后两个为衍生指数。把 $(h，e)$ 作为联合指标就能包含 Hirsch-core 中的全面信息。

2.5 w 指 数

w 指数是吴强（Q. Wu）对 h 指数的改进（国际知名刊物《物理世界》2008 年 6 月 5 日曾在头版头条进行过报道），试图用于研究人员文献影响的综合评价，尤其是高影响的论文。其定义（Wu，2010）如下：研究人员的 w 指数是指其发表的论文中有 w 篇论文均至少被引 $10w$ 次，而其余每篇被引均小于 $10(w+1)$ 次（The w-index can be defined as follows：If w of a researcher's papers have at least $10w$ citations each and the other papers have fewer than $10(w+1)$ citations, his/her w-index is w）。

w 指数保留了 h 指数原有的简便性和易操作等优点，但更加关注研究人员的高影响论文。例如，某学者 w 指数为 12，那么代表这位学者发表的论文中有 12 篇论文均至少被引 120 次，而其余每篇论文被引均小于 130 次。

吴强选择 20 位天体物理学家作为样本，以 ISI Web of Knowledge 为数据源，计算出该 20 位科学家的 w 指数，并与 A 指数、h 指数、g 指数等 h 型指数进行了相关性分析，结果显示 w 指数和三者相关性非常强，这一方面说明 w 指数同样可用于评价，另一方面也表明 w 指数的必要性存在问题——h 指数已经体现关注高影响论文，g 指数进一步强化了高引论文被引次数的作用，w 指数再提高 10 倍可能导致更加过多地关注高影响论文并出现更多同值结果，会进一步降低指数的区分度。

2.6　m 指数与 q² 指数

由于引文分布通常是非正态分布的，那么中位数是一个比算术平均值更能反映集中趋势的统计指标。因此，类似于 A 指数，Bornmann 等（2008）提出 m 指数，并定义为在 Hirsch-core 集合内论文被引次数的中位数。注意该 m 指数与 Hirsch 原始论文中的 m（被称为 m 商）含义不同。

众多由 h 指数衍生出的新指数，均从不同角度对研究人员的科学产出进行评价，而若将其中若干个指数进行结合使用，可以得到一个简单且更为全面的评价参数。Cabrerizo 等（2009）由此提出 q² 指数，定义为 h 指数和 m 指数的几何平均数，即

$$q^2 = \sqrt{h \cdot m} \tag{2.11}$$

由于 h 指数描述了研究人员核心科学产出的论文数量，而 m 指数反映了研究人员核心科学产出论文的影响力。因此 q² 指数在基于两者优点的基础之上，可以更为全面地反映某位科学家的核心科学产出的数量和影响。

2.7　ℏ（hbar）指数

Hirsch 认为，h 指数的主要不足之一是没有考虑每篇论文合作者的数量。相对于大规模合作团队发表的论文而言，并不能给独立作者论文赋予额外的加分。因此利用 h 指数对具有不同合作方式的论文作者进行评价，容易造成扭曲和不公正。

于是他考虑一个有效的文献计量指标应满足四个条件：

（1）能够反映现实因素，并对评价产生作用同时具有丰富统计学意义；

（2）能够引导科学进步的正确方向；

（3）不能对引文记录随机产生的小变化太敏感；

（4）在现有的数据库中应便于获取数据。

由此 Hirsch（2009）提出了另外一个指标：ℏ 指数。其定义为：某位科学家的 ℏ 指数是指他/她拥有 ℏ 篇论文在其 ℏcore 集合中；ℏcore 集合中的每篇论文均被引 ≥ℏ 次，而 ℏcore 集合之外的其他论文则属于各篇论文合作者的 ℏcore（A scientist has index ℏ if ℏ of his/her papers belong to his/her ℏ core. A paper belongs to the ℏ core of a scientist if it has ≥ℏ citations and in addition belongs to the ℏ -core of each of the coauthors of the paper.）。

他认为 ℏ 指数满足上述四个条件，同时相对于 h 指数而言 ℏ 指数考虑了合作

者的影响因素，建议可以单独使用$\hbar$指数或结合 h 指数综合运用。

为了能够更加清楚地理解$\hbar$指数的计算过程，举例如下：

假设研究人员 A 的引文数据如表 2.4 所示，A 的 h 指数为 20。接着开始选择$\hbar$core 集合内的论文。从第 20 篇开始，被引 21 次且为单个作者；第 19 篇被引 25 次，且合作者为 Junior（因为他的 h 指数为 8，低于 A，更低于该篇论文被引次数）；第 18，17，16 篇分别被引 28，30，34，且合作者均为 Senior（因为 B，C，D 的 h 指数均高于三篇论文被引次数，更高于 A），故从$\hbar$core 中去掉；同理第 15 篇被引 42 次，且合作者为 Senior（因为 B 的 h 指数高于 A），但低于该篇论文被引次数。

故在 h-core 集合内，去掉第 18、17、16 篇，原始的 h 指数变为 17，记为$\hbar_{first-iteration}=17$。但是$\hbar$core 的确定没有结束，因为还存在引文次数在 17～20 的论文。故需往下继续筛选。

表 2.4 $\hbar$ 指数实例

r	被引次数	Co-Author（h 指数）	$\hbar$
1	104		1（single）
2	96		2（single）
$\vdots$	$\vdots$	$\vdots$	$\vdots$
15	42	D（39）	15（Senior）
16	34	D（39）	
17	30	C（54）	
18	28	B（47）	
19	25	A（8）	16（Junior）
20	21		17（single）
21	19		18（single）
22	18	B（47）	
23	16		

第 21 篇论文被引 19 次且为单个作者，$\hbar$ 增加至 18；第 22 篇论文被引 18，且合作者为 Senior，高于该篇论文被引次数；第 23 篇论文被引 16 次，低于$\hbar=18$；而之后论文被引次数均低于 16，故对于研究人员 A，$h=20$，$\hbar=18$。

对于$\hbar$ 的有效性，Hirsch 认为：

（1）$\hbar$ 指数能够推动学术评价的民主化。若两人的 h 指数数值相等，其中一人的$\hbar$ 指数数值越高，代表其学术发展前景更好。另外，对于年轻研究人员而言，若长期与 Senior 人员合作发文，并不能对他的$\hbar$ 指数产生作用；故应结合 h

指数综合判断。而当 h 指数相近的研究人员合作发表论文是对各自的 ℏ 指数数值不会产生较大的降低。

（2）一位研究人员的 ℏ 指数会随着时间变化而出现降低。这将使得依靠著名学者增加 h 指数的方法失效。

（3）ℏ 指数在测量合作论文中某一研究人员的个人贡献方面比 h 指数更加准确。

2.8　h_w　指　数

针对 h 指数对科研表现的变化缺乏敏感性，Egghe 和 Rousseau（2008）提出了基于引文权重的 h_w 指数。在离散型情况下，h_w 指数可定义为

$$h_{\mathrm{w}} = \sqrt{\sum_{j=1}^{r_0} y_j} \tag{2.12}$$

y_j 表示第 j 篇论文被引次数，r_0 是满足 $r_{\mathrm{w}}(j) \leqslant y_j$ 的最大行值，其中 $r_{\mathrm{w}}(j) = \frac{1}{h}\sum_{1}^{j} y_j$。而在连续型情况下，h_w 指数为

$$h_{\mathrm{w}} = \sqrt{\int_0^{r_0} \gamma(r)\,\mathrm{d}r} \tag{2.13}$$

他们从理论上证明了 h_w 指数可以用作一种可接受的 h 型测度。该指数与 h 指数和 g 指数的逻辑关系为

$$h \leqslant h_{\mathrm{w}} < g \tag{2.14}$$

2.9　动态 h 指数

在理论研究中，h 指数的增长速度（h 速度）是一个具有参考意义的参量。既是为能够计算随时间变化而产生变化的 h 指数，更是为理论研究的深化，Rousseau 和叶鹰提出了动态（dynamic）h 指数，它是一个以时间为因变量的动态变化指标，主要衡量在 Hirsch-core 集合内论文被引频次和 h 指数实际增长速度。这一指标中包含三个依赖于时间的因素：Hirsch-core 的规模、被引频次和 h 指数增长速度。

动态 h 指数定义如下（Rousseau and Ye, 2008）：

$$R(T) \cdot v_k(T) \tag{2.15}$$

其中，$R(T)$ 是 R 指数，标志一个水平量，也就是在时间 T 内，Hirsch-core 范围内所有论文总被引频次之和的平方根；$v_k(T)$ 是 h 指数变化速度，标志一个改变

量。在实际中，以 $T=0$ 作为过程的起点，而 v_k 作为过程中的变化速率。当然这一起点并不一定是某一位科学家发文起点，$T=0$ 代表的是"当前"这一时间点，时间可往回追溯 10 年或 5 年，甚至任何某一时间。

若某一科学家在时间 T 内可以较好地符合 h 指数函数 $h(t)$，那么由此可以得到 $v_k(T)$。但是在实际中 $h_{rat}(t)$ 比 $h(t)$ 更接近于 h 指数增长连续函数，因此 h 指数的增量可以表示为 $\Delta h_{rat}(t)$：

$$\Delta h_{rat}(t) = h_{rat}(T) - h_{rat}(T-1) \qquad (2.16)$$

当 $\Delta h_{rat}(t)$ 为凹函数时，该近似函数大于实际导数；当 $\Delta h_{rat}(t)$ 为凸函数时，该近似函数小于实际导数。正是由于 Δh 一般取值为 0 或 1，选择有理 h 指数函数作为近似函数是非常合适的。而 Burrell 提出的 Raw h-rate（$h(T)/T$）由于对时间 T 内所有科学家而言都是相等的，从而失去了动态性，故不宜选用。

若上述方程能够用于实际科学评价，则需要除去作者自引频次。同时考虑到 ESI 数据库时间范围，选择 10 年时间相对合适。

根据上述想法，Rousseau 和叶鹰以 Rousseau 在 2001～2008 年间的 h 指数、有理 h 指数和 R 指数作为样本进行了实证分析，参见表 2.5，结果表明方程是有效的。

表 2.5　Rousseau 的 h 指数、有理 h 指数和 R 指数数值样本

年份	2001	2002	2003	2004	2005	2006	2007	2008
h 指数	0	1	2	3	4	5	6	7
h_{rat}	0.00	1.67	2.60	3.86	5.82	5.91	6.92	7.87
R 指数	0.00	1.41	2.24	4.58	6.71	7.87	10.15	10.91

他们选择幂函数 $h_{rat} = a \cdot y^b$ 进行非线性回归，得 $h_{rat} = 1.67 \cdot y^{0.801}$，检验后得 R^2 值为 0.984，说明该函数拟合程度非常好。对函数求导后代入 2008 年数据后求得导数值为 0.91，因此 Rousseau Ronald 在 2008 年的动态 h 指数值为 10.91 $\times 0.91 = 9.93$。其中，利用近似函数 $\Delta h_{rat}(t) = h_{rat}(T) - h_{rat}(T-1)$ 可得 $\Delta h_{rat}(7) = 7.78 - 6.92 = 0.95$，接近于实际导数值 0.91。

除以上所述各类 h 指数变体和 h 型指数外，还有一些新指数，如 v 指数（Riikonen and Vihinen，2008）、π 指数（Vinkler，2009）等，国内研究也逐年增多（姜春林等，2006；姜春林，2007；万锦堃等，2007；张学梅，2007；叶鹰，2007；丁楠等，2008），限于本著作性质不再赘述。

参 考 文 献

陈亦佳 . 2009. 图书馆科研能力的学术差与学术势评价方法 . 西南师范大学学报（自然科学

版），34(4)：140-143

丁楠，周英博，叶鹰．2008. h指数和h型指数研究进展．图书情报知识，(1)：72-77

姜春林．2007. 期刊h指数与影响因子之间关系的案例研究．科技进步与对策，24(9)：78-80

姜春林，刘则渊，梁永霞．2006. H指数和G指数——期刊学术影响力评价的新指标．图书情报工作，50(12)：63-65，104

万锦堃，花平寰，赵呈刚．2007. 中国部分重点大学h指数的探讨．科学观察，2(3)：9-16

叶鹰．2007. h指数和类h指数的机理分析与实证研究导引．大学图书馆学报，25(5)：2-8

张学梅．2007. 用h指数对我国图书情报学界作者进行评价．图书情报工作，51(8)：48-50，79

赵星，高小强，郭吉安等．2009. 基于主题词频和g指数的研究热点分析方法．图书情报工作，2009，53(2)：31-34

Alonso S, Cabrerizo F J, Herrera-Viedma E, et al. 2010. hg-index：A new index to characterize the scientific output of researchers based on the h-and g-indices. Scientometrics, 82（2）：391-400

Boell S K, Wilson C S. 2010. Journal impact factors for evaluating scientific performance：use of h-like indicators. Scientometrics, 82：613-626

Bornmann L, Matz R, Daniel H D. 2008. Are there better indices for evaluation purposes than the h index? A comparison of nine different variants of the h index using data from biomedicine. Journal of the American Society for Information Science and Technology, 59(5)：830-837

Burrell Q L. 2007. On the h-index, the size of the Hirsch core and Jin's A-index. Journal of Informetrics, 1(2)：170-177

Cabrerizo F J, Alonso S, Herrera-Viedma E, et al. 2009. q^2-Index：quantitative and qualitative evaluation based on the number and impact of papers in the Hirsch core. Journal of Informetrics, 4(1)：23-28

Costas R, Bordons M. 2008. Is g-index better than h-index? An exploratory study at the individual level. Scientometrics, 77：267-288

Egghe L. 2006. Theory and practice of the g-index. Scientometrics, 69(1)：131-152

Egghe L. 2008. Examples of simple transformations of the h-index：Qualitative and quantitative conclusions and consequences for other indices. Journal of Informetrics, 2：136-148

Egghe L, Rousseau R. 2006. An informetric model for the Hirsch-index. Scientometrics, 69(1)：121-129

Egghe L , Rousseau R. 2008. An h-index weighted by citation impact. Information Processing and Management, 44(2)：770-780

Hirsch J E. 2009. An index to quantify an individual's scientific research output that takes into account the effect of multiple coauthorship. arXiv：http：//arxiv. org/abs/0911. 3144v2

Jin B H, Liang L M, Rousseau R, et al. 2007. The R-and AR-indices：Complementing the h-index. Chinese Science Bulletin, 52(6)：855-863

Liu Y X, Rousseau R. 2009. Properties of Hirsch-type indices：the case of library classification categories. Scientometrics, 79：235-248

Moussa S, Touzani M. 2010. Ranking marketing journals using the Google Scholar-based hg-index. Journal of Informetrics，4：107-117

Riikonen P, Vihinen M. 2008. National research contributions：A case study on Finnish biomedical research. Scientometrics，77(2)：207-222

Rousseau R. 2006. Simple models and the corresponding h-and g-index. ［EB/OL］ E-LIS：ID 6153. http：//eprints. rclis. org/archive/00006153/

Rousseau R, Ye F Y. 2008. A proposal for a dynamic h-type index. Journal of the American Society for Information Science and Technology，59(11)：1853-1855

Schreiber M. 2008. An empirical investigation of the g-index for 26 physicists in comparison with the h-Index, the A-index, and the R-index. Journal of the American Society for Information Science and Technology，59：1513-1522

Schreiber M. 2009. Fractionalized counting of publications for the g-index. Journal of the American Society for Information Science and Technology，60：2145-2150

Schreiber M. 2010a. Revisiting the g-index：the average number of citations in the g-core. Journal of the American Society for Information Science and Technology，61：169-174

Schreiber M. 2010b. How to modify the g-index for multi-authored manuscripts. Journal of Informetrics，4：42-54

Tol R S J. 2008. A rational, successive g-index applied to economics departments in Ireland. Journal of Informetrics，2：149-155

Van Eck N J, Waltman L. 2008. Generalizing the h-and g-indices. Journal of Informetrics，2：263-271

Vinkler P. 2009. The π-index：a new indicator for assessing scientific impact. Journal of Information Science，35(5)：602-612

Woeginger G J. 2009. Generalizations of Egghe's g-Index. Journal of the American Society for Information Science and Technology，60：1267-1273

Wu Q. 2010. The w-index：A significant improvement of the h-index. Journal of the American Society for Information Science and Technology，61(3)：609-614

Ye F Y, Rousseau R. 2010. Probing the h-core：an investigation of the tail-core ratio for rank distributions. Scientometrics，84(2)：431-439

Zhang C T. 2009. The e-Index, Complementing the h-Index for Excess Citations. PLoS ONE. ，4(5)：e5429.

第二篇 理论机理

　　h指数发现后，学术界已提出多种数学模型对其进行解释，既贯通Lotka信息计量学也启发深入研究信息计量机理，展现出重要理论价值。

第 3 章　h 指数和 h 型指数的数学模型

Hirsch 在提出 h 指数时，就根据 h 指数线性增加假设提出过他的数学解释，构成第一个数学模型（Hirsch，2005），随后，Egghe 和 Rousseau 在基于幂律的 Lotka 信息计量学框架下提出了他们的 Egghe-Rousseau 模型，Glänzel 和 Schubert 也基于随机数学理论建立了他们的 Glänzel-Schubert 模型，形成三类代表性静态模型。同时，动态模型也在发展中。

3.1　Hirsch 模型

首先，Hirsch 观察到一个科学家的引文总数 C[①] 通常要比 h^2 大很多，原因解释为 h^2 既忽略了那些被引最多的 h 篇论文且大于 h 值的那部分引文数，同时也未计算那些低于 h 次引文的论文的被引数。如果 C 与 h^2 是线性关系，他假定为

$$C = ah^2 \tag{3.1}$$

根据 Hirsch 的经验观测结果，式（3.1）中的常数 a 取值范围是 3～5。这就是 Hirsch 原始公式。按照该公式，h 指数是总引文的函数，形式为

$$h = f(C) = (C/a)^{1/2} \tag{3.2}$$

假如一名学者的 h 指数随着时间的变化呈近似线性的增长趋势，用 p 代表该学者每年发表论文篇数，c 代表每篇论文在接下来的每一年获得新的引文数，则 $n+1$ 年后总的引文数为

$$C = \sum_{j=1}^{n} pcj = \frac{pcn(n+1)}{2} \tag{3.3}$$

假设前 y 年的所有的论文都符合 h 指数的条件，可得

$$py = (n-y)c = h \tag{3.4}$$

于是有

$$h = \frac{c}{1+c/p}n \tag{3.5}$$

形象化如图 3.1 所示。

设 $c/(1+c/p) = m$，则 h 指数可估计为

---

① Hirsch 原用符号是 $N_{c,tot}$，本专著统一用 C。

— 31 —

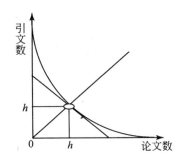

图 3.1　Hirsch h 指数线性模型示意

$$h_e \sim mn \tag{3.6}$$

在这个简单的线性模型中，由 c 和 p 决定的参数 m，即函数 h 的斜率（变量为 n），提供了比较不同资历科学家水平的一个有用的标准，尽管不同科学家的 m 值会很不相同。Hirsch 根据对许多物理学家引文记录的观察结果得出的结论是：

（1）$m \sim 1$ 时，经过 20 年的科研活动，科学家的 h 指数为 20，此时可以认为该科学家是一个成功的科学家。

（2）$m \sim 2$ 时，经过 20 年的科研活动以后科学家的 h 指数为 40，此时可以认为该科学家是一个卓越科学家。这些科学家很可能正是那些在顶级大学或重点实验室中工作的科学家。

（3）$m \sim 3$ 或者更大时，经过 20 年或 30 年的科研活动以后科学家的 h 指数分别为 60 或 90，可以认为该科学家是真正的科学精英。

就物理学而言，他建议研究型大学教师晋升副教授的标准为 $h \sim 12$，晋升教授的标准为 $h \sim 18$，而美国国家科学院院士的 h 应该大于等于 45。

Hirsch 也认识到在实际情况下一般 $C(y)$ 并不是 y 的线性函数，于是他研究了一个扩展指数模型：

$$C(y) = C_0 \exp\left(-\frac{y}{y_0}\right)^{\beta} \tag{3.7}$$

其中，C_0 是被引最多的论文的引文数，$\beta \leqslant 1$ 是指数参数。尽管他进行了一些实际数据拟合，但这一模型并非普遍成立。

3.2　Egghe-Rousseau 模型

Price 奖获得者、著名信息计量学家 Egghe 和 Rousseau 在 h 指数提出后不久，很快在基于幂律的 Lotka 信息计量学框架下推导出一个 h 指数的简单公式（Egghe and Rousseau，2006），即

$$h = T^{1/a} \tag{3.8}$$

其中，T 是学者的发表总量（包括论文和著作等），a 是 Lotka 指数。

本专著用 P 代表论著数，于是 Egghe-Rousseau 模型就只是 P 的函数：

$$h = f(P) = P^{1/a} \tag{3.9}$$

Egghe-Rousseau 模型简单明了，是在 Lotka 信息计量学框架下对 h 指数的理论描述。Egghe 还进一步推导出随动态时间 t 变化的动态 h 指数公式（Egghe，2007）：

$$h = ((1-a^t)^{a-1} T)^{1/a} \tag{3.10}$$

其中，a 是信息老化率。

3.3　Glänzel-Schubert 模型

几乎同时，另两位 Price 奖获得者、著名信息计量学家 Glänzel 和 Schubert 也综合 Gumbel 理论、Pareto 分布、Zipf 定律导出了一个 h 指数数学模型并经期刊 h 指数实证（Glänzel，2006；Schubert and Glänzel，2007），形如

$$h = cP^{1/2} IF^{2/3} \tag{3.11}$$

其中，c 是常数；IF 是期刊计量指标中著名的 Garfield 影响因子。当把 IF 一般化为 C/P 后，Glänzel-Schubert 模型表明 h 指数是 P 和 C 的函数：

$$h = f(P,C) = cP^{1/2} (C/P)^{2/3} \tag{3.12}$$

从 h 指数定义看，h 指数确实既与 P 有关，也与 C 有关，故 Glänzel-Schubert 模型具有更一般意义。

3.4　Burrell 假说

英国学者 Burrell 也在随机数学框架下推出了自己的 h 指数概略数学模型（Burrell，2007），其基本特征如下：

（1）h 指数是论著数 P 的对数的线性函数；

（2）h 指数是引文数 C 的对数的线性函数；

（3）h 指数与职业时间 t 成正比；即存在以下估计：

$$h \sim \log P \tag{3.13}$$

$$h \sim \log C \tag{3.14}$$

$$h \sim t \tag{3.15}$$

可惜他没有给出等式，无法进行实证检验，只能假说为

$$h = f(\log P, \log C, t) \tag{3.16}$$

3.5　各类模型的检验与贯通

为检验上述 h 指数数学模型与现实数据的吻合程度，作者的思路是采集 ESI 数据库中的 P、C 数据作为输入数据算出 h 指数计算值，并用同期 WoS 数据库中查出的 h 指数作为真实值，从而可以对比检验。我们分别采集了 1997 年 1 月 1 日～2007 年 12 月 31 日 ESI 数据库中的前 200 个机构数据和前 200 种期刊数据，分别对其中前 100 个、前 50 个机构和前 100 种、前 50 种期刊按三类模型分别计算出 h 指数，并与从 WoS 中查出的相应"真实"h 指数对照，获得了具有参考价值的结果（Ye，2009）。

设（3.1）中 $a = 5$、（3.8）中 $\alpha = 2$，分别用以下公式作为 Hirsch 模型、Egghe-Rousseau 模型、Glänzel-Schubert 模型的计算估计：

$$h_c \sim \sqrt{C/5} \tag{3.17}$$

$$h_p \sim \sqrt{P} \tag{3.18}$$

$$h_{pc} \sim cP^{1/3}(C/P)^{2/3} \tag{3.19}$$

其中常数 c 实算时对机构取 1、对期刊取 0.9（Schubert and Glänzel，2007）。

基础数据中前 100 个机构的有关参数见表 3.1，前 100 种期刊的有关参数见表 3.2。

表 3.1　按实查 h 指数排序的前 100 个机构数据

机构	P	C	CPP	h	h_p	h_c	h_{pc}
HARVARD UNIV	95 457	2 651 015	27.77	330	308.961 2	1 628.194	419.102 1
NIH	7 800	232 109	29.76	323	88.317 61	481.776 9	190.452 6
STANFORD UNIV	49 363	1 131 732	22.93	307	222.177 9	1 063.829	296.076
UNIV CALIF SAN FRANCISCO	36 621	981 823	26.81	299	191.366 1	990.869 8	297.468 7
JOHNS HOPKINS UNIV	53 594	1 211 258	22.6	297	231.503 8	1 100.572	301.377 6
UNIV WASHINGTON	55 003	1 131 765	20.58	297	234.527 2	1 063.844	285.600 6
MIT	36 315	814 312	22.42	291	190.564 9	902.392 4	263.300 9
UNIV CALIF SAN DIEGO	41 318	920 778	22.29	290	203.268 3	959.571 8	273.812 4
BRIGHAM and WOMENS HOSP	14 940	482 231	32.28	289	122.229 3	694.428 5	249.692 7
MAX PLANCK SOCIETY	72 087	1 346 597	18.68	284	268.490 2	1160.43	293.001 8
YALE UNIV	37 307	867 884	23.26	271	193.150 2	931.602 9	272.272 2

续表

机构	P	C	CPP	h	h_p	h_c	h_{pc}
UNIV PENN	46 505	919 519	19. 77	270	215. 650 2	958. 915 5	262. 928 5
UNIV CALIF BERKELEY	48 514	935 323	19. 28	267	220. 258 9	967. 121	262. 236 8
UNIV CALIF LOS ANGELES	54 878	1 024 193	18. 66	267	234. 260 5	1 012. 024	267. 346 1
WASHINGTON UNIV	29 752	704 179	23. 67	265	172. 487 7	839. 153 7	255. 449
MASSACHUSETTS GEN HOSP	17 679	522 236	29. 54	263	132. 962 4	722. 659	248. 939
NCI	24 653	701 538	28. 46	258	157. 012 7	837. 578 7	271. 298
UNIV MICHIGAN	54 703	931 193	17. 02	258	233. 886 7	964. 983 4	251. 175 2
COLUMBIA UNIV	42 745	839 310	19. 64	257	206. 748 6	916. 138 6	254. 520 5
MRC	8 010	220 281	27. 5	250	89. 498 6	469. 341	182. 291 3
DANA FARBER CANC INST	5 375	214 701	39. 94	248	73. 314 39	463. 358 4	204. 675
UNIV CAMBRIDGE	44 375	795 504	17. 93	247	210. 653 7	891. 910 3	242. 530 5
DUKE UNIV	35 859	718 220	20. 03	243	189. 364 7	847. 478 6	243. 212 9
UNIV OXFORD	40 619	747 768	18. 41	242	201. 541 6	864. 735 8	239. 669 2
UNIV CHICAGO	25 952	541 641	20. 87	237	161. 096 2	735. 962 6	224. 425 3
UNIV MINNESOTA	46 087	722 768	15. 68	236	214. 678 8	850. 157 6	224. 607 1
UNIV TOKYO	71 006	912 230	12. 85	236	266. 469 5	955. 107 3	227. 178 4
UNIV PITTSBURGH	36 333	660 600	18. 18	232	190. 612 2	812. 773	228. 996 9
UNIV TORONTO	54 406	832 025	15. 29	232	233. 250 9	912. 154	233. 428 5
CORNELL UNIV	41 930	730 020	17. 41	230	204. 768 2	854. 412 1	233. 367 7
CALTECH	21 528	506 170	23. 51	227	146. 724 2	711. 456 3	228. 298 5
MEM SLOAN KETTERING CANC CTR	10 971	348 524	31. 77	224	104. 742 5	590. 359 2	222. 891 5
UNIV N CAROLINA	38 138	634 147	16. 63	224	195. 289 5	796. 333 5	219. 304 5
ROCKEFELLER UNIV	7 131	316 077	44. 32	223	84. 445 25	562. 207 3	241. 055 3
SCRIPPS RES INST	11 297	401 154	35. 51	222	106. 287 3	633. 367 2	242. 412 4
BAYLOR COLL MED	19 749	462 826	23. 44	222	140. 531 1	680. 313 2	221. 387 7
UNIV COLORADO	36 461	635 574	17. 43	222	190. 947 6	797. 229	222. 915 9
UNIV WISCONSIN	51 337	758 960	14. 78	222	226. 576 7	871. 183 1	223. 834 2
CHILDRENS HOSP	16 603	358 347	21. 58	219	128. 852 6	598. 620 9	197. 740 9
PRINCETON UNIV	19 676	415 383	21. 11	219	140. 271 2	644. 502 1	206. 207 5
NORTHWESTERN UNIV	30 367	534 018	17. 59	219	174. 261 3	730. 765 4	211. 014

机构	P	C	CPP	h	h_p	h_c	h_{pc}
KYOTO UNIV	51 808	638 174	12. 32	214	227. 613 7	798. 857 9	198. 856 3
UNIV MUNICH	29 730	407 815	13. 72	209	172. 423 9	638. 603 9	177. 542
OSAKA UNIV	44 708	566 083	12. 66	209	211. 442 7	752. 384 9	192. 789 9
MCGILL UNIV	33 020	529 312	16. 03	207	181. 714 1	727. 538 3	203. 961 4
VANDERBILT UNIV	23 114	453 189	19. 61	206	152. 032 9	673. 193 1	207. 146 1
EMORY UNIV	22 316	446 137	19. 99	205	149. 385 4	667. 934 9	207. 370 7
UNIV MARYLAND	42 129	617 124	14. 65	205	205. 253 5	785. 572 4	208. 330 2
UNIV AMSTERDAM	24 335	364 127	14. 96	203	155. 996 8	603. 429 4	175. 940 1
UNIV ILLINOIS	54 812	686 388	12. 52	202	234. 119 6	828. 485 4	204. 814 8
UNIV ALABAMA	26 527	442 347	16. 68	201	162. 871 1	665. 091 7	194. 697 4
UNIV MASSACHUSETTS	23 953	397 685	16. 6	198	154. 767 6	630. 622 7	187. 582 4
UNIV LONDON IMPERIAL COLL SCI TECHNOL and MED	34 082	487 103	14. 29	197	184. 613 1	697. 927 6	190. 925 2
UNIV SO CALIF	26 332	429 650	16. 32	196	162. 271 4	655. 476 9	191. 414 4
BOSTON UNIV	23 418	431 880	18. 44	195	153. 029 4	657. 175 8	199. 690 4
UNIV IOWA	24 493	401 013	16. 37	191	156. 502 4	633. 255 9	187. 231 9
PENN STATE UNIV	37 686	525 381	13. 94	190	194. 128 8	724. 831 7	194. 193 7
UNIV BRITISH COLUMBIA	33 719	460 675	13. 66	190	183. 627 3	678. 730 4	184. 611 5
FRED HUTCHINSON CANC RES CTR	6 249	204 386	32. 71	189	79. 050 62	452. 090 7	188. 389 7
UNIV ARIZONA	28 954	446 592	15. 42	189	170. 158 7	668. 275 4	190. 235 9
UNIV VIRGINIA	22 351	395 491	17. 69	188	149. 502 5	628. 880 8	191. 242 4
UNIV EDINBURGH	22 243	359 216	16. 15	186	149. 140 9	599. 346 3	179. 685 4
INDIANA UNIV	26 311	401 447	15. 26	186	162. 206 7	633. 598 5	182. 985
UNIV HELSINKI	28 956	445 402	15. 38	185	170. 164 6	667. 384 4	189. 911 1
OHIO STATE UNIV	36 358	469 514	12. 91	185	190. 677 7	685. 210 9	182. 312 9
UNIV UTAH	21 809	364 986	16. 74	184	147. 678 7	604. 140 7	182. 830 6
CTR DIS CONTROL and PREVENT	15 946	335 582	21. 04	183	126. 277 5	579. 294 4	191. 829 1
KAROLINSKA INST	26 430	481 070	18. 2	183	162. 573 1	693. 592 1	206. 100 9

机构	P	C	CPP	h	h_p	h_c	h_{pc}
NIAID	6 885	237 857	34.55	182	82.975 9	487.705 9	201.805 7
TUFTS UNIV	14 864	301 580	20.29	181	121.918	549.163	182.908 2
CASE WESTERN RESERVE UNIV	20 065	377 171	18.8	180	141.651	614.142 5	192.125 5
SUNY STONY BROOK	16 381	306 161	18.69	180	127.988 3	553.318 2	178.862 7
UNIV CALIF DAVIS	37 661	499 075	13.25	178	194.064 4	706.452 4	187.69
UNIV CALIF IRVINE	20 401	337 635	16.55	177	142.832 1	581.063 7	177.452 6
CLEVELAND CLIN FDN	14 664	278 815	19.01	176	121.095	528.029 4	174.343 4
UNIV ROCHESTER	18 600	324 479	17.45	176	136.381 8	569.630 6	178.252 1
OREGON HLTH SCI UNIV	12 461	261 882	21.02	175	111.628 8	511.744 1	176.579 2
INST PASTEUR	11 799	272 237	23.07	174	108.623 2	521.763 4	184.493 1
CNR	36 554	375 879	10.28	173	191.191	613.089 7	156.906 3
MAYO CLIN and MAYO FDN	26 125	499 616	19.12	172	161.632 3	706.835 2	212.166 8
UNIV CALIF SANTA BARBARA	17 264	306 076	17.73	171	131.392 5	553.241 4	175.732 9
UNIV MILAN	26 970	344 434	12.77	169	164.225 5	586.885	163.840 4
UNIV ZURICH	22 908	363 943	15.89	168	151.353 9	603.276 9	179.505 7
UNIV HEIDELBERG	24 198	345 552	14.28	168	155.557 1	587.836 7	170.246 7
UNIV UTRECHT	29 260	427 481	14.61	167	171.055 5	653.820 3	184.158 4
LOS ALAMOS NATL LAB	17 526	256 088	14.61	166	132.385 8	506.051 4	155.236 7
MCMASTER UNIV	18 829	269 202	14.3	166	137.218 8	518.846 8	156.735 2
UNIV GENEVA	15 191	271 573	17.88	165	123.251 8	521.126 7	169.345 6
NASA	24 855	342 938	13.8	165	157.654 7	585.609 1	167.902 6
UNIV BASEL	12 637	231 536	18.32	163	112.414 4	481.181 9	161.869 5
WEIZMANN INST SCI	11 669	237 336	20.34	162	108.023 1	487.171 4	169.009 8
TECH UNIV MUNICH	21 376	283 459	13.26	160	146.205 3	532.408 7	155.478 8
UNIV MONTREAL	18 782	243 528	12.97	160	137.047 4	493.485 6	146.737 3
CEA	25 254	303 130	12	160	158.915 1	550.572 4	153.779 2
UNIV TENNESSEE	21 604	284 906	13.19	158	146.983	533.765 9	155.48
UNIV BIRMINGHAM	20 138	263 015	13.06	158	141.908 4	512.849 9	150.880 9
UNIV MIAMI	15 832	250 343	15.81	157	125.825 3	500.342 9	158.173 3

机构	P	C	CPP	h	h_p	h_c	h_{pc}
UNIV CINCINNATI	17 885	261 456	14.62	157	133.734 8	511.327 7	156.360 8
UNIV ALBERTA	27 616	328 093	11.88	157	166.180 6	572.794	157.373 4
UNIV FLORIDA	39 162	422 038	10.78	157	197.893 9	649.644 5	165.717 2
VET ADM MED CTR	19 505	461 179	23.64	156	139.660 3	679.101 6	221.724 5
LEIDEN UNIV	21 352	331 300	15.52	156	146.123 2	575.586 7	172.613 2
RUTGERS STATE UNIV	22 835	314 875	13.79	156	151.112 5	561.137 2	163.146
CSIC	37 417	382 088	10.21	156	193.434 7	618.132 7	157.412 8
TOHOKU UNIV	42 034	401 985	9.56	156	205.022	634.022 9	156.617
THOMAS JEFFERSON UNIV	10 666	208 930	19.59	153	103.276 3	457.088 6	159.964 5
UNIV GLASGOW	18 864	264 962	14.05	153	137.346 3	514.744 6	154.999
MICHIGAN STATE UNIV	22 860	284 062	12.43	153	151.195 2	532.974 7	152.290 5
USDA	34 609	315 801	9.12	153	186.034 9	561.961 7	142.252 4
UNIV BRISTOL	21 212	288 982	13.62	152	145.643 4	537.570 5	157.874 5
GEORGETOWN UNIV	11 262	197 507	17.54	151	106.122 6	444.417 6	151.318 3
UNIV TUBINGEN	19 366	256 720	13.26	149	139.161 8	506.675 4	150.444 3
UNIV VIENNA	23 758	303 874	12.79	149	154.136 3	551.247 7	157.223 3
UNIV KENTUCKY	17 847	238 076	13.34	148	133.592 7	487.930 3	146.991 5
UNIV HAMBURG	17 128	226 581	13.23	148	130.874	476.005 3	144.192 3
HEBREW UNIV JERUSA-LEM	20 691	271 220	13.11	148	143.843 7	520.787 9	152.637 9
UNIV MANCHESTER	26 837	312 405	11.64	148	163.82	558.932	153.773
UNIV MED and DENT NEW JERSEY	12 200	198 801	16.3	146	110.453 6	445.871 1	147.994 3
UNIV FREIBURG	16 699	239 964	14.37	146	129.224 6	489.861 2	151.078
UNIV LUND	28 366	388 914	13.71	146	168.422 1	623.629 7	174.699 2
UNIV FRANKFURT	14 284	196 722	13.77	145	119.515 7.	443.533 5	139.392 4
UNIV MELBOURNE	24 996	282 336	11.3	145	158.101 2	531.353	147.234 3
TEXAS A and M UNIV	30 981	326 125	10.53	145	176.014 2	571.0736	150.886 6
NAGOYA UNIV	28 169	296 621	10.53	145	167.836 2	544.629 2	146.176
UNIV MAINZ	15 583	226 762	14.55	144	124.831 9	476.195 3	148.864 9
WAYNE STATE UNIV	16 753	237 196	14.16	144	129.433 4	487.027 7	149.763 6

机构	P	C	CPP	h	h_p	h_c	h_{pc}
UNIV CONNECTICUT	17 503	226 695	12. 95	143	132. 298 9	476. 125	143. 180 5
UNIV COPENHAGEN	20 927	282 140	13. 48	142	144. 661 7	531. 168 5	156. 085 4
UNIV GRONINGEN	20 394	284 836	13. 97	141	142. 807 6	533. 700 3	158. 476 6
UNIV SHEFFIELD	19 073	234 977	12. 32	140	138. 105	484. 744 3	142. 521 4
UNIV WURZBURG	16 009	224 695	14. 04	139	126. 526 7	474. 02	146. 678 4
LOUISIANA STATE UNIV	20 934	233 273	11. 14	139	144. 685 9	482. 983 4	137. 469 9
UNIV SYDNEY	26 894	286 181	10. 64	139	163. 993 9	534. 958 9	144. 937 1
UNIV QUEENSLAND	23 200	239 460	10. 32	139	152. 315 5	489. 346 5	135. 191 4
INRA	19 355	229 977	11. 88	138	139. 122 2	479. 559 2	139. 789 8
YESHIVA UNIV	12 732	289 456	22. 73	137	112. 836 2	538. 011 2	187. 369 3
UNIV ERLANGEN NURN-BERG	17 884	214 365	11. 99	137	133. 731 1	462. 995 7	136. 993 8
CNRS	51 974	622 348	11. 97	135	227. 978 1	788. 890 4	195. 280 2
UNIV STRASBOURG 1	13 134	212 865	16. 21	134	114. 603 7	461. 373	151. 119 7
UNIV BARCELONA	20 556	240 616	11. 71	134	143. 373 6	490. 526 2	141. 259 4
UNIV NOTTINGHAM	18 414	207 253	11. 26	134	135. 698 2	455. 250 5	132. 660 5
UNIV PADUA	21 277	234 600	11. 03	134	145. 866 4	484. 355 2	137. 305 2
TEL AVIV UNIV	27 702	270 666	9. 77	134	166. 439 2	520. 255 7	138. 282 3
AUSTRALIAN NATL UNIV	18 145	221 282	12. 2	133	134. 703 4	470. 406 2	139. 259 7
UNIV HONG KONG	18 352	162 193	8. 84	133	135. 469 6	402. 731 9	112. 770 6
UNIV NIJMEGEN	12 847	208 002	16. 19	132	113. 344 6	456. 072 4	149. 887 4
UNIV BERN	15 328	214 479	13. 99	132	123. 806 3	463. 118 8	144. 224 9
UNIV UPPSALA	25 048	336 960	13. 45	132	158. 265 6	580. 482 6	165. 477 6
CUNY MT SINAI SCH MED	11 322	231 999	20. 49	131	106. 404 9	481. 662 7	168. 139 2
UNIV WESTERN ONTARIO	16 663	196 155	11. 77	131	129. 085 2	442. 893 9	132. 160 6
KYUSHU UNIV	29 106	267 992	9. 21	131	170. 604 8	517. 679 4	135. 155 6
UNIV NEBRASKA	17 995	199 617	11. 09	130	134. 145 4	446. 785 2	130. 318 2
UNIV NEW S WALES	19 548	199 138	10. 19	130	139. 814 2	446. 248 8	126. 614 5
PURDUE UNIV	24 302	244 322	10. 05	130	155. 891	494. 289 4	134. 893 6
AARHUS UNIV	17 125	234 767	13. 71	129	130. 862 5	484. 527 6	147. 650 6
UNIV CALGARY	17 292	200 359	11. 59	129	131. 499	447. 614 8	132. 435 4
UNIV MISSOURI	24 155	240 394	9. 95	129	155. 418 8	490. 299 9	133. 726 6

机构	P	C	CPP	h	h_p	h_c	h_{pc}
UNIV MUNSTER	16 614	208 009	12.52	128	128.895 3	456.08	137.581 8
UNIV LEEDS	18 758	213 547	11.38	128	136.959 8	462.111 5	134.428 2
UNIV BOLOGNA	21 832	218 221	10	128	147.756 6	467.141 3	129.727 2
FREE UNIV BERLIN	15 965	201 136	12.6	127	126.352 7	448.481 9	136.344 2
UNIV OSLO	16 974	199 320	11.74	127	130.284 3	446.452 7	132.751 7
UNIV BONN	18 046	205 172	11.37	126	134.335 4	452.959 2	132.627 6
TOKYO INST TECHNOL	24 846	223 871	9.01	126	157.626 1	473.150 1	126.348 1
CSIRO	16 213	196 737	12.13	125	127.330 3	443.550 4	133.617
UNIV GOTTINGEN	16 237	191 525	11.8	125	127.424 5	437.635 7	131.247 2
N CAROLINA STATE UNIV	19 403	197 456	10.18	125	139.294 7	444.360 2	126.218 1
ETH ZURICH	25 982	371 950	14.32	122	161.189 3	609.877	174.657 1
CHINESE ACAD SCI	108 745	545 093	5.01	122	329.765 1	738.304 1	139.753 1
IOWA STATE UNIV	18 110	194 194	10.72	121	134.573 4	440.674 5	127.674 1
SEOUL NATL UNIV	31 615	232 237	7.35	119	177.806 1	481.909 7	119.533 4
UNIV GEORGIA	19 666	202 755	10.31	117	140.235 5	450.283 2	127.862 9
UNIV PARIS 11	21 570	245 450	11.38	116	146.867 3	495.429 1	140.835 3
HOKKAIDO UNIV	28 014	239 374	8.54	116	167.373 8	489.258 6	126.890 8
RUSSIAN ACAD SCI	125 956	475 991	3.78	116	354.902 8	689.921	121.637 5
NATL UNIV SINGAPORE	27 606	205 392	7.44	114	166.150 5	453.201 9	115.181 6
UNIV SAO PAULO	35 451	219 313	6.19	113	188.284 4	468.308 7	110.748 2
UNIV ROMA LA SAPIENZA	28 963	289 406	9.99	110	170.185 2	537.964 7	142.448 6
JST	19 363	320 393	16.55	108	139.151	566.032 7	174.390 5
NIDDK	6 147	201 305	32.75	105	78.402 81	448.670 3	187.511 8
MERCK and CO INC	8 372	216 846	25.9	102	91.498 63	465.667 3	177.75
ERASMUS UNIV ROTTER-DAM	13 033	256 853	19.71	98	114.162 2	506.806 7	171.714 1
CHINESE UNIV HONG KONG	15 826	129 269	8.17	97	125.801 4	359.54	101.844 7
NATI TAIWAN UNIV	26 116	179 052	6.86	97	161.604 5	423.145 4	107.115 3
GOTHENBURG UNIV	15 865	206 221	13	94	125.956 3	454.115 6	138.923 5
CATHOLIC UNIV LOU-VAIN	17 310	230 074	13.29	93	131.567 5	479.660 3	145.138 4
HONG KONG UNIV SCI AND TECH	10 442	89 513	8.57	87	102.186 1	299.187 2	91.533 86

续表

机构	P	C	CPP	h	h_p	h_c	h_{pc}
HUMBOLDT UNIV BERLIN	18 952	270 444	14. 27	84	137. 666 3	520. 042 3	156. 856
PEKING UNIV	20 711	115 265	5. 57	84	143. 913 2	339. 507	86. 291 99
WAGENINGEN UNIV	16 138	204 477	12. 67	83	127. 035 4	452. 191 3	137. 341 2
UNIV SCI AND TECH CHINA	14 841	84 706	5. 71	82	121. 823 6	291. 043	78. 5076 2
TSINGHUA UNIV	23 988	92 129	3. 84	81	154. 880 6	303. 527 6	70. 721 61
NANJING UNIV	15 697	78 287	4. 99	75	125. 287 7	279. 798 1	73. 114 9
UCL	40 882	717 140	17. 54	74	202. 193	846. 841 2	232. 557 5
UNIV TEXAS MD ANDERSON CANC CTR	11 843	208 016	17. 56	73	108. 825 5	456. 087 7	153. 993 9
UNIV TEXAS AUSTIN	25 203	305 677	12. 13	71	158. 754 5	552. 880 6	154. 783 5
AIST	24 148	204 916	8. 49	70	155. 396 3	452. 676 5	120. 290 7
FUDAN UNIV	12 799	64 676	5. 05	70	113. 132 7	254. 314 8	68. 852 48
NATL CHENG KUNG UNIV	14 686	80 894	5. 51	69	121. 185 8	284. 418 7	76. 395 7
CATHOLIC UNIV LEUVEN	22 607	261 346	11. 56	62	150. 356 2	511. 2201	144. 561 6

注：P、C 数据来自 1997～2007 ESI；CPP=C/P；h 为 1997～2007 WoS 实查值；h_p、h_c、h_{pc} 分别是根据（3.17）～（3.19）的计算值。表 3.2 同

表 3.2 按实查 h 指数排序的前 100 种期刊数据

期刊	P	C	CPP	h	h_p	h_c	$0.9h_{pc}$
NATURE	11 274	1 337 209	118. 61	487	106. 179 1	1 156. 378	541. 302 7
SCIENCE	10 404	1 263 175	121. 41	476	102	1 123. 911	535. 266 1
N ENGL J MED	3 879	569 640	146. 85	374	62. 281 62	754. 745	437. 343 4
CELL	3 824	552 923	144. 59	350	61. 838 5	743. 587 9	430. 789 2
PROC NAT ACAD SCI USA	31 437	1 485 447	47. 25	315	177. 304 8	1218. 789	412. 491 4
LANCET	7 320	438 190	59. 86	286	85. 557	661. 959 2	297. 117 5
JAMA-J AM MED ASSN	4 076	340 127	83. 45	264	63. 843 56	583. 204 1	305. 043 9
J BIOL CHEM	59 611	1 864 004	31. 27	264	244. 153 6	1 365. 285	387. 728 2
NAT GENET	2 244	254 603	113. 46	259	47. 370 88	504. 582	306. 833 5
CIRCULATION	10 271	495 513	48. 24	250	101. 345 9	703. 926 8	288. 055 2
PHYS REV LETT	34 835	925 393	26. 57	249	186. 641 4	961. 973 5	290. 803 5
NATURE MED	1 806	217 957	120. 68	247	42. 497 06	466. 858 7	297. 392 1
GENE DEVELOP	3 105	255 862	82. 4	231	55. 7225 3	505. 828	276. 251 9

续表

期刊	P	C	CPP	h	h_p	h_c	$0.9h_{pc}$
CHEM REV	1 533	177 349	115. 69	229	39. 15 354	421. 1282	273. 765
J EXP MED	3 835	280 361	73. 11	223	61. 927 38	529. 491 3	273. 677 8
J CLIN INVEST	4 489	300 238	66. 88	217	67	547. 939 8	271. 798 7
EMBO J	6 675	393 721	58. 98	211	81. 700 67	627. 471 9	285. 290 3
J AM CHEM SOC	29 238	828 456	28. 33	210	170. 991 2	910. 195 6	286. 294 9
CANCER RES	13 134	471 049	35. 86	205	114. 603 7	686. 330 1	256. 57
NEURON	3 209	218 367	68. 05	201	56. 648 04	467. 297 5	245. 852 9
J NEUROSCI	12 889	479 307	37. 19	197	113. 529 7	692. 32	261. 230 5
J CLIN ONCOL	6 671	272 707	40. 88	196	81. 676 19	522. 213 6	223. 393 7
J CELL BIOL	4 879	293 060	60. 07	194	69. 849 84	541. 350 2	260. 144 9
BLOOD	12 796	468 595	36. 62	194	113. 119 4	684. 54	257. 931 1
J IMMUNOL	19 005	568 246	29. 9	187	137. 858 6	753. 820 9	257. 081 1
ASTROPHYS J	26 744	564 050	21. 09	186	163. 535 9	751. 032 6	228. 275 8
IMMUNITY	1 603	138 186	86. 2	183	40. 037 48	371. 733 8	228. 375 4
MOL CELL	2 632	165 074	62. 72	183	51. 303 02	406. 293	217. 954 6
MOL CELL BIOL	8 932	342 288	38. 32	179	94. 509 26	585. 053 8	235. 830 5
APPL PHYS LETT	38 780	531 905	13. 72	174	196. 926 4	729. 318 2	193. 986 7
NUCL ACID RES	10 213	271 701	26. 6	173	101. 059 4	521. 249 5	193. 332 8
ANGEW CHEM INT ED	11 988	311 731	26	169	109. 489 7	558. 328 8	200. 862
PHYS REV B	54 565	640 855	11. 74	164	233. 591 5	800. 534 2	195. 922 1
NAT CELL BIOL	1 464	94 734	64. 71	162	38. 262 25	307. 788 9	183. 018 3
DEVELOPMENT	5 427	225 293	41. 51	162	73. 668 17	474. 650 4	210. 679 2
NAT NEUROSCI	1 869	108 563	58. 09	160	43. 231 93	329. 489	184. 758 3
GASTROENTEROLOGY	3 736	160 790	43. 04	160	61. 122 83	400. 986 3	190. 568 2
NAT BIOTECHNOL	1 715	104 458	60. 91	158	41. 412 56	323. 199 6	185. 302 1
BRIT MED J	6 796	175 491	25. 82	157	82. 437 86	418. 916 5	165. 471
ONCOGENE	9 349	270 482	28. 93	153	96. 690 23	520. 078 8	198. 527 5
CURR OPIN CELL BIOL	1 009	80 893	80. 17	152	31. 764 76	284. 416 9	186. 482 6
ANN INTERN MED	2 164	113 178	52. 3	150	46. 518 81	336. 419 4	180. 892 4
J VIROL	14 913	369 043	24. 75	150	122. 118 8	607. 489 1	209. 044 4
J PHYS CHEM B	21 791	326 751	14. 99	149	147. 617 7	571. 621 4	169. 808 8

续表

期刊	P	C	CPP	h	h_p	h_c	$0.9h_{pc}$
ANNU REV IMMUNOL	300	73 241	244.14	148	17.320 51	270.630 7	261.496 8
PHYS REV D	21 917	330 901	15.1	148	148.043 9	575.239 9	170.966 8
AMER J HUM GENET	3 048	147 829	48.5	147	55.208 69	384.485 4	192.826 2
CURR BIOL	4 234	148 808	35.15	146	65.069 19	385.756 4	173.593 7
CIRC RES	3 344	143 663	42.96	145	57.827 33	379.029	183.427 7
ADVAN MATER	4 468	137 244	30.72	145	66.843 1	370.464 6	161.554 3
ACCOUNT CHEM RES	1 125	79 926	71.05	144	33.541 02	282.711 9	178.413 2
ARCH GEN PSYCHIAT	1 222	73 487	60.14	143	34.957 12	271.084 9	164.109 1
DIABETES	4 465	151 717	33.98	142	66.820 66	389.508 7	172.751 9
NEUROLOGY	8 871	213 713	24.09	142	94.185 99	462.291	172.669 4
AMER J RESPIR CRIT CARE MED	5 311	175 498	33.04	141	72.876 6 1	418.924 8	179.646 5
J CLIN ENDOCRINOL METAB	8 540	220 686	25.84	141	92.412 12	469.772 3	178.654 6
ANAL CHEM	10 546	233 112	22.1	140	102.693 7	482.816 7	172.699 4
HEPATOLOGY	3 953	140 501	35.54	139	62.872 89	374.834 6	170.917 8
PLANT CELL	2 279	107 655	47.24	138	47.738 87	328.108 2	171.970 8
AMER J PSYCHIAT	3 116	117 695	37.77	138	55.821 14	343.067	164.423 5
J MOL BIOL	10 067	243 723	24.21	135	100.334 4	493.683 1	180.702 1
NUCL PHYS B	7 806	145 155	18.6	133	88.351 57	380.992 1	139.257 4
PHYS LETT B	13 356	218 983	16.4	133	115.568 2	467.956 2	153.151 5
MON NOTIC ROY ASTRON SOC	12 003	186 320	15.52	133	109.558 2	431.648	142.459 4
J CHEM PHYS	28 287	395 459	13.98	133	168.187 4	628.855 3	176.821
ANN NEUROL	2 484	94 772	38.15	131	49.839 74	307.850 6	153.478 3
FEBS LETT	13 689	249 088	18.2	131	117	499.087 2	165.515 3
HUM MOL GENET	3 589	129 823	36.17	130	59.908 26	360.309 6	167.451 9
AMER J PATHOL	4 403	142 018	32.25	130	66.355 11	376.852 8	166.061 7
MACROMOLECULES	14 607	270 168	18.5	128	120.859 4	519.776 9	170.989
BRAIN	2 377	89 261	37.55	127	48.754 49	298.765 8	149.652 2
ARCH INTERN MED	3 090	102 886	33.3	127	55.587 77	320.758 5	150.758 7
J CELL SCI	4 801	129 196	26.91	127	69.289 25	359.438 5	151.490 8
BIOCHEM J	8 190	176 508	21.55	127	90.498 62	420.128 6	156.096 4

续表

期刊	P	C	CPP	h	h_p	h_c	$0.9h_{pc}$
ARTHRITIS RHEUM	4 059	118 321	29.15	126	63.710 28	343.978 2	151.088 7
CHEM MATER	7 886	154 272	19.56	126	88.803 15	392.774 7	144.499
BIOCHEMISTRY-USA	19 170	366 119	19.1	126	138.455 8	605.077 7	191.233
APPL ENVIRON MICROBIOL	10 238	198 751	19.41	124	101.183	445.815	156.827 4
ARTERIOSCLER THROMB VASC BIOL	3 949	117 638	29.79	123	62.841 07	342.984	151.894 7
BIOCHEM BIOPHYS RES COMMUN	22 983	296 179	12.89	123	151.601 5	544.223 3	156.304 3
MOL MICROBIOL	5 439	146 392	26.92	122	73.749 58	382.612 1	157.963 4
DIABETES CARE	4 278	108 880	25.45	122	65.406 42	329.969 7	140.455 5
ENDOCRINOLOGY	6 944	165 322	23.81	122	83.330 67	406.598 1	157.897 8
FASEB J	3 970	82 476	20.77	122	63.007 94	287.186 4	119.643 1
CLIN INFECT DIS	6 128	119 874	19.56	122	78.281 54	346.228 2	132.847 1
GENOME RES	2 011	79 314	39.44	121	44.844 17	281.627 4	146.249 8
LANGMUIR	16 189	237 395	14.66	120	127.236	487.232	151.529 1
BIOL PSYCHIAT	3 316	90 592	27.32	119	57.584 72	300.985	135.267
STROKE	4 871	126 113	25.89	119	69.792 55	355.123 9	148.352 2
J APPL PHYS	32 581	296 364	9.1	119	180.502 1	544.393 2	139.213 8
CLIN CANCER RES	7 668	163 723	21.35	118	87.567 12	404.627	151.760 7
HYPERTENSION	4 167	109 770	26.34	116	64.552 3	331.315 6	142.457 4
MOL BIOL CELL	3 995	113 099	28.31	115	63.206 01	336.301 9	147.389 1
KIDNEY INT	6 470	132 472	20.47	115	80.436 31	363.967	139.437 6
RADIOLOGY	5 067	115 527	22.8	114	71.182 86	339.892 6	138.104 2
CHEM COMMUN	14 158	218 584	15.44	114	118.987 4	467.529 7	150.002 6
DEVELOP BIOL	4 629	106 088	22.92	113	68.036 75	325.711 5	134.474 1
AMER J CLIN NUTR	3 964	97 365	24.56	112	62.960 3	312.033 7	133.720 1
GENETICS	5 314	118 044	22.21	112	72.897 19	343.575 3	137.881 6
BIOPHYS J	7 594	144 954	19.09	111	87.143 56	380.728 2	140.398

表 3.1 数据按 C 降序排列拟合图见图 3.2。

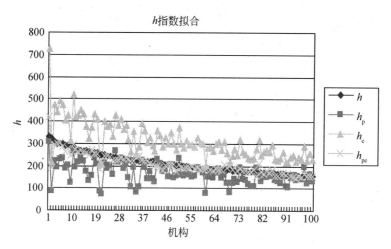

图 3.2　100 个机构 h 指数拟合图

表 3.2 数据按 C 降序排列拟合图见图 3.3。

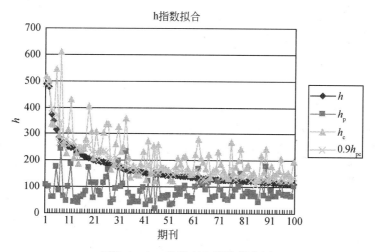

图 3.3　100 种期刊 h 指数拟合图

显然，两组数据都显示 Glänzel-Schubert 模型获得最佳拟合效果，三种估计的数值分布归纳为

$$h_{\mathrm{p}} < h \sim h_{\mathrm{pc}} < h_{\mathrm{c}} \qquad (3.20)$$

由于 Pearson 相关系数表征了正态分布数据的相关性，而 Spearman 相关系数表征了非正态分布数据的相关性，故我们用 Pearson 相关系数和 Spearman 相关系数共同构成全面反映相关信息的全息相关矩阵，则 100 个机构和 100 种期刊

的全息相关矩阵分别如表 3.3、表 3.4 所示。

表 3.3　100 个机构 h 指数实检值与计算值的全息相关矩阵（0.01 水平）

Correlations		Spearman (Sig. (2-tailed))			
		h	h_{p}	h_{c}	h_{pc}
Pearson (Sig. (2-tailed))	h	1	0.450 (0.000)	0.735 (0.000)	0.907 (0.000)
	h_{p}	0.449 (0.000)	1	0.872 (0.000)	0.511 (0.000)
	h_{c}	0.756 (0.000)	0.872 (0.000)	1	0.833 (0.000)
	h_{pc}	0.885 (0.000)	0.576 (0.000)	0.899 (0.000)	1

表 3.4　100 种期刊 h 指数实检值与计算值的全息相关矩阵（0.01 水平）

Correlations		Spearman (Sig. (2-tailed))			
		h	h_{p}	h_{c}	$0.9h_{\mathrm{pc}}$
Pearson (Sig. (2-tailed))	h	1	0.021 (0.834) *	0.616 (0.000)	0.942 (0.000)
	h_{p}	0.124 (0.220) *	1	0.737 (0.000)	0.065 (0.520) *
	h_{c}	0.740 (0.000)	0.723 (0.000)	1	0.665 (0.000)
	$0.9h_{\mathrm{pc}}$	0.975 (0.000)	0.169 (0.093) *	0.786 (0.000)	1

* 相关性不显著

从表 3.4 和表 3.5 可见无论从何种角度评价，Glänzel-Schubert 模型都是最佳选择。尽管 WoS 数据库和 ESI 数据库同期数据并不完全相同，但在统计意义上的对比提供了参考判别信息。同时，对纯粹幂律模型的数据拟合结果不佳（Ye and Rousseau，2008），强化了上述认识。

从理论上分析，Hirsch 模型、Egghe-Rousseau 模型和 Glänzel-Schubert 模型的贯通只需要一个条件，这就是 Lotka 信息计量学成立且 P 和 C 之间存在幂律关系（Ye，2011）：

$$C = aP^{\beta} \tag{3.21}$$

在此条件下，Egghe-Rousseau 模型（3.8）成立，将（3.21）代入（3.8）得

$$h = \left(\frac{C}{a}\right)^{1/\alpha\beta} \tag{3.22}$$

当 $\alpha\beta = 2$ 时，（3.22）就是 Hirsch 模型。

用 $1 = C^{\alpha/(\alpha+1)}C^{-\alpha/(\alpha+1)}$ 乘（3.22）两端并注意 C 可用（3.21）替换，有

$$h = P^{1/\alpha}C^{\alpha/(\alpha+1)}C^{-\alpha/(\alpha+1)} = a^{-\alpha/(\alpha+1)}P^{1/\alpha}C^{\alpha/(\alpha+1)}(P^{-\alpha/(\alpha+1)})^{\beta} \tag{3.23}$$

如果

$$\beta = 1 + \frac{1}{\alpha^2} = \frac{\alpha^2 + 1}{\alpha^2} \tag{3.24}$$

令 $c = a^{-a/(\alpha+1)}$，即得

$$h = a^{-a/(\alpha+1)} P^{1/a} (C/P)^{a/(\alpha+1)} (P^{-1/a(\alpha+1)}) = cP^{1/(\alpha+1)} (C/P)^{a/(\alpha+1)} \quad (3.25)$$

这正是 Glänzel-Schubert 模型，其中 $c > 0$ 是常数。

因此，Hirsch 模型、Egghe-Rousseau 模型和 Glänzel-Schubert 模型具有统一的内在机理，其同时成立的条件是 Lotka 信息计量学框架和 P-C 幂律联系。三类模型中 Egghe-Rousseau 模型只有一个自由参数（α），是最简化的 h 指数模型；Hirsch 模型和 Glänzel-Schubert 模型中均有两个自由参数（α 或 β，或 a 或 c），因而应能更好地拟合实际数据。

当 $\alpha = 2$ 和 $c = 1$ 时，有 $\beta = 1.25$ 和 $a = 1$，于是可得 h 指数的 Hirsch 型估计值为

$$h \sim C^{2/5} = C^{0.4} \quad (3.26)$$

Egghe-Rousseau 估计值为

$$h \sim P^{1/2} = P^{0.5} \quad (3.27)$$

Glänzel-Schubert 估计值为

$$h \sim P^{1/3} (C/P)^{2/3} \quad (3.28)$$

前述检验过的实证数据支持这些论断。式（3.26）即为高小强和赵星（2010）最近导出的 h-C 幂律关系模型简化形式。

式（3.21）的产生机理可以解释为自然和社会系统中普遍存在的幂律分布（Gabaix et al.，2003；Newman，2005；Clauset et al.，2009），在文献计量学中也有经验基础（Price，1976；Redner，1998；Katz，1999），但也存在个别争议（Van Raan，2001），这为 h 指数理论模型研究的继续深入研究留下扩展空间。

参 考 文 献

高小强，赵星 . 2010. h 指数与论文总被引 C 的幂律关系 . 情报学报，29(3)：506-510

Burrell Q L. 2007. Hirsch's h-index: A stochastic model. Journal of Informetrics，1(1)：16-25

Clauset A，Shalizi C R，Newman M E J. 2009. Power-law distributions in empirical data. SIAM review，51(4)：661-703

Egghe L. 2007. Dynamic h-index: the Hirsch index in function of time. Journal of the American Society for Information Science and Technology，58(3)：452-454

Egghe L，Rousseau R. 2006. An informetric model for the Hirsch-index. Scientometrics，69(1)：121-129

Gabaix X，Gopikrishnan P，Plerou V，et al. 2003. A theory of power-law distributions in financial market fluctuations. Nature，423(6937)：267-270

Glänzel W. 2006. On the h-index—A mathematical approach to a new measure of publication activity and citation impact. Scientometrics，67(2)：315-321

Hirsch J E. 2005. An index to quantify an individual's scientific research output. Proceedings of the National Academy of Sciences of the USA，102(46)：16569-16572

Katz J S. 1999. The self-similar science networks. Research Policy，28：501-517

Newman M. 2005. Power laws，Pareto distributions and Zipf's law. Contemporary Physics，46 (5)：323-351

Price D S. 1976. A general theory of bibliometrics and other cumulative advantage distribution. Journal of the American Society for Information Science，27(5)：292-306

Redner S. 1998. How popular is your paper? An empirical study of the citation distribution. European Physical Journal B，4：131-134

Schubert A，Glänzel W. 2007. A systematic analysis of Hirsch-type indices for journals. Journal of Informetrics，1(2)：179-184

Van Raan A F J. 2001. Competition amongst scientists for publication status - Toward a model of scientific publication and citation distributions. Scientometrics，50(1)：347-357

Ye F Y. 2009. An investigation on mathematical models of the h-index. Scientometrics，81(2)：493-498

Ye F Y. 2011. A unification of three models for the h-index. Journal of the American Society for Information Science and Technology，62(1)：205-207

Ye F Y，Rousseau R. 2008. The power law model and total career h-index sequences. Journal of Informetrics，2：288-297

第4章　h 指数与信息计量理论研究

h 指数的发现（Hirsch，2005）不仅为信息计量指标增加了新指数，而且为信息计量理论研究增添了新内容，作为一个计量测度，h 指数的魅力在于非常简单却蕴涵着丰富的信息计量学信息，既可供实际应用，也可供理论分析。尤其是 h 核概念（Rousseau，2006）和网络 h 指数（Schubert et al.，2009）的引进，可以大大拓展 h 指数理论研究范围，简述如下。

4.1　h 尾-核率和引文分布

h 核概念可以广泛应用于源-项（source-item）关系（Schubert and Glänzel，2007；Ye and Rousseau，2008；Egghe，2010）和多种时间窗口（Liang and Rousseau，2009），设 h 核中引文数为 C_H，则 C_H 的平方根称为 R 指数（Jin et al.，2007）：

$$R = \sqrt{C_H} \tag{4.1}$$

类似地，可以引进 Z 指数作为 h 尾的测度：

$$Z = \sqrt{C_T} \tag{4.2}$$

其中，C_T 是所有引文数减去 C_H 后剩余的引文。注意到 $C_H - h^2 = e^2$ 隐含着一个新指数——e 指数（Zhang，2009），可以把引文曲线 $C(r)$ 的分布划分为 e 区、h 区和 h 尾区，如图 4.1 所示。

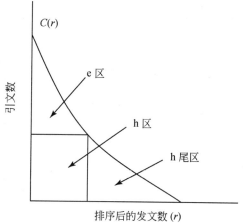

图 4.1　分成三区的连续型引文分布曲线

如果把 $C_T(t)/C_H(t)$ 称为尾-核率，则可用一个时间相关指数作为测度，称为 k 指数（Ye and Rousseau，2010）

$$k(t) = \frac{C(t)}{P(t)} / \frac{C_T(t)}{C_H(t)} \tag{4.3}$$

以期刊 *Scientometrics* 的实际数据作为例子，我们从 WoS 中收集了十年数据（1998～2008），见表 4.1。

表 4.1　期刊 *Scientometrics* 的实际数据

发表年份	P	C	$C_H=R^2$	$C_T=Z^2$	C/P
1998	102	863	410	453	8.46
1998～1999	228	1389	515	874	6.09
1998～2000	339	2214	639	1575	6.53
1998～2001	440	3026	852	2174	6.88
1998～2002	541	3934	1008	2926	7.27
1998～2003	635	4615	1059	3556	7.27
1998～2004	736	5368	1172	4196	7.29
1998～2005	850	5913	1256	4657	6.96
1998～2006	996	6489	1384	5105	6.52
1998～2007	1130	6686	1384	5302	5.92
1998～2008	1262	6730	1384	5346	5.33

相应参数图见图 4.2。

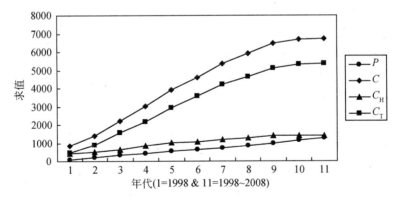

图 4.2　期刊 *Scientometrics* 年代-引文分布（1998～2008）

由此计算获得的尾-核率（C_T/C_H）和 k 指数如表 4.2 所示。

表 4.2　期刊 *Scientometrics* 的尾-核率和 k 指数

年份	$C_H/\%$	$C_T/\%$	C_T/C_H	k	h
1998	47.51	52.49	1.1	7.66	16
1998~1999	37.08	62.92	1.7	3.59	19
1999~2000	28.86	71.14	2.5	2.65	22
2000~2001	28.16	71.84	2.6	2.70	24
2001~2002	25.62	74.38	2.9	2.51	26
2002~2003	22.95	77.05	3.4	2.16	27
2003~2004	21.83	78.17	3.6	2.04	28
2004~2005	21.24	78.76	3.7	1.88	29
2005~2006	21.33	78.67	3.7	1.76	31
2006~2007	20.70	79.30	3.8	1.54	31
2007~2008	20.56	79.44	3.9	1.38	31

尽管我们已用幂律模型部分解释了尾-核率（C_T/C_H）的成因（Ye and Rousseau, 2010），理论上仍可进一步深入研究。例如，图 4.1 显示的 $C(r)$ 和以 r 表征的 P 之间的关系可用负幂规律描述为：

$$C(r) = ar^{-b} \tag{4.4}$$

综合长尾理论可望丰富对幂律模型的认识。值得指出的是：k 指数并非一个 h 型指数，只是一个与 h 指数相关的 h 尾-核分布测度。

4.2　广义 h 指数及其延展

在已经引进的各类 h 指数中，有两类广义 h 指数值得关注：一是 Egghe 等使用过的信息计量 h 指数（Egghe，2010）和进一步扩展的统计学意义上的广义 h 指数，另一个是 Schubert 使用的网络度 h 指数（Schubert et al. , 2009）。

1) 信息计量 h 指数和统计学意义上的广义 h 指数

从纯粹信息计量角度，可以把 h 指数定义为：任何信息源的信息计量 h 指数等于它至多有 h 个产出至少被引 h 次。

由于 h 指数的简洁普适特性，甚至可以超越信息计量学而作为一般统计概念上的类似于总数、平均数的基础统计参量，并可广泛应用于社会、经济和自然系统中。在此框架下可形成统计学意义上的广义 h 指数。

该广义 h 指数含义是：将事物的某一表征属性按数值降序排列，寻找最大的序号 h，使序号 h 对应的属性数值大于或等于 h，而序号 $h+1$ 对应的属性数值小

于 $h+1$。其计算过程的形式化表达如表 4.3 所示。

表 4.3　广义 h 指数的形式化表达

排序 i	属性值 X_i	判定条件
1	X_1	$X_1 \geqslant X_2$
2	X_2	$X_2 \geqslant X_3$
⋮	⋮	⋮
$h-1$	X_{h-1}	$X_{h-1} \geqslant h-1$
h	X_h	$X_h \geqslant h$
$h+1$	X_{h+1}	$X_{h+1} \leqslant h$
⋮	⋮	⋮
$N-1$	X_{N-1}	$X_{N-1} \leqslant h$
N	X_N	$X_N \leqslant h$

注：N 为对象集合中个例总数。表中阴影表示 h 指数取值，全书同

广义 h 指数的主要统计学意义在于关注了顶端数据。现实系统中，二八律普遍存在，且我们关注的或能获取的数据常常也并非全集而仅是部分，也时常有幂律分布在社会、经济或自然系统中出现。广义 h 指数正好能测度幂律或类似形状分布（如指数分布等）的顶端部分数据，这类顶端数据也是现实中需要重点关注的关键样本。即便是正态分布，对其顶端数据的 h 指数测度也能给出与平均数等传统参量所不能表征的信息。因此，广义 h 指数在更广泛系统中的使用，可能会揭示出一些以前未能关注到的现象。

表 4.4 是广义 h 指数在社会经济系统中的一个应用案例，记录了某厂家的生产 20 种型号大型仪器在 3 周内的销量数据。

表 4.4　某厂家产品销售的 h 指数测度

| 排序 | 第一周 | | 第二周 | | 第三周 | |
	仪器代码	销售台数	仪器代码	销售台数	仪器代码	销售台数
1	AS5	56	BD3	55	AS5	75
2	BD3	23	AS5	33	BD3	40
3	AD2	22	AD2	25	HJ6	29
4	AS2	20	GH1	23	RT5	25
5	GH1	18	HJ6	20	AD2	10
6	HJ6	15	AS2	10	AS2	6
7	RT5	12	EF2	10	KU7	5

排序	第一周		第二周		第三周	
	仪器代码	销售台数	仪器代码	销售台数	仪器代码	销售台数
8	EE1	11	VN3	9	TT3	5
9	EF2	10	AM2	8	GH1	5
10	KU7	10	EE1	8	IO5	5
11	AM2	5	TT3	6	AM2	3
12	JU7	4	RT5	5	YT6	3
13	PO9	3	YT6	3	VN3	2
14	WE2	3	JU7	3	JU7	2
15	TT3	2	WE2	1	EF2	2
16	YT6	2	IO5	1	EE1	1
17	IO5	2	KU7	1	WE2	1
18	QG2	1	DS1	1	DS1	1
19	DS1	1	PO9	0	PO9	1
20	VN3	0	QG2	0	QG2	1
汇总		220		222		222

注：表中阴影表示 h 指数取值

由表 4.4 可见，该厂家的销售总量三个月内并无太大变化，由于产品型号数量稳定，每种型号的平均销售量也无较大变动。但 h 指数的逐渐降低，则表明该厂的销售正向更少数的型号集中。假定每种型号产品利润相等，h 指数逐渐降低，即说明其利润已主要由 h 核心内的几种关键产品产生。厂家的生产和营销策略可能需要作出相应调整。这一案例中总量和平均数未有变化，当有变化时，还可将 h 指数与其他统计量相对照，又可能得到新的管理启示。

h 指数的算法性质要求对象个体数量与属性数值量级可比，否则其测评将失去有效性。但现实中这一条件未必一定满足，如表 4.5 所示的两个案例。

表 4.5　两组对象个体数量与属性数值量级不可比的算例

序号	对象个体	属性数值	序号	对象个体	量
1	A	1 199 990	1	a	2.2
2	B	999 980	2	b	1.9
3	C	599 900	3	c	1.8
4	D	380 000	4	d	1.6
5	E	278 000	5	e	0.5

序号	对象个体	属性数值	序号	对象个体	量
6	F	156 000	6	f	0.35
7	G	90 000	7	g	0.29
⋮		⋮	⋮		⋮
100	...	5000	200	...	0.001

由表 4.5 可见，两组数据中，一组是属性数值量级过大，h 指数直接等于对象个体数量，h 指数的测度失效。另一组是属性数值量级太小，h 指数等于 1，h 指数的测度也无效。故需寻求改进方法使得 h 指数在这类情况下仍具有测度有效性。

由于 h 指数应用的都是对象个体的集合，主要关注点常是内部互比。因此，可考虑采用数值变换的方法，在不失去数据间总体差异关系的情况下，将原始数据变换为可用 h 指数测量的量级。

变换方法可采用将全部属性数值都除以中位数的方法，假设表 4.5 中第一组数据的中位数为 8000，第二组的中位数为 0.025，则表 4.5 数据变换表 4.6。

表 4.6　变换后的两组算例

序号	对象个体	属性数值	序号	对象个体	量
1	A	150.00	1	a	88.00
2	B	125.00	2	b	76.00
3	C	74.99	3	c	72.00
4	D	47.50	4	d	64.00
5	E	34.75	5	e	20.00
6	F	19.50	6	f	14.00
7	G	11.25	7	g	11.60
⋮		⋮	⋮		⋮
100	...	0.63	200	...	0.04

由表 4.6 可见，变换后的属性数值量已可以排序并进行 h 指数计算。这一变换可扩充广义 h 指数的应用范围。

固然，使用中位数变换的方法也未必能全部解决量级不可比问题。当数据偏斜程度或差异程度很大时，中位数作为变换中的参数未必合适，此时需要寻找更合适的变换参数。另一方面，数值变换客观上也损失了原始数据的数值信息，解释结果中的 h 指数时需参照原始数据才能得到合理结论。

2) 网络度 h 指数

源自社会学的社会网络研究 (Watts, 2007; Borgatti et al., 2009) 和由物理学主导的复杂网络研究 (Strogatz, 2001; Albert and Barabasi, 2002, 2009), 已在 21 世纪开始的十年中发展出一门新兴的横断研究领域——网络科学 (network science)。在网络研究中, 节点和节点之间的联系是两个最基本的分析单元。节点的联系数量被称为度。Schubert 将网络度 h 指数定义为: 当网络中有 h 个节点的度不少于 h 时, 此网络的度 h 指数为 h (A network has a degree h-index of h, if not more than h of its nodes have a degree of not less than h)。

在此定义下, 可把 h 指数研究拓展到网络研究中。网络度 h 指数可测量网络整体的聚集情况, 即网络中节点的联系紧密程度, 并可由此扩展研究内容, 导致 h 指数和广义 h 指数研究向网络科学延展。

此外, Egghe 等还广泛研究了 h 指数与 Ferrers 图、Durfee 方等的关系并尝试进行信息计量学解释 (Egghe, 2010), 也体现了 h 指数研究的延展活力。

参 考 文 献

Albert R, Barabasi A L. 2002. Statistical mechanics of complex networks. Reviews of Modern Physics, 74(1): 47-97

Albert R, Barabasi A L. 2009. Scale-free networks: a decade and beyond. Science, 325(5939): 412, 413

Borgatti S P, Mehra A, Brass D J, et al. 2009. Network analysis in the social sciences. Science, 323(5916): 892-895

Egghe L. 2005. Power laws in the information production process: Lotkaian informetrics. Amsterdam: Elsevier

Egghe L. 2010. The Hirsch-index and related impact measures. Annual Review of Information Science and Technology, 44: 65-114

Egghe L, Rousseau R. 2006. An informetric model for the Hirsch-index. Scientometrics, 69(1): 121-129

Hirsch J E. 2005. An index to quantify an individual's scientific research output. Proceedings of the National Academy of Sciences of the USA, 102(46): 16569-16572

Jin B H, Liang L M, Rousseau R, et al. 2007. The R-and AR-indices: complementing the h-index. Chinese Science Bulletin, 52(6): 855-863

Liang L M, Rousseau R. 2009. A general approach to citation analysis and an h-index based on the standard impact factor framework. Proceedings of ISSI 2009: 143-153

Liu Y X, Rousseau R. 2008. Definitions of time series in citation analysis with special attention to the h-index. Journal of Informetrics, 2(3): 202-210

Rousseau R. 2006. New developments related to the Hirsch index. Science Focus, 1(4): 23-25 (in Chinese). English version available at: E-LIS: code 6376

Schubert A, Glänzel W. 2007. A systematic analysis of Hirsch-type indices for journals. Journal of Informetrics, 1(2): 179-184

Schubert A, Korn A, Telcs A. 2009. Hirsch-type indices for characterizing networks. Scientometrics, 78(2): 375-382

Strogatz S H. 2001. Exploring complex networks. Nature, 410(6825): 268-276

Watts J. 2007. A twenty-first century science. Nature, 445: 48

Ye F Y, Rousseau R. 2008. The power law model and total career h-index sequences. Journal of Informetrics, 2(4): 288-297

Ye F Y, Rousseau R. 2010. Probing the h-core: an investigation of the tail-core ratio for rank distributions. Scientometrics, 84(2): 431-439

Zhang C T. 2009. The e-index, complementing the h-index for excess citations. PLoS One, 4(5): e5429

第三篇　实证研究

　　h指数已在学者、期刊、学术机构、专利权人等层面得到广泛应用，本书也对其进行多层面实证研究。

第 5 章　　学者 h 指数实证研究

学者 h 指数是 h 指数的原创点，对学者 h 指数进行实证检验是 h 指数研究的一项基础工作。第 3 章已经在机构和期刊两类群体水平上检验了 h 指数的三类数学模型，本章在个体水平上对国际理科学者和国内文科学者的 h 指数进行比较系统的实证研究（潘有能等，2009；丁楠等，2009）。

5.1　基　础　数　据

国际理科学者的原始数据以 ESI 和 Web of Science（WoS）作为统一数据来源——用 ESI 选取数学、物理、化学、生物和地球科学 5 个学科中的代表性学者，再用 WoS 查出数据。具体操作过程如下：

（1）进入 ESI 数据库（1997～2007），选取 Scientist，再选定一个学科（如物理），选择按 Citations 降序排列，取前 300 名科学家；接着选 Citations per paper 降序排列，同样取前 300 名科学家。然后取两个名单的交集作为代表性学者。因化学和生物中两个名单的交集不足 50 人，故扩展到前 500 名。最终各学科得到的有效学者数分别是：数学 118 位、物理 96 位、化学 64 位、生物 52 位、地球科学 74 位。

（2）进入 WoS 数据库，在 Author 栏中输入学者姓名，点击 Search，选 Create Citation Report，获得学者的被引篇数 P（Results found）、被引次数 C（Sum of the times cited）、篇均被引次数 CPP（Average citations per item）和 h 指数（h-index）。

该方法可在一定程度上规避 ESI 中部分学者姓名缩写相同导致计数差错而影响到排名结果的可能。为使各学科学者数量一致，表 5.1 中列出各学科 h 指数排名前 50 位的学者数据。

表 5.1　国际理科各学科 h 指数排名前 50 位的学者数据

序号	物理					化学				
	学者	h	P	C	CPP	学者	h	P	C	CPP
1	Hill J	60	990	17 752	17.93	Whitesides G M	94	587	33 627	57.29
2	Ishihara K	56	1 102	21 683	19.68	Mann M	92	533	30 323	56.89

序号	物理					化学				
	学者	h	P	C	CPP	学者	h	P	C	CPP
3	Hatakeya M A S	52	375	14 639	39.04	Buchwald S L	78	283	19 258	68.05
4	Barabasi A L	47	124	14 869	119.91	Lieber C M	75	206	26 553	128.9
5	Goodman M	45	605	19 304	31.91	Grubbs R H	75	369	23 196	62.86
6	Scott D	45	785	18 958	24.15	Schreiber S L	71	271	19 129	70.59
7	Feng J L	45	198	20 944	105.78	Smalley R E	70	198	21 953	110.87
8	Vogel P	42	528	20 255	38.36	Stucky G D	69	337	19 248	57.12
9	Dekker C	42	170	13 127	77.22	Aebersold R	68	312	21 547	69.06
10	Totsuka Y	35	186	10 013	53.83	Noyori R	68	185	14 769	79.83
11	Yanagisaw A C	34	80	9 311	116.39	Jacobsen E N	66	158	14 333	90.72
12	Hagiwara K	34	363	15 502	42.71	Friend R H	64	342	17 907	52.36
13	Stone J L	34	160	9 953	62.21	Weiss S	63	853	17 313	20.3
14	Sakurai N	33	349	9 772	28	Sharpless K B	63	205	14 394	70.21
15	Okazawa H	33	213	9 592	45.03	Yang P D	62	179	17 727	99.03
16	Mauger C	33	61	9 270	151.97	Alivisatos A P	59	200	16 810	84.05
17	Learned J G	33	79	10 363	131.18	Dai H J	59	162	16 684	102.99
18	Shiozawa M	33	148	9 713	65.63	Mirkin C A	57	334	18 240	54.61
19	Sullivan G W	32	94	8 783	93.44	Thompson M E	55	332	11 657	35.11
20	Mcgrew C	30	62	8 903	143.6	List B	53	294	10 675	36.31
21	Kibayashi A	30	65	8 745	134.54	Yaghi O M	49	131	14 605	111.49
22	Hayato Y	30	71	9 017	127	Gros P	45	359	18 753	52.24
23	Kaneyuki K	30	68	8 974	131.97	Feng J L	45	198	20 944	105.78
24	Sharkey E	29	44	8 736	198.55	Clore G M	44	134	16 789	125.29
25	Shirai J	29	84	8 041	95.73	Heath J R	44	167	8 290	49.64
26	Kameda J	29	87	8 862	101.86	Brunger A T	41	132	16 578	125.59
27	Johnson K F	29	78	13 494	173	Chmelka B F	36	91	9 848	108.22
28	Koshio Y	29	58	8 298	143.07	Peng X G	32	98	8 461	86.34
29	Tasaka S	28	169	8 807	52.11	Rizzarda E	31	81	5 435	67.1
30	Albert R	27	146	10 376	71.07	Hauge R H	30	96	5 466	56.94
31	Gajewski W	27	53	8 535	161.04	Adams P D	29	127	13 136	103.43
32	Ellsworth R W	27	67	8 269	123.42	Eddaoudi M	29	59	9 383	159.03

续表

序号	物理				化学			
	学者	h	P	C	CPP	学者	h	P	C	CPP
33	Goodman J A	27	99	8 271	83. 55	Letsinger R L	27	49	5 765	117. 65
34	Vagins M R	27	49	8 389	171. 2	Pople J A	27	74	5 279	71. 34
35	Saji C	27	50	8 171	163. 42	Moad G	26	62	4 753	76. 66
36	Svoboda R	27	60	8 375	139. 58	Nilges M	25	85	13 035	153. 35
37	Manohar A V	26	60	12 527	208. 78	Allen F H	25	75	7 314	97. 52
38	Kropp W R	26	49	8 396	171. 35	Welton T	25	72	5 877	81. 62
39	Haines T J	26	67	8 118	121. 16	Wolfe J P	25	73	5 141	70. 42
40	Sobel H W	26	53	8 398	158. 45	Thang S H	25	68	4 762	70. 03
41	Blaufuss E	26	57	8 123	142. 51	Cossi M	25	54	4 801	88. 91
42	Babu K S	26	155	13 319	85. 93	Read R J	23	58	14 094	243
43	Doser M	26	128	13 602	106. 27	Terwilliger T C	23	69	5 116	74. 14
44	Jackson J D	25	218	14 149	64. 9	Redfern P C	23	41	4 614	112. 54
45	Hogan C J	25	114	16 304	143. 02	Jiang J S	20	206	12 408	60. 23
46	Kohama M	25	54	8 112	150. 22	Simonbson T	19	55	11 772	214. 04
47	Messier M D	25	52	7 977	153. 4	Altomare A	17	88	4 653	52. 88
48	Keig W E	24	41	7 880	192. 2	Warren G L	16	65	11 403	175. 43
49	Dimopoulos S	24	54	8 045	148. 98	Polidori G	15	134	5 147	38. 41
50	Goldhaber M	24	54	7 621	141. 13	Rice L M	14	28	11 734	419. 07

序号	数学				生物			
	学者	h	P	C	CPP	学者	h	P	C	CPP
1	Chen R	56	1 494	14 488	9. 7	Karin M	92	280	31 861	113. 79
2	Wright P E	49	170	8 526	50. 15	Massague J	69	133	20 126	151. 32
3	Scherf U	46	364	11 462	31. 49	Rosenfeld M G	68	178	17 729	99. 6
4	Friedman J	46	681	9 205	13. 52	Tsien R Y	62	147	15 089	102. 65
5	Perelson A S	40	208	7 894	37. 95	Dixit V M	62	110	18 274	166. 13
6	Liu J S	40	942	9 057	9. 61	Date Y	56	983	15 137	15. 4
7	Yang Y H	39	1 092	9 883	9. 05	White O	52	125	16 576	132. 61
8	Newman M E J	36	94	7 054	75. 04	Hannon G J	52	116	14 376	123. 93
9	Rubin D B	36	164	14 171	86. 41	Chait B T	48	159	12 583	79. 14
10	Tibshirani R	35	153	14 094	92. 12	Thompson J D	43	460	21 631	47. 02
11	Efron B	32	77	8 176	106. 18	Stark G R	43	108	7 906	73. 2

序号	数学				生物				
	学者	h	P	C	CPP	学者	h	P	C	CPP
12	Johansson K	32	268	3 351	12.5	Tuschl T	42	75	14 674	195.65
13	Lin D Y	32	275	3 257	11.84	Bairoch A	42	91	10 774	118.4
14	Buhlmann P	32	110	4 308	39.16	Bateman A	39	180	15 952	88.62
15	Devlin B	28	158	2 984	18.89	Birney E	38	101	19 254	190.63
16	Speed T P	28	124	6 155	49.64	Mackinnon R	36	100	10 306	103.06
17	Robins J M	28	109	2 859	26.23	Ciechanover A	36	92	8 869	96.4
18	Frohlich J	28	325	4 987	15.34	Durbin R	36	88	16 358	185.89
19	Boyd S	26	244	3 337	13.68	Eddy S R	36	57	17 523	307.42
20	Zeger S L	26	93	3 075	33.06	Feng Z	31	403	9 369	23.25
21	Constantin A	25	158	2 198	13.91	Holbrook N J	31	78	5 015	64.29
22	Agresti A	25	111	2 057	8.53	Berman H M	30	76	8 611	113.3
23	Fan J Q	25	115	1 955	17	Wheeler D L	26	108	3 841	35.56
24	Kuang Y	25	128	2 118	16.55	Sonnhammer E L L	22	62	7 388	119.16
25	Marsden J E	25	148	2 053	13.87	Lipman D J	22	31	25 184	812.39
26	Brown L D	25	233	2 256	9.68	Hershko A	20	53	5 157	97.3
27	Hastie T	24	84	4 847	57.7	Gibson T J	19	53	15 284	288.38
28	Raftery A E	24	87	2 697	31	Bourne P E	19	96	8 017	83.51
29	Wasserman L	24	124	1 895	15.28	Kumasaka T	17	97	3 697	38.11
30	Roeder K	23	64	1 875	29.3	Higgins D G	16	40	15 729	393.23
31	Robinson P M	23	106	2 109	19.9	Westbrook J	16	50	6 928	138.56
32	Rice J A	22	140	2 213	15.81	Ostell J	16	26	2 966	114.08
33	Meng X L	22	206	2 268	11.01	Yalcin A	15	129	4 895	37.95
34	Newton M A	21	98	1 873	19.11	Cohen S L	14	122	4 238	34.74
35	Lagarias J C	21	115	2 195	19.09	Fraser C M	14	68	587	8.63
36	Fridlyand J	20	58	1 631	28.12	Harborth J	13	22	5 424	246.55
37	Shu C W	20	120	1 670	13.92	Doyle D A	13	34	3 527	103.74
38	Donoho D L	20	67	1 430	21.34	Teller D C	13	24	3 156	131.5
39	Pepe M S	20	60	2 350	39.17	Livak K J	12	20	6 058	302.9
40	Peterson A	20	242	1 603	6.62	Bhat T N	12	25	6 982	279.28
41	Collin F	19	82	2 434	29.68	Schmittgen T D	12	32	5 862	183.19
42	Spiegelhal ter D J	19	52	1 792	34.46	Pfuetzner R A	11	11	3 528	320.73

序号	数学				生物				
	学者	h	P	C	CPP	学者	h	P	C	CPP
43	Keel M	19	107	1 360	12.71	Gulbis J M	10	16	3 740	233.75
44	Ruppert D	19	55	1 058	19.24	Shindyalov IN	10	23	6 932	301.39
45	Heagerty P J	19	68	1 574	23.15	Plewniak F	9	13	12 362	950.92
46	Irizarry R A	18	54	3 436	63.63	Gilliland G	8	34	6 279	184.68
47	Lewis R M	18	152	1 302	8.57	Weissig H	7	11	6 703	609.36
48	Werner W	18	170	1 419	8.35	Elbashir S M	6	7	6 275	896.43
49	Dahmen W	18	47	877	8.66	Lendeckel W	5	5	6 309	1 261.8
50	Pang J S	18	71	1 688	23.77	Jeanmougin F	4	4	13 388	3347

序号	地球科学				序号	地球科学				
	学者	h	P	C	CPP		学者	h	P	C	CPP
1	Jones P	56	1 318	13 565	10.29	26	Cox P M	23	72	2 409	33.49
2	Kaufman Y J	38	135	6 445	47.74	27	Briffa K R	22	60	2 330	38.83
3	Prentice IC	38	81	4 633	57.2	28	Webster P J	22	74	2 397	32.39
4	Logan J A	35	112	4 263	38.06	29	Lea D W	22	53	2 409	45.45
5	Tanre D	34	90	5 316	59.07	30	Hulme M	22	90	2 554	28.38
6	Wallace J M	34	227	7 782	34.28	31	Bousquet P	22	145	2 173	14.99
7	Kaplan A	33	395	5 188	13.13	32	Raynaud D	21	60	3 266	54.43
8	Smirnov A	32	224	4 425	19.75	33	Osborn T J	21	53	2 251	42.47
9	Gower S T	32	94	3 925	41.76	34	Novakov T	21	35	1 883	53.8
10	Trenberth K E	31	75	3 762	50.16	35	Stauffer B	21	57	1 942	34.07
11	Pagani M	30	240	4 670	19.46	36	Barnola J M	20	58	2 819	48.6
12	Hedges J I	29	61	2 584	42.36	37	Parker D E	20	93	2 444	26.28
13	Eck T F	28	69	3 691	53.49	38	Chappellaz J	19	52	2 801	53.87
14	Mitchell J F B	28	48	3 467	72.23	39	Petit J R	19	70	2 683	38.33
15	Rasch P J	27	60	2 996	49.93	40	Barnett T P	19	40	1 581	39.53
16	Bard E	26	89	5 366	60.29	41	Rahmstore S	19	48	1 677	34.94
17	Palmer T N	26	84	2 792	33.24	42	Barka A	19	37	1 571	42.46
18	Facchini M C	26	69	2 481	35.96	43	Overpeck J T	19	41	1 607	39.2
19	Prospero J M	26	48	2 887	60.15	44	Kromer B	18	51	4 663	91.43
20	Fuzzi S	26	68	2 401	35.31	45	Hughen K A	18	28	4 420	157.86
21	Kiehl J T	25	52	3 091	59.44	46	Johnsen S J	18	53	2 368	44.68
22	Mann M E	24	71	2 670	37.61	47	Law C S	18	57	1 877	32.93
23	Buesseler K O	24	53	2 094	39.51	48	Holben B	18	47	1 783	37.94
24	Stuiver M	23	36	8 353	232.03	49	Tett S F B	18	38	2 141	56.34
25	Slutsker I	23	32	2 952	92.25	50	Folland C K	18	35	1 964	56.11

国内文科学者则以 CSSCI 为来源数据库，选取文学、历史学、哲学、法学、经济学、图书馆、情报与文献学作为代表性学科，统计这 6 个学科 2002～2006 年 5 年间的论文引用情况（包括被引次数 C、被引篇数 P 和篇均被引次数 CPP），得到来源文献 20 余万篇，引文 170 余万条。进而计算出这 6 个学科内所有学者的 h 指数。以各学科 h 指数排名在前 100 位的学者为研究对象。鉴于 CSSCI 可能出现录入失误，因此对这前 100 位学者的数据进行了核查，以保证结果的科学性。为同等比较，表 5.2 中仅列出了排名前 50 位学者的数据，h 指数相同的学者其出现先后为随机顺序。

表 5.2　国内文科各学科 h 指数排名前 50 位的学者数据

序号	文学					历史学					哲学				
	学者	C	P	CPP	h	学者	C	P	CPP	h	学者	C	P	CPP	h
1	鲁迅	5364	1801	2.98	21	马克思	1591	172	9.25	15	马克思	10207	250	40.83	30
2	胡适	1556	555	2.80	16	毛泽东	1656	481	3.44	15	孔子	707	76	9.3	16
3	马克思	1041	137	7.60	14	梁启超	1836	768	2.39	14	海德格尔	1229	266	4.62	15
4	朱光潜	784	190	4.13	13	孙中山	1441	425	3.39	13	孟子	607	64	9.48	15
5	王国维	668	212	3.15	12	胡适	1039	527	1.97	11	冯友兰	921	189	4.87	13
6	钱钟书	761	121	6.29	11	司马迁	1230	432	2.85	10	李泽厚	507	117	4.33	13
7	周作人	1388	731	1.90	11	班固	1215	494	2.46	9	黑格尔	1046	67	15.61	12
8	梁启超	767	305	2.51	10	钱穆	462	164	2.82	9	哈贝马斯	636	130	4.89	12
9	茅盾	873	426	2.05	10	陈独秀	609	261	2.33	9	康德	926	151	6.13	11
10	沈从文	751	336	2.24	10	陈寅恪	481	199	2.42	9	朱熹	1195	470	2.54	11
11	郭绍虞	468	101	4.63	9	白寿彝	389	151	2.58	9	毛泽东	674	90	7.49	11
12	李泽厚	387	93	4.16	9	康有为	465	228	2.04	9	贺麟	574	44	13.05	11
13	闻一多	602	264	2.28	9	郭沫若	419	213	1.97	8	牟宗三	502	86	5.84	11
14	郭沫若	822	382	2.15	9	李大钊	393	170	2.31	8	胡塞尔	386	102	3.78	11
15	陈寅恪	349	126	2.77	9	朱熹	415	257	1.61	8	列宁	961	84	11.44	10
16	宗白华	244	57	4.28	8	汤志钧	221	69	3.2	8	倪梁康	344	71	4.85	10
17	王夫之	301	118	2.55	9	顾颉刚	507	258	1.97	8	荀子	294	51	5.76	10
18	陈独秀	456	169	2.70	8	列宁	468	109	4.29	7	庄子	387	84	4.61	9
19	钱理群	431	160	2.69	8	中国史学会	343	131	2.62	7	朱光潜	310	78	3.97	9
20	朱熹	458	201	2.28	8	严复	350	160	2.19	7	钱穆	310	117	2.65	9

序号	文学				历史学				哲学			
	学者	C	P	CPP	h	学者	C	P	CPP	h	学者	C	P	CPP	h
21	陈平原	356	135	2.64	8	余英时	282	101	2.79	7	江泽民	350	85	4.12	8
22	刘小枫	217	58	3.74	8	中共中央文献研究室	251	93	2.7	7	陈鼓应	297	63	4.71	8
23	朱自清	413	208	1.99	8	中国第一历史档案馆	422	218	1.94	7	梁启超	609	305	2	8
24	林语堂	388	191	2.03	8	侯外庐	173	53	3.26	7	王夫之	429	149	2.88	8
25	张爱玲	272	99	2.75	8	费孝通	208	95	2.19	7	张岱年	418	136	3.07	8
26	郁达夫	424	200	2.12	8	孟子	153	45	3.4	7	徐复观	281	84	3.35	8
27	曹顺庆	204	84	2.43	8	司马光	932	454	2.05	6	冯契	202	46	4.39	8
28	汪晖	179	62	2.89	8	欧阳修	846	492	1.72	6	万俊人	264	85	3.11	8
29	孔子	139	34	4.09	8	徐松	603	382	1.58	6	恩格斯	398	61	6.52	7
30	毛泽东	449	142	3.16	7	顾炎武	471	266	1.77	6	孙周兴	356	54	6.59	7
31	洪子诚	270	57	4.74	7	张之洞	379	229	1.66	6	苗力田	272	41	6.63	7
32	童庆炳	276	96	2.88	7	中国第二历史档案馆	483	242	2	6	维特根斯坦	293	57	5.14	7
33	刘勰	348	124	2.81	7	王国维	398	202	1.97	6	何兆武	234	42	5.57	7
34	伍蠡甫	152	21	7.24	7	秦孝仪	300	154	1.95	6	陈来	198	60	3.3	7
35	胡风	417	203	2.05	7	费正清	154	42	3.67	6	杜维明	187	87	2.15	7
36	钱谦益	220	106	2.08	7	范文澜	172	55	3.13	6	俞吾金	267	136	1.96	7
37	周扬	297	128	2.32	7	黄宗智	141	35	4.03	6	黄宗羲	413	215	1.92	6
38	郑振铎	336	161	2.09	7	章太炎	424	229	1.85	6	何怀宏	214	35	6.11	6
39	赵毅衡	173	65	2.66	7	周恩来	200	102	1.96	6	北京大学哲学系外国哲学史教研室	252	13	19.38	6
40	欧阳修	417	193	2.16	6	唐长孺	187	80	2.34	6	王阳明	294	118	2.49	6
41	苏轼	457	247	1.85	6	王先谦	179	84	2.13	6	胡适	401	197	2.04	6
42	杨义	306	85	3.60	6	傅斯年	287	139	2.06	6	宗白华	194	57	3.4	6

续表

序号	文学				历史学				哲学			
	学者	C	P	CPP	h	学者	C	P	CPP	h	学者	C	P	CPP	h
43	陈思和	381	159	2.40	6	何兆武	154	52	2.96	6	张载	221	70	3.16	6
44	袁行霈	219	58	3.78	6	黄宗羲	310	194	1.6	6	关文运	129	12	10.75	6
45	严羽	128	19	6.74	6	许涤新	91	20	4.55	6	李幼蒸	137	19	7.21	6
46	恩格斯	190	63	3.02	6	罗志田	326	139	2.35	6	汪子嵩	130	19	6.84	6
47	游国恩	147	38	3.87	6	吕思勉	161	70	2.3	6	余英时	195	65	3	6
48	陈晓明	230	119	1.93	6	汪敬虞	128	44	2.91	6	张一兵	229	82	2.79	6
49	李贽	263	132	1.99	6	孔子	123	31	3.97	6	张世英	153	46	3.33	6
50	梁实秋	247	119	2.08	6	金冲及	112	42	2.67	6	康有为	183	93	1.97	6

序号	法学				经济学				图书馆、情报与文献学			
	学者	C	P	CPP	h	学者	C	P	CPP	h	学者	C	P	CPP	h
1	马克思	2201	171	12.87	18	马克思	7798	280	27.85	31	张晓林	781	116	6.73	13
2	王利明	1547	260	5.95	18	林毅夫	1778	311	5.72	18	邱均平	739	176	4.2	13
3	王泽鉴	1125	163	6.9	16	国家统计局	3110	580	5.36	17	吴慰慈	493	110	4.48	11
4	邓正来	1154	131	8.81	15	张维迎	1752	107	16.37	15	胡昌平	346	56	6.18	11
5	梁慧星	1360	217	6.27	14	张杰	664	92	7.22	13	蒋永福	430	85	5.06	11
6	高铭暄	1014	117	8.67	14	樊纲	720	190	3.79	13	马费成	475	106	4.48	10
7	陈兴良	1246	257	4.85	14	张军	677	162	4.18	12	吴建中	474	71	6.68	9
8	苏力	1048	195	5.37	13	谢平	620	121	5.12	12	黄宗忠	448	101	4.44	9
9	张明楷	1105	101	10.94	12	蔡昉	562	126	4.46	12	范并思	345	82	4.21	9
10	赵秉志	884	294	3.01	12	江小涓	545	129	4.22	12	包昌火	276	50	5.52	9
11	马克昌	695	66	10.53	11	世界银行	919	362	2.54	12	黄俊贵	316	67	4.72	9
12	郑成思	661	160	4.13	11	Krugman, Paul	780	124	6.29	11	程亚男	245	50	4.9	9
13	陈光中	568	136	4.18	11	江泽民	757	162	4.67	11	王子舟	280	52	5.38	9
14	沈宗灵	780	64	12.19	10	毛泽东	640	128	5	11	初景利	269	43	6.26	8
15	陈瑞华	614	94	6.53	10	易纲	435	66	6.59	11	程焕文	336	104	3.23	8
16	梁治平	518	95	5.45	10	魏后凯	421	55	7.65	11	张琪玉	270	88	3.07	8
17	吴汉东	493	76	6.49	10	杨瑞龙	378	84	4.5	11	肖希明	275	60	4.58	8

续表

序号	法学				经济学				图书馆、情报与文献学			
	学者	C	P	CPP	h	学者	C	P	CPP	h	学者	C	P	CPP	h
18	张文显	1112	78	14.26	9	胡鞍钢	758	291	2.6	11	王知津	272	78	3.49	8
19	季卫东	546	111	4.92	9	吴必虎	487	60	8.12	10	王世伟	264	83	3.18	8
20	黄风	413	49	8.43	9	李扬	569	126	4.52	10	马海群	211	57	3.7	8
21	江平	528	124	4.26	9	沈坤荣	318	50	6.36	10	盛小平	223	47	4.74	8
22	罗豪才	396	56	7.07	9	厉以宁	403	117	3.44	10	马克思	229	49	4.67	7
23	储槐植	409	76	5.38	9	顾朝林	394	89	4.43	10	李国新	198	38	5.21	7
24	徐国栋	458	111	4.13	9	吴敬琏	344	58	5.93	10	彭斐章	210	57	3.68	7
25	夏勇	351	81	4.33	9	刘树成	282	60	4.7	10	刘兹恒	139	40	3.48	7
26	何勤华	367	101	3.63	9	列宁	683	96	7.11	9	焦玉英	135	30	4.5	7
27	樊崇义	297	71	4.18	9	周其仁	392	89	4.4	9	叶鹰	137	32	4.28	7
28	张卫平	369	113	3.27	9	保继刚	423	77	5.49	9	苏新宁	113	31	3.65	7
29	何家弘	351	109	3.22	9	Shleifer, Andrei	288	33	8.73	9	叶继元	127	43	2.95	7
30	贺卫方	526	126	4.17	8	姜波克	320	63	5.08	9	柯平	173	72	2.4	7
31	王亚新	432	68	6.35	8	陆大道	300	49	6.12	9	赵继海	150	14	10.71	6
32	应松年	421	93	4.53	8	余永定	310	79	3.92	9	岳剑波	127	15	8.47	6
33	孙宪忠	376	74	5.08	8	郭克莎	316	92	3.43	9	肖珑	135	22	6.14	6
34	张晋藩	366	89	4.11	8	梁小民	262	46	5.7	9	赖茂生	147	34	4.32	6
35	李双元	318	74	4.3	8	中共中央文献研究室	321	88	3.65	9	刘嘉	114	21	5.43	6
36	沈达明	220	29	7.59	8	钱颖一	255	55	4.64	9	马文峰	136	28	4.86	6
37	公丕祥	249	58	4.29	8	袁志刚	223	44	5.07	9	谭祥金	143	33	4.33	6
38	孔祥俊	242	52	4.65	8	郭庆旺	303	69	4.39	9	王重民	137	51	2.69	6
39	王保树	266	70	3.8	8	杨小凯	465	72	6.46	8	黄如花	121	26	4.65	6
40	波斯纳，理查德·A	359	11	32.64	8	陈宗胜	344	56	6.14	8	卢泰宏	148	42	3.52	6
41	左卫民	212	65	3.26	8	王小鲁	294	34	8.65	8	莫少强	110	28	3.93	6
42	史尚宽	652	33	19.76	7	刘伟	391	109	3.59	8	陈光祚	146	43	3.4	6

序号	法学					经济学					图书馆、情报与文献学				
	学者	C	P	CPP	h	学者	C	P	CPP	h	学者	C	P	CPP	h
43	姜明安	405	65	6.23	7	洪银兴	409	96	4.26	8	国家统计局	100	34	2.94	6
44	陈新民	369	50	7.38	7	姚洋	268	42	6.38	8	李家清	102	24	4.25	6
45	江伟	383	83	4.61	7	唐旭	217	29	7.48	8	强自力	83	11	7.55	6
46	王铁崖	319	36	8.86	7	王俊豪	235	38	6.18	8	查先进	97	23	4.22	6
47	尹田	326	67	4.87	7	金碚	292	55	5.31	8	黄晓斌	161	59	2.73	6
48	列宁	362	94	3.85	7	李实	302	62	4.87	8	倪波	62	14	4.43	6
49	毛泽东	315	84	3.75	7	Levine, Ross	252	46	5.48	8	中国图书馆分类法编辑委员会	222	21	10.57	5
50	崔建远	294	65	4.52	7	平新乔	233	45	5.18	8	严怡民	229	21	10.9	5

5.2 结果讨论

按照 h 指数的定义，其大小与被引次数、被引篇数以及被引次数的分布情况密切相关。由于被引次数与被引篇数之间关系密切，为使分析结果更客观，对 h 指数与被引次数、被引篇数的关系采取偏相关分析。由于 CPP 序列与 h 序列不等距，故对 CPP 与 h 指数的关系采用 Spearman 相关分析。表 5.3 呈现了国际理科各学科学者 h 指数与传统文献计量学指标的相关关系及偏相关关系。

表 5.3 国际理科各学科学者 h 指数与传统文献计量学指标的相关关系及偏相关关系

相关性			学者 h 指数				
			物理	化学	数学	生物	地球科学
偏相关关系	C	偏相关系数	0.053	0.673	0.705	0.690	0.418
		显著性水平（双尾）	0.607	0.000	0.000	0.086	0.000
	P	偏相关系数	0.621	0.462	0.304	0.389	0.288
		显著性水平（双尾）	0.000	0.000	0.001	0.005	0.014
相关关系	CPP	斯皮尔曼相关系数	−0.698	−0.429	−0.101	−0.535	−0.454
		显著性水平（双尾）	0.000	0.000	0.276	0.000	0.000

由表 5.3 可以看出 h 指数和被引篇数 P 的关系在 5 个学科内多为显著性相关关系；而被引次数 C 与 h 指数的关系则在除物理和生物外的学科领域呈显著性相关，偏相关系数也表现出了较大差别。篇均被引次数 CPP 和 h 指数之间则呈现显著性负相关。

事实上，h 指数不但受到被引次数和被引篇数的直接影响，还取决于被引次数的分布。而篇均被引次数正是被引次数分布的一种体现，可以独立于 h 指数使用。

再用数学 118 位、物理 96 位、化学 64 位、生物 52 位、地球科学 74 位学者数据检验以下数学模型对理科学者 h 指数的适用性：

（1）Hirsch 公式估计（Hirsch，2005）：

$$h_c \sim \sqrt{\frac{C}{3}} \tag{5.1}$$

（2）Egghe-Rousseau 公式估计（Egghe and Rousseau，2006）：

$$h_p \sim \sqrt{P} \tag{5.2}$$

（3）Glänzel-Schubert 公式估计（Glänzel，2006；Schubert and Glänzel，2007）：

$$h_{pc} \sim P^{1/3} (C/P)^{2/3} \tag{5.3}$$

原公式中有 c 常数，这里取 c＝1 进行检验。

将上述 5 个领域的学者数据分别代入式（5.1）、（5.2）、（5.3），获得的结果中实际 h 指数排名前 50 位（地球科学与数学的基本模式一致，为排列整齐略）的拟合情形如图 5.1 所示。

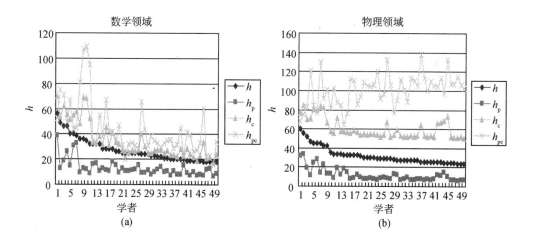

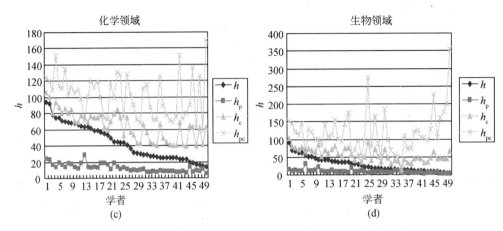

图 5.1　国际理科四个领域前 100 位学者的 h 指数拟合示意

计算数据表明所有领域学者的 h 指数大多数数据落在式（5.1）和（5.2）的估计值之间：

$$h_p < h < h_c \tag{5.4}$$

其中对数学和地球科学的拟合 Hirsch 公式较好，对生物的拟合 Egghe-Rousseau 公式较优，在国际理科学者数据拟合中 Glänzel-Schubert 公式则出现很大偏差。

将 5 个学科的所有有效数据 h、h_c、h_p、h_{pc} 汇总成 4 列等距数列，用 SPSS 求出其 Pearson 相关系数和 Spearman 相关系数如表 5.4 所示。

表 5.4　国际理科学者 h 指数全息相关矩阵（0.01 水平）

Correlations		Spearman (Sig. (2-tailed))			
		h	h_p	h_c	h_{pc}
Pearson (Sig. (2-tailed))	h	1	0.851 (0.000)	0.644 (0.000)	0.289 (0.000)
	h_p	0.742 (0.000)	1	0.490 (0.000)	0.047 (0.344)*
	h_c	0.696 (0.000)	0.504 (0.000)	1	0.863 (0.000)
	h_{pc}	0.177 (0.000)	−0.068 (0.175)*	0.760 (0.000)	1

* 相关性不显著

表 5.4 相关系数表明在所研究的 5 个理科领域中，式（5.2）和（5.1）估计值与实际 h 指数之间均有统计学意义上的显著相关性。

同理对国内文科各学科学者 h 指数与传统文献计量学指标的相关关系分析呈现于表 5.5 中。

表 5.5 国内文科各学科学者 h 指数与传统文献计量学指标的相关关系及偏相关关系

相关性			学者 h 指数					
			文学	历史学	哲学	法学	经济学	图书馆、情报与文献学
偏相关关系	C	偏相关系数	0.522	0.819	0.749	0.814	0.795	0.620
		显著性水平（双尾）	0.000	0.000	0.000	0.000	0.000	0.000
	P	偏相关系数	−0.247	−0.516	0.299	0.337	0.385	0.189
		显著性水平（双尾）	0.014	0.000	0.003	0.001	0.000	0.061
相关关系	CPP	斯皮尔曼相关系数	0.056	0.058	0.349	0.226	0.072	0.194
		显著性水平（双尾）	0.577	0.569	0.000	0.024	0.474	0.053

由表 5.5 可以看出 6 个学科学者的被引次数和 h 指数均呈现显著性相关关系，而且相关系数较大，多为强相关。这和人们对 h 指数的常识相符，即更多的被引次数可以提高学者的 h 指数。而通常，学者的 h 指数要受到被引篇数的限制，h 指数通常小于被引篇数，那么是否被引篇数越大 h 指数就越高呢？这时考查它们的相关关系如果不采用偏相关分析的话，被引次数与 h 指数的强相关关系就会影响到被引篇数和 h 指数相关关系的分析结果。本章在控制被引次数的影响后发现被引篇数和 h 指数的偏相关关系存在以下 3 种可能——显著性相关关系，呈弱相关或中相关；显著性相关关系，呈负相关；相关关系不显著——几乎囊括了所有可能。而篇均被引次数在 5 个学科中与 h 指数的关系均为不显著相关关系，仅在哲学领域呈现显著性相关，表明 CPP 和 h 指数可以作为相互独立的指标使用。同样，将上述 6 个文科领域的前 100 名学者的有关数据分别代入式（5.1）、（5.2）、（5.3），获得的结果中实际 h 指数排名前 100 位的拟合情形如图 5.2 所示。

计算数据表明除文学和历史学领域外，其余领域学者的 h 指数大多数数据落在式（5.1）和（5.2）的估计值之间：

$$h_p \leqslant h \leqslant h_c \tag{5.5}$$

对文学和历史学，Glänzel-Schubert 公式的估计值更接近实际 h 指数。这是与国际学者拟合结果不同的地方，却正好能与第 3 章结果相互参验。

将以上 6 个学科的 h、h_c、h_p、h_{pc} 汇总成 4 列各 600 个数据的等距数列，用 SPSS 求出其 Pearson 相关系数和 Spearman 相关系数如表 5.6 所示。

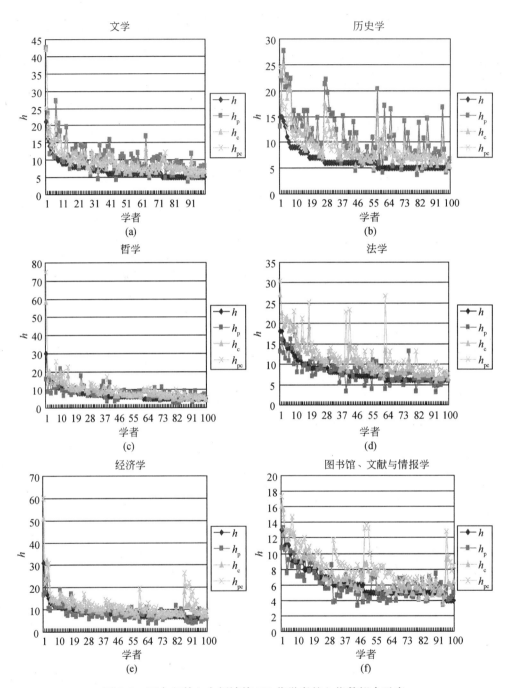

图 5.2　国内文科六个领域前 100 位学者的 h 指数拟合示意

表 5.6 国内文科学者 h 指数全息相关矩阵（0.01 水平）

Correlations		Spearman (Sig. (2-tailed))			
		h	h_p	h_c	h_{pc}
Pearson (Sig. (2-tailed))	h	1	0.508 (0.000)	0.762 (0.000)	0.751 (0.000)
	h_p	0.531 (0.000)	1	0.772 (0.000)	0.335 (0.000)
	h_c	0.879 (0.000)	0.722 (0.000)	1	0.835 (0.000)
	h_{pc}	0.807 (0.002)	0.317 (0.000)	0.876 (0.000)	1

表 5.6 相关系数表明在所研究的 6 个文科领域中，式（5.1）估计值与实际 h 指数的 Pearson 相关性和 Spearman 相关性均较好。

综上所述，国际理科学者的数据显示，被引篇数 P 和被引次数 C 与 h 指数都有一定相关性。国内文科学者数据表明，被引次数 C 与 h 指数的相关性最大。h 指数实际值大多落在 Hirsch 公式和 Egghe-Rousseau 公式估计值之间。本章数据采集方法与第 3 章有异，面向个体 h 指数也与面向群体 h 指数有别，结果可供进一步研究参考（叶鹰，2007）。

参 考 文 献

丁楠等. 2009. 基于 CSSCI 的文科学者 h 指数实证研究. 大学图书馆学报，27(2)：55-60

潘有能等. 2009. 基于 WebofScience 的理科学者 h 指数实证研究. 大学图书馆学报，27(2)：61-65，84

叶鹰. 2007. h 指数和 h 型指数的机理分析与实证研究导引. 大学图书馆学报，25(5)：2-8

Egghe L, Rousseau R. 2006. An informetric model for the Hirsch-index. Scientometrics，69(1)：121-129

Glänzel W. 2006. On the h-index - A mathematical approach to a new measure of publication activity and citation impact. Scientometrics，67(2)：315-321

Hirsch J E. 2005. An index to quantify an individual's scientific research output. Proceedings of the National Academy of Sciences of the United States of America，102(46)：16569-16572

Schubert A, Glänzel W. 2007. A systematic analysis of Hirsch-type indices for journals. Journal of Informetrics，1(2)：179-184

第6章 期刊 h 指数实证研究

自著名信息计量学家 Braun 等将 h 指数（Hirsch，2005）推广应用于期刊评价以来（Braun et al.，2006），关于期刊 h 指数的研究绵延不绝（Schubert and Glänzel，2007；Bar-Ilan，2008；Iglesias and Percharroman，2007；姜春林等，2006；姜春林，2007）。其中与 Garfield 提出的经典期刊评价指标——影响因子（impact factor）以及后期发展的五年累积影响因子（5-year impact factor）和即年指标（immediacy index，IMI）进行比较尤为重要。本章选取国际十大学科学术期刊对期刊 h 指数与影响因子及衍生指标进行系统地实证研究①。

6.1 基 础 数 据

根据计算公式可知，影响因子的发文窗口是统计当年 k 的前 2 年，即 $k-1$ 年、$k-2$ 年；五年累积影响因子的发文窗口是统计当年 k 的前 5 年，即 $k-1$ 年、$k-2$ 年、$k-3$ 年、$k-4$ 年和 $k-5$ 年；即年指标的发文窗口则是统计当年 k 年。因此对期刊 h 指数与影响因子进行比较，应将期刊 h 指数的发文窗口与之一一对应。以 2008 年为例，2008 年期刊影响因子对应的期刊 h 指数计算发文窗口为 2006～2007 年；2008 年五年累积影响因子对应的期刊 h 指数计算发文窗口为 2003～2007 年；而 2008 年即年指标对应的期刊 h 指数计算发文窗口则是 2008 年。

由此我们选取 ISI Web of Knowledge 检索平台作为数据采集源；同时以 JCR 学科分类为基础，选定国际十大学科领域，分别是数学、物理、化学、生物学、经济学、管理学、教育学、哲学、历史学、图书情报学。

首先通过 ISI Web of Knowledge JCR（Social Sciences 2008 edition）确定十大学科中高影响因子期刊 195 种②，并采集各学科期刊相关信息及影响因子、五年累积影响因子与即年指标数据。然后在 ISI Web of Science 中，以"出版物名称"和"出版年"字段组配检索，利用"引文分析报告"采集对应发文窗口下的期刊发文量、引文量和 h 指数。最后将两部分期刊数据汇总，如表 6.1 所示。

---

① 前期研究参见周英博等．国际基础科学核心期刊 h 指数实证研究．大学图书馆学报，2009，27（2）：66-70

② 期刊确定过程中，按影响因子每个学科选择 20 种，除去综述类期刊；由于历史学期刊较少，除去综述类期刊后只有 15 种；故总计 195 种。

表 6.1 国际十大学科 195 种期刊基础数据

领域	期刊名缩写	5年影响因子	03-07①期刊发文总量	03-07期刊引文总量	03-07期刊h指数	影响因子	06-07②期刊发文总量	06-07期刊引文总量	06-07期刊h指数	即年指标	2008年期刊发文总量	2008年期刊引文总量	2008年期刊h指数
数学	INT J NONLIN SCI NUM	5.916	323	4 990	35	8.479	164	2 837	28	0.382	55	198	9
数学	ECONOMETRICA	4.943	292	5 324	36	3.865	106	1 199	17	0.255	49	183	7
数学	COMMUN PUR APPL MATH	3.855	256	3 328	25	3.806	97	1 028	16	0.774	55	156	6
数学	B AM MATH SOC	3.658	89	1 023	16	3.5	40	313	8	0.211	21	43	4
数学	CMES-COMP MODEL ENG	3.656	395	3 918	27	4.785	181	1 655	20	1.306	197	900	14
数学	ANN MATH	3.575	273	3 579	28	3.447	98	974	16	1.024	51	210	7
数学	ACM T MATH SOFTWARE	3.361	146	1 558	20	2.197	62	275	10	0.526	46	16	2
数学	J AM MATH SOC	3.308	158	2 179	24	2.476	65	488	12	0.256	41	142	7
数学	CHAOS SOLITON FRACT	2.915	2 799	30 473	59	2.98	1 261	10 804	38	0.804	632	2 273	15
数学	J CRYPTOL	2.908	80	847	15	2.265	35	166	8	0.45	20	55	4
数学	MULTIVAR BEHAV RES	2.805	116	1 299	17	1.647	52	328	8	0.133	30	29	3
数学	MATH PROGRAM	2.745	449	4 472	27	2.336	167	1 053	13	0.589	76	174	7
数学	APPL COMPUT HARMON A	2.635	194	1 637	18	2.344	103	587	12	0.262	43	90	5
数学	J ECONOMETRICS	2.625	585	5 517	29	1.79	317	1 707	16	0.211	168	295	7
数学	MATCH-COMMUN MATH CO	2.593	326	1 805	22	3.5	156	1157	19	0.416	117	415	10
数学	COMPUT METHOD APPL M	2.537	1494	12 826	40	2.129	761	4 298	22	0.412	370	853	9
数学	MULTISCALE MODEL SIM	2.473	265	2 224	22	1.726	114	537	10	0.537	48	79	4
数学	J CHEMOMETR	2.441	298	2 735	23	1.415	115	410	10	0.193	89	126	5
数学	ARCH RATION MECH AN	2.417	277	2 618	22	2.371	119	809	13	0.569	59	159	6

续表

领域	期刊名缩写	5年影响因子	03-07① 期刊发文总量	03-07 期刊引文总量	03-07 期刊h指数	影响因子	06-07② 期刊发文总量	06-07 期刊引文总量	06-07 期刊h指数	即年指标	2008年 期刊发文总量	2008年 期刊引文总量	2008年 期刊h指数
数学	INVENT MATH	2.375	342	3 359	24	2.287	137	1 040	16	0.42	70	222	7
物理	NAT MATER	25.759	1 417	67 521	129	23.132	604	19 077	72	5.326	299	4 362	34
物理	ADV PHYS	13.353	52	2 222	26	15.826	23	960	15	0.5	9	114	6
物理	PROG ENERG COMBUST	8.844	78	2 749	33	8	31	917	16	0.885	26	272	9
物理	ADV FUNCT MATER	8.203	1 291	38 669	80	6.808	751	15 177	50	0.758	440	3 268	22
物理	PROG NUCL MAG RES SP	6.42	85	2 186	29	6.162	41	680	17	1.267	15	122	7
物理	J COSMOL ASTROPART P	6.026	886	15 763	51	6.389	496	6 989	38	1.847	346	2 775	22
物理	INT J NONLIN SCI NUM	5.916	323	5 029	35	8.479	164	2 837	28	0.382	55	198	9
物理	NMR BIOMED	4.815	316	4 911	33	4.329	154	1 671	20	0.481	111	347	9
物理	J HIGH ENERGY PHYS	4.489	4 827	71 896	82	5.375	2 275	25 972	52	2.752	1 282	10 377	37
物理	J MECH PHYS SOLIDS	4.447	545	8 833	43	3.467	215	2 035	21	0.853	186	780	11
物理	MICROFLUID NANOFLUID	4.194	163	1 880	19	3.314	122	1 022	16	0.827	134	569	11
物理	OPT EXPRESS	4.187	5 922	84 916	86	3.88	3 454	33 967	49	0.684	2 335	9 869	25
物理	INT J HYDROGEN ENERG	4.028	1 431	18 147	49	3.452	899	8 790	32	0.634	926	4 040	17
物理	INT J PLASTICITY	4.005	460	7 493	39	3.875	180	1 991	20	0.626	92	449	9
物理	NUCL PHYS B	3.818	2 307	45 722	83	4.158	734	8 707	39	2.3	358	2 498	21
物理	CHEMPHYSCHEM	3.739	1 441	20 308	48	3.636	665	6 735	30	0.615	356	1 457	12
物理	CONTEMP PHYS	3.736	106	1 708	19	2.073	41	281	8	0.05	20	54	4
物理	J BIOMED OPT	3.371	991	10 087	36	2.97	516	2 936	20	0.335	339	686	8

续表

领域	期刊名缩写	5年影响因子	03-07① 期刊发文总量	03-07 期刊引文总量	03-07 期刊h指数	影响因子	06-07② 期刊发文总量	06-07 期刊引文总量	06-07 期刊h指数	即年指标	2008年 期刊发文总量	2008年 期刊引文总量	2008年 期刊h指数
物理	PROG PART NUCL PHYS	3.304	283	3 303	27	3.86	136	1 243	15	1.048	66	317	11
物理	J MASS SPECTROM	3.263	812	9 821	36	2.94	324	2 404	21	0.612	157	635	11
化学	NAT MATER	25.759	1 417	67 521	129	23.132	604	19 077	72	5.326	299	4 362	34
化学	SURF SCI REP	18.898	59	4 434	30	12.808	26	913	18	2.643	15	298	9
化学	ACCOUNTS CHEM RES	15.403	577	34 546	95	12.176	261	9 101	51	2.683	172	4 467	36
化学	LANCET NEUROL	13.748	1 326	20 814	74	14.270	1 987	26 428	78	3.674	242	2 370	28
化学	ALDRICHIM ACTA	12.912	36	1 722	22	16.733	17	775	14	2	8	101	6
化学	ANGEW CHEM INT EDIT	11.025	7 362	253 334	164	10.879	3 416	82 764	96	2.657	1 884	23 755	49
化学	ADV MATER	10.231	2 790	109 125	128	8.191	1 332	32 711	68	0.957	808	7 514	29
化学	BRAIN	9.808	1 471	48 620	89	9.603	654	15 103	56	1.593	322	2 937	25
化学	ANN NEUROL	9.081	4 080	41 915	82	9.935	1 647	9 908	50	2.166	762	2 159	23
化学	J AM CHEM SOC	8.256	16 015	UA	176	8.091	6 324	146 741	99	1.663	3 288	37 210	49
化学	ADV FUNCT MATER	8.203	1 291	38 669	80	6.808	751	15 177	50	0.758	440	3 268	22
化学	NAT PROD REP	7.849	268	6 940	45	7.450	148	2 248	27	2.178	48	601	13
化学	SMALL	7.292	684	14 720	51	6.525	507	8 877	40	0.856	334	2 404	20
化学	LAB CHIP	7.000	906	19 105	58	6.478	529	7 937	38	0.978	305	2 115	19
化学	STROKE	6.872	7 450	68 418	85	6.499	2 788	17 974	47	1.279	1 520	3 944	21
化学	NEUROLOGY	6.857	11 943	UA	97	7.043	5 955	27 474	57	1.796	3 134	5 479	26
化学	NAT CLIN PRACT NEURO	6.806	324	1 968	24	6.979	297	1 806	24	0.957	154	364	11

续表

领域	期刊名缩写	5年影响因子	03-07①期刊发文总量	03-07期刊引文总量	03-07期刊h指数	影响因子	06-07②期刊发文总量	06-07期刊引文总量	06-07期刊h指数	即年指标	2008年期刊发文总量	2008年期刊引文总量	2008年期刊h指数
化学	CURR OPIN COLLOID IN	6.7	248	6 282	41	5.493	87	1 245	18	0.689	51	273	10
化学	NEUROSCIENTIST	6.455	492	6 143	43	5.896	194	1 662	21	0.667	100	271	10
化学	PROG NUCL MAG RES SP	6.42	85	2 186	29	6.162	41	680	17	1.267	15	122	7
生物学	CELL	30.149	2 501	206 449	210	31.253	1 292	67 150	123	6.126	648	13 805	57
生物学	NAT MED	28.965	2 425	98 317	162	27.553	978	23 779	84	5.546	479	4 515	36
生物学	NAT GENET	26.446	1 690	113 238	167	30.259	678	37 391	109	8.549	353	9 800	53
生物学	NAT BIOTECHNOL	25.329	2 354	67 729	137	22.297	898	14 644	64	7.73	383	4 361	37
生物学	CELL METAB	17.974	365	13 688	64	16.107	252	7 732	52	3.653	144	2 402	28
生物学	NAT CELL BIOL	17.637	1 211	55 539	117	17.774	488	16 241	69	5.145	241	3 871	33
生物学	TRENDS ECOL EVOL	17.188	647	26 620	84	11.904	246	5 939	46	1.913	114	1 394	22
生物学	NAT CHEM BIOL	15.235	472	9 932	53	14.612	367	6 783	45	3.893	176	1 609	24
生物学	NAT METHODS	15.011	928	18 904	69	13.651	590	9 878	54	4.254	263	3 038	29
生物学	PLOS BIOL	14.662	1 089	43 312	100	12.683	521	14 694	58	2.184	295	2 936	24
生物学	CURR OPIN CELL BIOL	13.551	514	28 119	88	12.543	200	6 591	48	1.989	100	1 651	22
生物学	PROG LIPID RES	13.358	96	5 446	45	11.237	38	1 362	23	1.538	26	273	10
生物学	DEV CELL	13.284	1 022	42 861	97	12.882	404	10 479	52	3.403	221	2 840	28
生物学	TRENDS BIOCHEM SCI	13.211	526	25 904	84	14.101	186	6 062	45	1.6	83	911	16
生物学	MOL CELL	12.93	1 793	92 745	131	12.903	736	24 730	70	2.748	356	5 679	35
生物学	SYST BIOL	12.743	377	15 523	54	7.833	158	3 300	30	0.946	77	744	12

续表

领域	期刊名缩写	5年影响因子	03-07① 期刊发文总量	03-07 期刊引文总量	03-07 期刊h指数	影响因子	06-07② 期刊发文总量	06-07 期刊引文总量	06-07 期刊h指数	即年指标	2008年期刊发文总量	2008年期刊引文总量	2008年期刊h指数
生物学	MOL SYST BIOL	12.633	188	3 442	31	12.243	156	2 995	29	1.815	76	755	15
生物学	TRENDS CELL BIOL	12.503	476	23 551	85	13.385	168	5 940	45	1.785	80	1 091	19
生物学	MOL PSYCHIATR	11.937	701	22 118	71	12.537	274	5 971	40	4.161	117	1 705	21
生物学	AM J HUM GENET	11.306	4 078	59 138	105	10.153	531	13 319	53	3.039	249	3 272	27
经济学	Q J ECON	8.716	205	6 046	42	5.048	84	1 217	19	0.756	41	224	9
经济学	J ECON GROWTH	6.032	62	1 343	15	2.542	24	221	9	0	12	40	4
经济学	J POLIT ECON	5.742	220	4 482	36	3.725	73	767	16	0.419	32	97	7
经济学	J FINANC ECON	5.203	411	7 387	40	3.542	194	2 090	21	0.562	98	411	9
经济学	J ECON PERSPECT	5.057	267	3 704	31	3.944	95	982	17	0.558	52	121	6
经济学	ECONOMETRICA	4.943	292	5 324	36	3.865	106	1 199	17	0.255	49	183	7
经济学	J ECON GEOGR	4.557	185	2 338	20	2.932	81	648	14	0.576	47	138	7
经济学	J ACCOUNT ECON	4.405	168	2 333	25	2.851	68	545	14	0.143	43	97	6
经济学	J HEALTH ECON	3.585	313	3 818	27	2.118	130	682	13	0.472	112	273	8
经济学	ECON GEOGR	3.578	183	872	15	2.968	84	190	8	0.438	44	68	4
经济学	BROOKINGS PAP ECO AC	3.531	58	121	6	1.455	26	26	3	0.333	14	11	2
经济学	ECON POLICY	2.878	90	433	10	2.25	40	116	6	0.562	20	11	2
经济学	ECON J	2.767	580	3 351	24	1.798	210	816	13	0.375	103	203	7
经济学	J INT ECON	2.749	362	3 201	28	1.724	146	704	13	0.266	89	147	6
经济学	J MONETARY ECON	2.737	472	3 767	30	1.429	244	873	13	0.14	108	137	5

续表

领域	期刊名缩写	5年影响因子	03-07① 期刊发文总量	03-07 期刊引文总量	03-07 期刊h指数	影响因子	06-07② 期刊发文总量	06-07 期刊引文总量	06-07 期刊h指数	即年指标	2008年 期刊发文总量	2008年 期刊引文总量	2008年 期刊h指数
经济学	J LABOR ECON	2.727	148	1 424	20	2.275	53	332	10	0.238	21	38	4
经济学	ENERG ECON	2.726	268	2 389	23	2.248	118	688	13	0.71	179	575	9
经济学	HEALTH ECON	2.627	514	4 569	28	1.994	198	957	14	0.619	104	237	6
经济学	J ECONOMETRICS	2.625	585	5 517	29	1.79	317	1 707	16	0.211	168	295	7
经济学	J ENVIRON ECON MANAG	2.574	273	2 812	25	1.73	90	484	11	0.55	40	133	6
管理学	MIS QUART	11.586	171	6 058	39	5.183	81	1 097	18	0.778	39	128	6
管理学	ACAD MANAGE J	7.67	366	8 033	46	6.079	170	2 611	25	0.273	61	185	6
管理学	STRATEGIC MANAGE J	6.708	355	7 693	42	3.344	137	1 471	18	0.443	77	190	6
管理学	ADMIN SCI QUART	6.313	262	2 032	24	2.853	84	334	12	0.125	44	61	4
管理学	INFORM SYST RES	5.644	110	2 113	26	2.261	49	322	11	0.12	28	49	4
管理学	ORGAN SCI	5.453	257	5 030	35	2.575	113	955	16	0.321	53	145	6
管理学	J INT BUS STUD	5.03	295	3 717	31	2.992	141	1 081	15	0.32	89	254	8
管理学	J MANAGE	4.532	219	3 659	30	3.08	75	830	18	0.225	42	141	7
管理学	INFORM MANAGE-AMSTER	4.079	346	4 770	33	2.358	138	930	15	0.355	62	123	5
管理学	MANAGE SCI	4.065	660	9 919	44	2.354	277	2 123	21	0.389	177	358	7
管理学	RES POLICY	4.043	555	7 044	38	2.655	212	1 669	19	0.206	145	278	7
管理学	J ORGAN BEHAV	3.932	279	3 572	28	2.441	124	764	13	0.579	67	128	5
管理学	J OPER MANAG	3.814	246	3 205	30	2.42	139	986	16	0.364	52	177	7
管理学	J MANAGE INFORM SYST	3.76	223	2 469	21	2.358	95	445	10	0.5	47	106	5

续表

领域	期刊名缩写	5年影响因子	03-07① 期刊发文总量	03-07 期刊引文总量	03-07 期刊h指数	影响因子	06-07② 期刊发文总量	06-07 期刊引文总量	06-07 期刊h指数	即年指标	2008年 期刊发文总量	2008年 期刊引文总量	2008年 期刊h指数
管理学	J PROD INNOVAT MANAG	3.607	308	1 665	20	2.65	143	449	11	0.121	67	66	4
管理学	LEADERSHIP QUART	3.503	220	2 270	24	2.205	84	565	13	0.122	53	76	4
管理学	J MANAGE STUD	3.485	379	4 409	29	2.558	150	1 237	16	1.186	61	240	7
管理学	ORGAN RES METHODS	3.387	162	1 386	19	3.019	74	536	9	1.211	52	198	7
管理学	ORGAN BEHAV HUM DEC	3.187	230	2 588	25	2.74	99	769	15	0.5	42	109	5
管理学	DECISION SCI	3.131	132	1 479	20	2.318	49	315	11	0.172	31	44	3
教育学	J LEARN SCI	4.06	120	1 139	19	2.433	42	212	9	0.133	16	25	2
教育学	AM EDUC RES J	2.874	133	1 198	17	1.667	53	255	9	0.243	38	84	5
教育学	SCI STUD READ	2.843	91	965	18	2.625	36	266	10	0.467	16	46	4
教育学	HEALTH EDUC RES	2.776	392	3 365	25	2.31	180	1 058	17	0.34	99	206	6
教育学	COMPUT EDUC	2.712	352	2 595	23	2.19	183	1 063	16	0.326	231	530	8
教育学	J AM COLL HEALTH	2.528	247	1 622	20	1.663	121	489	10	0.104	103	129	6
教育学	LEARN INSTR	2.446	203	1 888	20	1.435	96	541	11	0.595	46	106	5
教育学	SOCIOL EDUC	2.265	92	704	15	1.594	32	150	8	0.188	17	25	3
教育学	AIDS EDUC PREV	2.093	282	2 895	24	1.505	100	617	12	0.116	43	68	4
教育学	LANG LEARN TECHNOL	2.067	156	705	13	1.7	66	165	7	0.214	26	29	3
教育学	EARLY CHILD RES Q	1.94	161	964	16	1.387	62	310	9	0.324	42	110	5
教育学	PHYS REV SPEC TOP-PH	1.892	40	54	4	1.781	34	53	4	0.688	22	28	3
教育学	ELEM SCHOOL J	1.876	125	726	15	1.234	54	181	7	0.152	36	19	2

续表

领域	期刊名缩写	5年影响因子	03-07① 期刊发文总量	03-07 期刊引文总量	03-07 期刊h指数	影响因子	06-07② 期刊发文总量	06-07 期刊引文总量	06-07 期刊h指数	即年指标	2008年 期刊发文总量	2008年 期刊引文总量	2008年 期刊h指数
教育学	J RES SCI TEACH	1.852	264	1 944	18	1.048	110	456	8	0.22	51	99	5
教育学	SCI EDUC	1.818	318	1 598	18	1.088	129	301	7	0.133	58	77	5
教育学	INSTR SCI	1.816	102	775	15	0.917	36	106	5	0.16	26	27	2
教育学	LANG LEARN	1.8	125	641	14	1.545	55	194	7	0.091	46	39	2
教育学	J EDUC BEHAV STAT	1.75	135	616	13	1.706	48	203	5	0.091	22	28	2
教育学	READ RES QUART	1.717	199	903	17	1.5	71	199	7	0.167	19	35	3
教育学	J COMPUT ASSIST LEAR	1.663	228	1 649	18	1.065	82	334	8	0.07	44	70	5
哲学	SOC STUD SCI	1.987	248	1 171	17	1.343	94	274	7	0.636	45	66	4
哲学	PUBLIC UNDERST SCI	1.605	159	739	13	1.286	65	215	9	0.423	35	45	4
哲学	AGR HUM VALUES	1.319	215	650	12	1.186	100	207	7	0.064	67	29	2
哲学	BIOL PHILOS	1.269	246	832	14	1.063	88	208	7	0.222	46	33	3
哲学	BRIT J PHILOS SCI	0.886	212	671	12	0.867	77	177	6	0.031	44	26	3
哲学	ISIS	0.762	1 684	306	7	0.643	583	95	4	0.226	333	30	3
哲学	BRIT J HIST SCI	0.659	543	188	6	0.486	238	48	4	0.111	88	8	2
哲学	J HIST MED ALL SCI	0.635	317	205	6	0.893	114	73	5	0.176	64	10	2
哲学	MED HIST	0.633	497	216	6	0.609	226	60	3	0.19	120	11	2
哲学	B HIST MED	0.625	740	263	7	0.542	251	79	4	0.35	174	19	2
哲学	SOC HIST MED	0.612	448	288	6	0.431	211	74	4	0.172	90	11	2
哲学	PHILOS SCI	0.574	489	920	11	0.485	146	153	6	0.091	78	35	2
哲学	HIST HUM SCI	0.542	150	213	6	0.426	62	53	3	0.048	40	8	1
哲学	SYNTHESE	0.512	569	1 000	12	0.477	288	367	7	0.148	151	86	4

续表

领域	期刊名缩写	5年影响因子	03-07①期刊发文总量	03-07期刊引文总量	03-07期刊h指数	影响因子	06-07②期刊发文总量	06-07期刊引文总量	06-07期刊h指数	即年指标	2008年期刊发文总量	2008年期刊引文总量	2008年期刊h指数
哲学	PHYS PERSPECT	0.419	194	118	4	0.44	84	19	2	0.083	40	4	1
哲学	J HIST BIOL	0.417	320	195	6	0.422	126	82	5	0.105	48	20	2
哲学	ARCH HIST EXACT SCI	0.373	75	131	5	0.4	30	41	4	0.105	21	11	2
哲学	SCI CONTEXT	0.328	133	137	5	0.179	56	30	3	0.125	28	4	1
哲学	STUD HIST PHILOS SCI	0.322	241	326	7	0.178	98	125	5	0.043	61	22	2
哲学	ANN SCI	0.292	316	85	3	0.351	129	24	2	0.056	50	4	1
历史学	J AM HIST	0.873	3 365	414	9	1.137	1331	101	5	0.524	584	18	2
历史学	ENVIRON HIST	0.78	536	235	7	0.929	224	64	3	0.107	106	11	1
历史学	J AFR HIST	0.6	521	205	6	0.644	174	48	4	0.053	53	6	1
历史学	SOC SCI HIST	0.3	114	230	7	0.602	44	25	2	0.05	23	11	2
历史学	J MOD HIST	0.389	1 175	186	6	0.6	454	46	4	0.312	233	9	2
历史学	J BRIT STUD	0.574	790	197	6	0.589	537	62	4	0.16	269	12	2
历史学	HIST WORKSHOP J	0.545	306	10	1	0.504	131	2	1	0.263	52	0	0
历史学	COMP STUD SOC HIST	0.484	236	297	8	0.459	92	67	3	0.103	63	17	1
历史学	J HIST SEXUALITY	0.062	231	100	4	0.393	75	9	1	0.133	37	4	1
历史学	J INTERDISCIPL HIST	0.4	948	129	5	0.3	390	33	2	0.111	215	10	2
历史学	PAST PRESENT	0.139	169	22	1	0.295	87	8	1	0.026	39	0	0
历史学	WAR HIST	0.194	349	75	5	0.292	130	17	2	0.056	70	2	1
历史学	MOUVEMENT SOC	0.167	351	14	1	0.126	148	6	1	0.125	99	0	0
历史学	EUR HIST Q	0.024	449	41	2	0.11	249	9	2	0.118	163	1	1
历史学	ZEITGESCHICHTE	0.043	143	14	2	0.049	58	5	1	0	33	0	0

续表

领域	期刊名缩写	5年影响因子	03-07① 期刊发文总量	03-07 期刊引文总量	03-07 期刊h指数	影响因子	06-07② 期刊发文总量	06-07 期刊引文总量	06-07 期刊h指数	即年指标	2008年 期刊发文总量	2008年 期刊引文总量	2008年 期刊h指数
图书情报学	MIS QUART	11.586	171	6 058	39	5.183	81	1 097	18	0.778	39	128	6
图书情报学	INFORM SYST RES	5.644	110	2 113	26	2.261	49	322	11	0.12	28	49	4
图书情报学	INFORM MANAGE-AMSTER	4.079	346	4 770	33	2.358	138	930	15	0.355	62	123	5
图书情报学	J AM MED INFORM ASSN	3.886	440	6 589	41	3.428	203	1 893	22	0.56	112	369	9
图书情报学	J MANAGE INFORM SYST	3.76	223	2 469	21	2.358	95	445	10	0.5	47	106	5
图书情报学	J INF TECHNOL	3.097	137	579	12	1.966	66	214	7	0.269	28	12	1
图书情报学	INFORM SYST J	2.94	105	782	16	2.375	43	181	7	0.6	32	49	4
图书情报学	J INFORMETR	2.563	33	279	10	2.531	33	279	10	0.206	34	125	7
图书情报学	J HEALTH COMMUN	2.431	364	2 310	21	2.057	152	688	14	0.087	64	67	4
图书情报学	SCIENTOMETRICS	2.295	598	4 643	29	2.328	274	1 790	19	0.391	131	361	8
图书情报学	INT J GEOGR INF SCI	2.293	304	1 975	22	1.596	122	523	9	0.148	68	99	5
图书情报学	J AM SOC INF SCI TEC	2.178	888	5 582	29	1.954	437	2 044	20	0.375	227	487	11
图书情报学	INFORM PROCESS MANAG	2.02	475	2 903	22	1.852	260	1 139	15	0.25	132	195	5
图书情报学	J DOC	1.911	367	1 028	15	1.712	141	259	7	0.302	71	83	4
图书情报学	GOV INFORM Q	1.753	270	872	16	1.91	107	317	9	0.175	62	72	5
图书情报学	J MED LIBR ASSOC	1.705	508	1 530	17	1.669	210	494	10	0.304	85	52	3
图书情报学	INFORM SOC	1.554	248	854	14	1.042	99	180	6	0.115	47	24	3
图书情报学	TELECOMMUN POLICY	1.534	256	1 024	14	1.244	99	262	7	0.074	69	42	2
图书情报学	INFORM RES	1.445	478	158	5	1	228	45	3	0.079	97	7	1
图书情报学	J INF SCI	1.351	246	1 149	14	1.648	95	472	8	0.167	57	67	3

数据来源：http://isiknowledge.com/wos；http://isiknowledge.com/jcr　　检索时间：2010年4月3日

①03-07表示2003~2007年；②06-07表示2006~2007年

6.2 结果讨论

利用 SPSS 统计软件对国际十大学科 195 种期刊评价指标数据进行相关关系统计分析。

首先对所有样本影响因子（IF）与期刊 h 指数（h06＿07）、五年累积影响因子（IF＿5）与期刊 h 指数（h03＿07）以及即年指标（IMI）与期刊 h 指数（h08）之间的相关性进行分析。如图 6.1、图 6.2 和图 6.3 所示，三对期刊评价指标在散点图中表现出一定的相关关系。

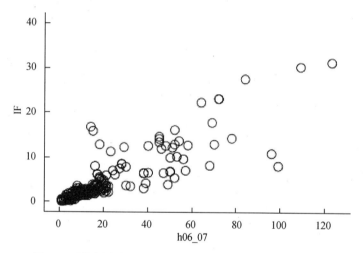

图 6.1 影响因子（IF）与期刊 h 指数（h06＿07）散点图

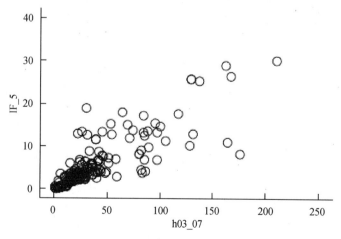

图 6.2 五年累积影响因子（IF＿5）与期刊 h 指数（h03＿07）散点图

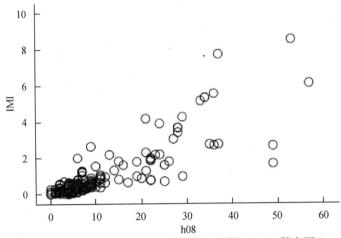

图 6.3　即年指标（IMI）与期刊 h 指数（h08）散点图

　　为了更加精确地分析期刊 h 指数与其他期刊评价指标之间的相关关系，将所有有效数据 IF＿5、h03＿07、IF、h06＿07、IMI、h08 汇总成 6 列数列，用 SPSS 计算 Pearson 和 Spearman 相关系数，结果如表 6.2 所示。在矩阵中，IF＿5 与 h03＿07、IF 与 h06＿07 以及 IMI 与 h08 均表现出强相关性；同时可以发现，在两种相关分析中，IF 与 h06＿07 相关系数分别高于与 h03＿07、h08 的相关系数，IF＿5 与 h03＿07 相关系数分别高于 h06＿07、h08，IMI 与 h08 的相关关系分别高于 h06＿07、h03＿07，这也说明了在期刊 h 指数与影响因子比较分析中应该保证发文窗口时间范围的一致性。由此可见，期刊 h 指数与影响因子之间存在统计学相关，用于期刊评价具有一定有效性。

表 6.2　国际十大学科 195 种期刊 h 指数与其他指标全息相关矩阵（0.01 水平）

Correlations		Spearman（Sig.（2-tailed））					
		IF＿5	h03＿07	IF	h06＿07	IMI	h08
Pearson（Sig.（2-tailed））	IF＿5	1	0.877 (0.000)	0.958 (0.000)	0.871 (0.000)	0.780 (0.000)	0.824 (0.000)
	h03＿07	0.822 (0.000)	1	0.882 (0.000)	0.973 (0.000)	0.778 (0.000)	0.929 (0.000)
	IF	0.971 (0.000)	0.831 (0.000)	1	0.910 (0.000)	0.840 (0.000)	0.880 (0.000)
	h06＿07	0.821 (0.000)	0.977 (0.000)	0.848 (0.000)	1	0.807 (0.000)	0.958 (0.000)
	IMI	0.886 (0.000)	0.807 (0.000)	0.914 (0.000)	0.825 (0.000)	1	0.836 (0.000)
	h08	0.798 (0.000)	0.960 (0.000)	0.826 (0.000)	0.979 (0.000)	0.844 (0.000)	1

在此基础上，我们对每一学科进行分析，以进一步分析期刊 h 指数在各个学科层面上与其他评价指标之间的相关关系。利用 SPSS 对十大学科中的期刊数据分别进行 Pearson 相关系数和 Spearman 相关系数计算，得到三对计量指标的相关系数，如表 6.3 所示。

表 6.3 每一学科期刊 h 指数与其他指标相关系数

Correlation	Pearson（Sig.（2-tailed））			Spearman（Sig.（2-tailed））		
	IF vs h06_07	IF_5 vs h03_07	IMI vs h08	IF vs h06_07	IF_5 vs h03_07	IMI vs h08
数学	0.512 (0.021)	0.226 (0.339)	0.550 (0.012)	0.542 (0.014)	0.207 (381)	0.329 (0.157)
物理	0.484 (0.031)	0.547 (0.013)	0.771 (0.000)	0.303 (194)	0.118 (0.620)	0.640 (0.002)
化学	0.255 (0.278)	0.218 (355)	0.394 (0.086)	0.413 (0.070)	0.379 (0.099)	0.433 (0.057)
生物学	0.896 (0.000)	0.801 (0.000)	0.851 (0.000)	0.705 (0.001)	0.463 (0.040)	0.887 (0.000)
经济学	0.602 (0.005)	0.455 (0.044)	0.419 (0.066)	0.551 (0.012)	0.285 (0.224)	0.443 (0.051)
管理学	0.602 (0.005)	0.549 (0.012)	0.441 (0.052)	0.403 (0.078)	0.688 (0.001)	0.467 (0.038)
教育学	0.499 (0.025)	0.403 (0.078)	0.231 (0.327)	0.321 (0.168)	0.492 (0.028)	0.342 (0.140)
哲学	0.783 (0.000)	0.845 (0.000)	0.632 (0.003)	0.720 (0.000)	0.735 (0.000)	0.531 (0.016)
历史学	0.755 (0.001)	0.677 (0.006)	0.400 (0.139)	0.712 (0.003)	0.655 (0.008)	0.365 (0.181)
图书情报学	0.631 (0.003)	0.633 (0.003)	0.471 (0.036)	0.627 (0.003)	0.605 (0.005)	0.590 (0.006)

可以发现，划分为单一学科后，由于样本量减少，期刊 h 指数与影响因子等指标相关关系自然减弱，并出现不相关现象，尤其是理科学科，如化学学科，三对期刊指标无一相关；相反地，人文社科类学科期刊指标间则基本呈现相关性。

我们再深入地观察 195 种期刊各项数据可以看到，理科学科的 80 种期刊在相应发文窗口下发文量差异较大，而人文社科类学科的 115 种期刊差异较小。可用样本发文量的方差用来衡量学科内部期刊发文量的差异，如表 6.4 所示。

表 6.4　各学科期刊发文量方差值

学科	方差（发文量）
数学	393 374
物理	2 452 333
化学	19 470 792
生物学	1 034 425
经济学	25 816
管理学	17 809
教育学	91 328
哲学	122 777
历史学	660 428
图书情报学	398 617

由此可见，学科内部期刊发文数量存在显著差异。为了能够准确的判断期刊 h 指数与其他指标之间的相关关系，我们控制变量发文数量 P，利用 SPSS 进行偏相关分析，得到十大学科期刊三对期刊指标相关系数，如表 6.5 所示。

表 6.5　每一学科期刊 h 指数与其他指标相关系数

控制变量 P	Partial Correlation（Sig.（2-tailed））		
	IF vs h06_07	IF_5 vs h03_07	IMI vs h08
数学	0.537（0.018）	0.787（0.000）	0.507（0.027）
物理	0.691（0.001）	0.792（0.000）	0.898（0.000）
化学	0.470（0.042）	0.518（0.023）	0.527（0.020）
生物学	0.696（0.001）	0.766（0.000）	0.671（0.002）
经济学	0.874（0.000）	0.783（0.000）	0.405（0.085）
管理学	0.741（0.000）	0.800（0.000）	0.535（0.018）
教育学	0.663（0.002）	0.600（0.007）	0.309（0.198）
哲学	0.727（0.000）	0.844（0.000）	0.621（0.005）
历史学	0.551（0.041）	0.533（0.050）	−0.206（0.480）
图书情报学	0.840（0.000）	0.782（0.000）	0.555（0.014）
总体	0.893（0.000）	0.884（0.000）	0.884（0.000）

由此可见，在控制变量发文数量 P 后，期刊 h 指数与影响因子之间的相关关

系仍然存在，与整体分析结论相吻合。期刊 h 指数主要是对期刊高水平论文数量及其被引强度的权衡表征。一般而言，影响总量大，h 指数高（高小强和赵星，2010）。载文总量虽未必一定导致 h 指数高（赵星，2010），但两者并非直接反向关系。与 h 指数不同的是，影响因子及其衍生指标都可视为论文和引文期特殊的篇均被引（CPP）。影响因子及其衍生指标用期刊的影响总量除以载文总量，以构成期刊平均影响力测度。算法上，其将影响总量与载文总量对立，即当影响总量恒定时，影响因子及其衍生指标与载文总量呈直接反向关系。因此，两者主要的测评导向差别是，h 指数鼓励更多高影响力论文，影响因子及其衍生指标注重少而精的载文。

综上所述，期刊 h 指数与影响因子及其衍生计量指标存在较强的相关关系，对期刊评价是有效的，因此期刊 h 指数为期刊评价提供了又一简单而有效的测度方法。在利用期刊 h 指数进行评价时，应注意发文窗口的范围，以保证计量指标之间测度范围的一致性。在利用 h 指数进行评价时，也应参考其他计量指标，以利对期刊进行综合评价。

参 考 文 献

高小强，赵星 . 2010 . h 指数与论文总被引 C 的幂律关系 . 情报学报，29(3)：506-510

姜春林 . 2007. 期刊 h 指数与影响因子之间关系的案例研究 . 科技进步与对策，24(9)：78-80

姜春林，刘则渊，梁永霞 . 2006. H 指数和 G 指数——期刊学术影响力评价的新指标 . 图书情报工作，50(12)：63-65，104

赵星 . 2010. h 指数与论文数量的相关性探析 . 情报资料工作，1：34-38

赵星，高小强 . 2010. h-C 幂律关系模型推演及参数分析 . 情报学报（已录用）

Braun T，Glänzel W，Schubert A. 2006. A Hirsch-type index for journals. Scientometrics，69(1)：169-173

Bar-Ilan J. 2008. Which h-index? —A comparison of WoS，Scopus and Google Scholar. Scientometrics，74(2)：257-271

Hirsch J E. 2005. An index to quantify an individual's scientific research output. Proceedings of the National Academy of Sciences of the United States of America，102(46)：16569-16572

Iglesias J E，Percharroman C. 2007. Scaling the h-index for different scientific ISI fields. Scientometrics，73(3)：303-320

Schubert A，Glänzel W. 2007. A systematic analysis of Hirsch-type indices for journals. Journal of Informetrics，1(2)：179-184

第7章 大学 h 指数实证研究

大学评价是学术界关注的话题，而大学排名则是社会关注热点。通常，大学排名多采用综合指标排名，h 指数的提出（Hirsch，2005）为大学评价及排名提供了一个新的视角，因此，本章专门对国际大学 h 指数排名和综合指标排名进行实证比较研究（程丽等，2009）。

综合指标排名方法主要是指标体系法，即通过设置指标体系、配置指标权重，按权重归一、加权计算得出总分，再按总分排名。目前有一定代表性的国际大学排名体系如上海交通大学的 Academic Ranking of World Universities 和武汉大学的"世界大学科研竞争力排行榜"，前者用 Alumni、Award、HiCi、NandS、SCI、Size 六个指标，配置不同权重后计算总分（ARWU，2008a）；后者设置科学生产力、科学影响力、科研创新力和科研发展力四个一级指标，并赋予各二级指标不同权重，然后计算总分（邱均平等，2006）。这两种排行榜采用的都是指标体系法，它们与 h 指数排序之间是否存在关联，是值得探讨和研究的问题，本章采集数据进行实证研究和讨论如下。

7.1 基 础 数 据

将 h 指数概念推广到大学，可以定义一个大学的 h 指数是该大学发表了至多 h 篇至少被引用 h 次的论文数。获取大学 h 指数的方法是根据 h 指数的定义，采用 Web of Science（WoS），通过 Address 途径检索，然后选择 Sorted by Times Cited 按降序排列，找到引文数大于或等于排序数的最大序数就是 h 指数；在论文数小于 10000 篇时，也可直接进入 Create Citation Report 获得。本研究选取 1997～2007 时间窗口检出各大学的 h 指数，排名用 h-index _ Ranking 表示。

综合指标排名数据选取 2007 年上海交通大学的 Academic Ranking of World Universities 数据（ARWU，2008b）和武汉大学的"世界大学科研竞争力排行榜"（中国科学评价研究中心，2008），分别用 SH _ Ranking、WH _ Ranking 表示。

各取三种排名前 100 名大学，构成如表 7.1 所示的国际百强大学排名比较表。表中仅标出 h 指数数值，综合指标省略具体数值。

表 7.1 国际百强大学排名比较表

排名序号	h 指数排名	h 指数	上海交通大学排名	武汉大学排名
1	Harvard Univ	336	Harvard Univ	Harvard Univ
2	Stanford Univ	310	Stanford Univ	Univ Texas
3	Univ California-San Francisco	303	Univ California-Berkeley	Univ Washington
4	Univ Washington	300	Univ Cambridge	Stanford Univ
5	Johns Hopkins Univ	300	Massachusetts Inst Tech（MIT）	Johns Hopkins Univ
6	Univ California-San Diego	294	California Inst Tech	Univ Calif Berkeley
7	Massachusetts Inst Tech（MIT）	294	Columbia Univ	Univ Calif Los Angeles
8	Yale Univ	275	Princeton Univ	Univ Tokyo
9	Univ Pennsylvania	272	Univ Chicago	Univ Michigan
10	Univ California-Berkeley	271	Univ Oxford	Mit
11	Univ California-Los Angeles	269	Yale Univ	Univ Toronto
12	Washington Univ	267	Cornell Univ	Univ Wisconsin
13	Univ Michigan	262	Univ California-Los Angeles	Columbia Univ
14	Columbia Univ	260	Univ California-San Diego	Univ Calif San Diego
15	Univ Texas	250	Univ Pennsylvania	Univ Penn
16	Univ Cambridge	250	Univ Washington-Seattle	Univ Illinois
17	Duke Univ	246	Univ Wisconsin-Madison	Univ Cambridge
18	Univ Oxford	245	Univ California-San Francisco	Univ Minnesota
19	Univ Chicago	240	Johns Hopkins Univ	Yale Univ
20	Tokyo Univ	239	Tokyo Univ	Cornell Univ
21	Univ Toronto	237	Univ Michigan-Ann Arbor	Univ Calif San Francisco
22	Univ Minnesota	237	Kyoto Univ	Duke Univ
23	Univ Pittsburgh	235	Imperial Coll London	Kyoto Univ
24	Cornell Univ	232	Univ Toronto	Univ Oxford
25	California Inst Tech	230	Univ Coll London	Univ Colorado
26	Univ North Carolina-Chapel Hill	228	Univ Illinois-Urbana Champaign	Univ N Carolina
27	Imperial Coll London	228	Swiss Fed Inst Tech-Zurich	Univ Maryland
28	Rockefeller Univ	226	Washington Univ-St. Louis	Penn State Univ
29	Univ Wisconsin	225	Northwestern Univ	Univ Pittsburgh
30	Univ Colorado	224	New York Univ	Washington Univ

排名序号	h 指数排名	h 指数	上海交通大学排名	武汉大学排名
31	Princeton Univ	222	Rockefeller Univ	Osaka Univ
32	Northwestern Univ	222	Duke Univ	Caltech
33	Kyoto Univ	217	Univ Minnesota-Twin Cities	Univ Calif Davis
34	Univ Munich	212	Univ Colorado-Boulder	Ohio State Univ
35	Osaka Univ	211	Univ California-Santa Barbara	Univ Chicago
36	Mcgill Univ	209	Univ British Columbia	Univ Coll London
37	Emory Univ	209	Univ Maryland-Coll Park	Univ Florida
38	Vanderbilt Univ	208	Univ Texas-Austin	Northwestern Univ
39	Univ Maryland	208	Univ Paris 06	Univ London Imperial Coll Sci Technol and Med
40	Univ Illinois-Urbana Champaign （UIUC）	205	Univ Texas Southwestern Med Center	Mcgill Univ
41	Univ Illinois-Chicago	205	Vanderbilt Univ	Univ British Columbia
42	Univ Amsterdam	205	Univ Utrecht	Tohoku Univ
43	Univ Coll London	203	Pennsylvania State Univ-Univ Park	Univ Arizona
44	Univ Alabama	203	Univ California-Davis	Princeton Univ
45	Univ Massachusetts	200	Univ California-Irvine	Univ Helsinki
46	Boston Univ	197	Univ Copenhagen	New York Univ
47	Pennsylvania State Univ	195	Rutgers State Univ-New Brunswick	Univ Munich
48	Univ Iowa	193	Univ Manchester	Univ Iowa
49	Univ British Columbia	192	Univ Pittsburgh-Pittsburgh	Univ So Calif
50	Univ Arizona	192	Univ Southern California	Vanderbilt Univ
51	Univ Virginia	191	Univ Florida	Texas AandM Univ
52	Univ Helsinki	189	Univ Paris 11	Boston Univ
53	Ohio State Univ	189	Karolinska Inst Stockholm	Univ Utrecht
54	Univ Edinburgh	188	Univ Edinburgh	Indiana Univ
55	Indiana Univ	188	Univ Munich	Univ Massachusetts
56	Univ Utah	187	Tech Univ Munich	Univ Alabama

续表

排名序号	h 指数排名	h 指数	上海交通大学排名	武汉大学排名
57	Tufts Univ	184	Australian Natl Univ	Emory Univ
58	Univ California-Davis	181	Univ North Carolina-Chapel Hill	Hebrew Univ Jerusalem
59	State Univ New York-Stony Brook	181	Univ Zurich	Univ Lund
60	Case Western Reserve Univ	181	Carnegie Mellon Univ	Eth Zurich
61	Univ California-Irvine	180	Ohio State Univ-Columbus	Univ Calif Irvine
62	Univ Rochester	178	Univ Bristol	Univ Calif Santa Barbara
63	Univ California-Santa Barbara	174	Mcgill Univ	Univ Alberta
64	Univ Heidelberg	172	Hebrew Univ Jerusalem	Rutgers State Univ
65	Univ Zurich	171	Univ Heidelberg	Univ Edinburgh
66	Univ Milan	171	Uppsala Univ	Univ Virginia
67	Univ Utrecht	170	Osaka Univ	Univ Utah
68	Mcmaster Univ	169	Purdue Univ-West Lafayette	Karolinska Inst
69	Univ Geneva	167	Univ Oslo	Univ Manchester
70	Univ Basel	166	Brown Univ	Michigan State Univ
71	Univ Montreal	164	Univ Leiden	Univ Sydney
72	Tech Univ Munich	161	Univ Sheffield	Nagoya Univ
73	Univ Tennessee	160	Univ Helsinki	Univ Milan
74	Univ Birmingham	160	Univ Arizona	Univ Heidelberg
75	Brown Univ	160	Univ Rochester	Seoul Natl Univ
76	Univ Miami	159	Moscow State Univ	Purdue Univ
77	Univ Florida	159	Tohoku Univ	Univ Amsterdam
78	Univ Cincinnati	158	Case Western Reserve Univ	Univ Uppsala
79	Univ Alberta	158	Univ Melbourne	Univ Roma La Sapienza
80	Tohoku Univ	158	Michigan State Univ	Case Western Reserve Univ
81	Rutgers State Univ	158	Univ Nottingham	Kyushu Univ
82	Univ Leiden	157	Univ Basel	Baylor Coll Med
83	Michigan State Univ	156	Boston Univ	Univ Sao Paulo
84	Univ Glasgow	155	Ecole Normale Super Paris	Univ Paris 6

续表

排名序号	h 指数排名	h 指数	上海交通大学排名	武汉大学排名
85	Univ Vienna	152	King's Coll London	Suny Stony Brook
86	Univ Tuebingen	152	Stockholm Univ	Univ Zurich
87	Univ Bristol	152	Mcmaster Univ	Tel Aviv Univ
88	Univ Southern California	151	Rice Univ	Univ Bristol
89	Univ Manchester	150	Univ Goettingen	Univ Tennessee
90	Univ Hamburg	150	Indiana Univ-Bloomington	Univ Melbourne
91	Hebrew Univ Jerusalem	149	Texas AandM Univ-Coll Station	Univ Rochester
92	Univ Freiburg	148	Univ Birmingham	Univ Vienna
93	Univ Dundee	148	Univ Utah	Leiden Univ
94	Kings Coll London	147	Nagoya Univ	Univ Missouri
95	Univ Melbourne	146	Univ Freiburg	Mcmaster Univ
96	Texas AandM Univ	146	Arizona State Univ-Tempe	Tech Univ Munich
97	Nagoya Univ	146	Lund Univ	Catholic Univ Leuven
98	Univ Durham	145	Univ Iowa	Univ Glasgow
99	Univ Groningen	144	Tokyo Inst Tech	Univ Copenhagen
100	Univ Copenhagen	144	Univ Bonn	Louisiana State Univ

为实现对多种排名系统相关性的比较，我们引进排名基准距概念：所谓排名基准距，就是同一排名系统中各个排序数与基准数的差距数，如以第一名为基准，则第一名的排名基准距为 0，第二名为 1，第三名为 2，以此类推。分别用 h-index_D、SH_D、WH_D 表示国际大学 h 指数排名、上海交通大学 Academic Ranking of World Universities 和武汉大学"世界大学科研竞争力排行榜"的排名基准距，可根据表 7.1 算出如表 7.2 所示的三类排名基准距表。因"世界大学科研竞争力排行榜 2007"只提供了世界前 500 名，故凡不在该排行榜中的大学之 WH_D 均记为 500。

表 7.2　三类排名基准距表

大学	h-index_D	SH_D	WH_D
Harvard Univ	0	0	0
Stanford Univ	1	1	3

续表

大学	h-index_D	SH_D	WH_D
Univ California-San Francisco	2	13	20
Univ Washington	3	15	2
Johns Hopkins Univ	4	18	4
Univ California-San Diego	5	13	13
Massachusetts Inst Tech (MIT)	6	4	9
Yale Univ	7	10	18
Univ Pennsylvania	8	14	14
Univ California-Berkeley	9	2	5
Univ California-Los Angeles	10	12	6
Washington Univ	11	27	29
Univ Michigan	12	20	8
Columbia Univ	13	6	12
Univ Texas	14	37	1
Univ Cambridge	15	3	16
Duke Univ	16	31	21
Univ Oxford	17	9	23
Univ Chicago	18	8	34
Tokyo Univ	19	19	7
Univ Toronto	20	22	10
Univ Minnesota	21	32	17
Univ Pittsburgh	22	48	28
Cornell Univ	23	11	19
California Inst Tech	24	5	500
Univ North Carolina-Chapel Hill	25	37	500
Imperial Coll London	26	24	35
Rockefeller Univ	27	29	116
Univ Wisconsin	28	16	11
Univ Colorado	29	33	24
Princeton Univ	30	7	43
Northwestern Univ	31	28	37
Kyoto Univ	32	21	22

大学	h-index _ D	SH _ D	WH _ D
Univ Munich	33	52	46
Osaka Univ	34	66	30
Mcgill Univ	35	62	39
Emory Univ	36	103	56
Vanderbilt Univ	37	40	49
Univ Maryland	38	36	26
Univ Illinois-Urbana Champaign（UIUC）	39	25	15
Univ Illinois-Chicago	40	128	500
Univ Amsterdam	41	117	76
Univ Coll London	42	22	35
Univ Alabama	43	168	55
Univ Massachusetts	44	134	54
Boston Univ	45	82	51
Pennsylvania State Univ	46	42	27
Univ Iowa	47	96	47
Univ British Columbia	48	35	40
Univ Arizona	49	73	42
Univ Virginia	50	146	65
Univ Helsinki	51	72	44
Ohio State Univ	52	60	33
Univ Edinburgh	53	52	64
Indiana Univ	54	89	53
Univ Utah	55	92	66
Tufts Univ	56	115	104
Univ California-Davis	57	42	32
State Univ New York-Stony Brook	58	164	500
Case Western Reserve Univ	59	77	79
Univ California-Irvine	60	44	60
Univ Rochester	61	74	90
Univ California-Santa Barbara	62	34	61
Univ Heidelberg	63	64	73

大学	h-index _ D	SH _ D	WH _ D
Univ Zurich	64	57	85
Univ Milan	65	136	72
Univ Utrecht	66	41	52
Mcmaster Univ	67	86	94
Univ Geneva	68	121	129
Univ Basel	69	81	157
Univ Montreal	70	184	123
Tech Univ Munich	71	55	95
Univ Tennessee	72	193	88
Univ Birmingham	73	91	103
Brown Univ	74	69	122
Univ Miami	75	183	105
Univ Florida	76	50	36
Univ Cincinnati	77	172	110
Univ Alberta	78	116	62
Tohoku Univ	79	75	41
Rutgers State Univ	80	46	63
Univ Leiden	81	70	92
Michigan State Univ	82	79	69
Univ Glasgow	83	124	97
Univ Vienna	84	197	91
Univ Tuebingen	85	14	500
Univ Bristol	86	61	87
Univ Southern California	87	49	49
Univ Manchester	88	47	68
Univ Hamburg	89	126	136
Hebrew Univ Jerusalem	90	63	57
Univ Freiburg	91	93	140
Univ Dundee	92	255	239
Kings Coll London	93	82	144
Univ Melbourne	94	78	89

大学	h-index _ D	SH _ D	WH _ D
Texas AandM Univ	95	90	50
Nagoya Univ	96	93	71
Univ Durham	97	175	219
Univ Groningen	98	125	106
Univ Copenhagen	99	45	98

排名基准距差异越大的排名体系差别亦越大，因而排名基准距的相关性可以成为排名体系相关性的一种测度，排名基准距的相关性强弱反映排名体系相关性强弱。

7.2 结果讨论

利用 SPSS 软件，对三类排名基准距进行相关分析，其全息相关矩阵如表 7.3 所示。

表7.3 三类排名基准距的全息相关矩阵（0.01 水平）

Correlations		Spearman（Sig.（2-tailed））		
		h-index _ D	SH _ D	WH _ D
Pearson（Sig.（2-tailed））	h-index _ D	1	0.716（0.000）	0.753（0.000）
	SH _ D	0.618（0.000）	1	0.708（0.002）
	WH _ D	0.288（0.004）	0.313（0.002）	1

该结果表明国际大学各类排名之间均存在 Spearman 强相关；h 指数排名与上海交通大学的 Academic Ranking of World Universities 之间还存在 Pearson 强相关，而与武汉大学的"世界大学科研竞争力排行榜"之间存在 Pearson 弱相关；上海交通大学的 Academic Ranking of World Universities 与武汉大学的"世界大学科研竞争力排行榜"之间也是 Pearson 弱相关。

由于指标体系法在指标选择和权重设置上存在人为因素，结果就不如单项 h 指数客观；但多指标体系考虑的因素较单项指标为多，故综合指标排名在全面性方面另有优势。

上述大学 H 指数是同时选取 SCI、SSCI 和 AHCI 数据库的结果，表征的是大学整体 h 指数。如果只用 SSCI 和 AHCI 作为数据源，则可获得文科 h 指数；

如果仅用 AHCI 作为数据源，则可获得人文 h 指数。取 1999～2009 年作为时间窗口，将从 ISI-WoS 中查得的中外各 20 所著名大学的各类 h 指数列入表 7.4 中。

表 7.4 部分中外著名大学的整体 h 指数、文科 h 指数和人文 h 指数

外国大学	整体 h 指数	文科 h 指数	人文 h 指数	中国大学	整体 h 指数	文科 h 指数	人文 h 指数
Harvard Univ	375	182	34	Univ Hong Kong	138	45	7
Stanford Univ	341	140	24	Chinese Univ Hong Kong	117	49	8
MIT	326	113	23	Natl Taiwan Univ	116	35	6
Univ Washington	323	127	21	Peking Univ	115	32	7
Univ Calif Berkeley	307	105	25	Hong Kong Univ Sci and Techol	105	45	4
Univ Calif Los Angeles	303	145	26	Tsing Hua Univ	102	18	3
Yale Univ	288	134	19	Univ Sci and Techol China	101	16	4
Columbia Univ	287	143	19	Fudan Univ	93	16	2
Univ Michigan	287	137	27	Nanjing Univ	87	16	3
Univ Cambridge	283	123	28	Natl Cheng Kung Univ	86	24	3
Univ Oxford	271	115	30	Shanghai Jiao Tong Univ	86	15	0
Univ Chicago	259	107	22	Zhejiang Univ	81	11	5
Univ Tokyo	257	42	8	Jilin Univ	76	6	2
Univ Toronto	256	111	21	Zhongshan Univ	69	12	1
Princeton Univ	251	94	20	Nankai Univ	69	11	0
Kyoto Univ	228	41	7	Wuhan Univ	63	11	2
Univ Illinois	224	108	26	Shandong Univ	62	12	4
Univ Munich	192	61	10	Sichuan Univ	58	10	1
Univ Heidelberg	179	47	7	Harbin Inst Technol	54	5	0
Australia Natl Univ	145	53	20	Xi'an Jiao Tong Univ	48	12	2

表 7.4 数据表明整体 h 指数覆盖文科 h 指数、文科 h 指数又覆盖人文 h 指数，即：人文 h 指数＜文科 h 指数＜整体 h 指数，这是 h 指数学科覆盖现象，表明如果不分离人文 h 指数、文科 h 指数和整体 h 指数，则人文 h 指数会淹没在文科 h 指数之中，同样，文科 h 指数也会淹没在整体 h 指数之中，大学的科技 h 指数几乎完全等于大学整体 h 指数。实测数据表明只有国际一流大学加上文科数据后能使其整体 h 指数提升 1 或 2（其机理应为一些高引论文同时被 SCI 和 SSCI 收录形成），中国大学加上文科数据无一例外都不改变大学的整体 h 指数。但绝

不能因为文科 h 指数对整体 h 指数几无贡献而得出文科对大学学术没有贡献的结论,恰恰相反,这一现象提醒我们不能用评价科技的量化标准来评价文科学术,而应进行分类比较和多角度参照。

从表 7.4 外国大学的 WoS-based 人文 h 指数、文科 h 指数、整体 h 指数的数据中,可以建议世界一流大学的人文 h 指数、文科 h 指数、整体 h 指数的大体观察值为:非英语国家大学人文 h 指数接近 10,文科 h 指数接近 50,整体 h 指数 >150;英语国家大学人文 h 指数接近 20,文科 h 指数接近 100,整体 h 指数 > 200。中国大学目前仅香港大学全面接近这组数据。

表征大学整体学术水平还可用 ESI-h 指数,通过 Highly Cited Papers 和 Top Papers 获取的 ESI-h 指数等值,除个别特殊情况外一般比相应十年 WoS-h 指数低,这是 10~11 年 SCI 和 SSCI 数据库累积优化的结果。中外各 20 所著名大学按 ESI-h 指数高低排列如表 7.5 所示。

表 7.5　部分中外著名大学的 ESI-h 指数

外国大学	ESI-h	中国大学	ESI-h
Harvard Univ	432	Univ Hong Kong	124
Stanford Univ	320	Peking Univ	99
Univ Washington	300	Chinese Univ Hong Kong	89
MIT	295	Univ Sci and Techol China	87
Univ Calif Los Angeles	284	Natl Taiwan Univ	87
Univ Calif Berkeley	284	Tsing Hua Univ	86
Univ Michigan	269	Hong Kong Univ Sci and Techol	79
Columbia Univ	269	Fudan Univ	66
Yale Univ	266	Zhongshan Univ	65
Univ Oxford	263	Shanghai Jiao Tong Univ	63
Univ Cambridge	255	Zhejiang Univ	58
Univ Tokyo	242	Nanjing Univ	54
Univ Toronto	234	Natl Cheng Kung Univ	51
Princeton Univ	234	Jilin Univ	48
Univ Chicago	232	Nankai Univ	46
Kyoto Univ	207	Shandong Univ	34
Univ Illinois	200	Sichuan Univ	30
Univ Munich	171	Wuhan Univ	27
Univ Heidelberg	159	Harbin Inst Technol	26
Australia Natl Univ	127	Xi'an Jiao Tong Univ	25

可以把 ESI-h 指数＞100 作为世界准一流大学的门槛而把 ESI-h 指数＞150 作为世界一流大学的标准，从表 7.5 可见，即使国外著名大学中最弱的澳大利亚国立大学，其 ESI-h 指数值也达 127；与之大体相当的中国 ESI-h 指数值最高的大学是香港大学，其 ESI-h 指数值为 124；其余中国大学的 ESI-h 指数值均在 100 以下。

本章研究表明单项 h 指数排名和多参数综合指标排名之间存在相关性，说明二者可以相互借鉴，共同构成大学排名的参照系（Costas and Bordons，2007；Buela-Casal，2007；Molinari and molinari，2008）。

作为本章延伸，我们综合有关研究（浙江大学文科发展评估课题组，2010），把世界一流大学的量化特征概括如下：

（1）能聚集国际优秀师资，在优秀师资群体的顶端至少拥有 2 名诺贝尔奖得主；

（2）能吸引全球优秀学生，在毕业生中至少出现 2 名公认世界名人；

（3）学术成果中至少有 2 项成为必要知识被命名为有关学科的理论、方法、公式、定理、算法等而写进教科书或至少有 2 个学科被公认位列世界通行学科前 10；

（4）十年 ESI 高引论文 h 指数＞150 或 WoS-based h 指数＞150（非英语国家）/200（英语国家）；

（5）外国师生比例或国际化率＞5%。

详细内容不再展开论述，仅供参考。

参 考 文 献

程丽，方志伟，韩松涛等．2009．国际大学 h 指数与综合指标排名的比较研究．大学图书馆学报，27(2)：71-75

邱均平，越蓉英，余以胜等．2006．世界大学科研竞争力排行榜是怎样产生的．评价与管理，(1)：38-43

浙江大学文科发展评估课题组．2010．世界一流大学的特征及其对浙江大学文科规划的启示．浙江大学

中国科学评价研究中心．2008．世界大学科研竞争力排行榜 2007．［EB/OL］．http：//rccse. whu. edu. cn /college/sjdxkyjzl. htm

ARWU. 2008a. Ranking Methodology. ［EB/OL］. http：//www. arwu. org/ARWUMethodology2007. jsp

ARWU. 2008b. Academic Ranking of World Universities-2007. ［EB/OL］http：//www. arwu. org /ARWU2007. jsp

Buela-Casal G. 2007. Comparative study of international academic rankings of universities. Scientometrics，71(3)：349-365

Costas R, Bordons M. 2007. The h-index: advantages, limitations and its relation with other bibliometric indicators at micro level. Journal of Informetrics, 1: 193-203

Hirsch J E. 2005. An index to quantify an individual's scientific research output. Proceedings of the National Academy of Sciences of the USA, 2005, 102(46): 16569-16572

Molinari J F, Molinari A. 2008. A new methodology for ranking scientific institutions. Scientometrics, 75(1): 163-174

第8章　专利权人 h 指数实证研究

h 指数自 2005 年被提出后（Hirsch，2005），很快席卷各类评价层次，应用对象从期刊、学术机构、直至国家等（Braun et al.，2006；Van Raan，2006；Csajbok et al.，2007）。当我们参与这一国际热点研究（Ye and Rousseau，2008）并在"世界百强企业 h 指数探析"一文（次仁拉珍等，2009）中将 h 指数推广运用于专利权人后，发现官建成等（Guan and Gao，2008）已经发表了有关专利权人 h 指数的国际论文。本章将通过挖掘专业权人 h 指数与其他专利计量指标的关系，深化专业权人 h 指数与技术强度 TS 等专利计量指标的关系研究（次仁拉珍等，2009；次仁拉珍和叶鹰，2009；乐思诗和叶鹰，2009；唐健辉和叶鹰，2009）。下面从点（专业）和面（行业）两方面展开。

8.1　专业专利计量分析

自 Narin（1994）提出将专利计量作为一个独立的研究领域以来，用专利计量方法对全球或国家专利数量、质量以及技术布局等进行分析成为广泛应用的方法。陈达仁等（2006）参考日本的 FI/F-Term 专利分类方式，将 TFT-LCD 制程相关技术分成 8 项技术主题，并从整体产业、国家、主要公司以及技术主题等观点出发，观察中国 TFT-LCD 制程相关技术的专利表现，并根据此 8 项技术主题探讨了 15 家主要公司的技术布局；栾春娟和侯海燕（2008）运用专利计量方法，从纳米专利的年度分布、国家分布、机构分布和热点技术领域分布等方面对世界纳米技术发展前沿进行计量分析，以期对我国纳米技术的发展产生一定的促进和指导作用；邱均平等（2008）通过从宏观、中观、微观三个层次分别构建专利计量的指标体系，对全球有机电激发光技术领域的相关专利进行了计量分析研究，分析了专利的年代分布、国际专利号分布、高被引专利分布等，并对拥有高被引专利的机构进行了共引分析和可视化分析。参考上述国内外研究，这里以把专利计量分析应用于 3G 通信技术分析作为实例。

3G（3rd generation）通信即第三代移动通信技术，与前两代移动通信技术相比，3G 技术不仅在传输声音和数据的速度上大大提升，而且能够在全球范围内更好地实现无缝漫游，并处理图像、音乐、视频流等多种媒体形式，提供包括网页浏览、电话会议、电子商务等多种信息服务。目前，国际电信联盟（ITU）共确定了全球四大 3G 通信标准：由欧洲提出的 W-CDMA 标准、由美国提出韩国主导的 CDMA2000 标准、中国制定的 TD-SCDMA 标准和 WiMAX 标准。2009 年 1 月 7 日工业和信息化部为中国移动、中国电信和中国联通发放三张 3G 通信牌照，标志我国正式步入 3G 通信时代。这里采用专利计量方法对全球 3G 通信技术领域内专利年度数量分布、技术领域分布、专利权人分布以及专利技术实力等进行分析，以期为国内通信业技术研发、专利申请和专利战略制定提供参考。

采用的研究方法包括：

（1）专利数统计分析：运用 SPSS 软件统计分析年度内、技术领域分类和专利权人三个分析主体的专利数，同时进行相关排序。

（2）专利引文分析：通过计算选择的三个计量指标进行专利质量和专利技术实力方面的分析，并运用 SPSS 统计软件分析 TS 和 h 指数之间的相关性。选择的计量指标是：

A、专利影响因子（CII）：该指标综合反映过去 5 年公司专利的影响力和专利数，其计算公式为 $\mathrm{CII}_{ij} = \dfrac{C_{ij}/P_{ij}}{\sum_i C_{ij}/\sum_i P_{ij}}$ ，其中 C_{ij} 是当年公司 i 在行业 j 中所有专利的被引数，而 P_{ij} 是同年公司 i 在行业 j 中的所有专利数，加和号作用于前五年。

B、技术强度（TS）：该指标由 CII 引申而来，用于测算专利技术实力，其计算公式为：$\mathrm{TS}_{ij} = P_{ij} \times \mathrm{CII}_{ij}$ 。

C、专利权人 h 指数：类似于信息计量学中作者的 h 指数，专利权人 h 指数等于专利权人所有专利中至少被引用了 h 次的 h 件专利数，有专利申请 h 指数和专利授权 h 指数之分，本文采用专利申请 h 指数。

研究以 Derwent Innovations Index（DII）数据库作为数据源。通过高级检索途径，以"TS＝（mobile phone）AND TS＝（3G OR CDMA2000 OR TD-SCD-MA OR WCDMA OR WiMAX）"作为检索式，限定时间范围为 2004～2008 年，共检索出 1947 条专利数据。然后利用"分析检索结果"工具，选择 IPC 字段以阈值等于 1 导出前 500 个 IPC 分类号；选择专利权人代码字段以阈值等于 2 导出前 50 个专利权人及其专利数量，并计算出其对应的专利被引次数和 h 指数。基础数据如表 8.1 所示。

表 8.1　3G 领域专利参数

专利权人代码	专利数	被引数	CII	TS	*h*
OYNO-C	142	93	2.14	304.32	6
SMSU-C	110	12	0.36	39.27	2
QUAL-N	90	25	0.91	81.81	3
SONY-C	76	15	0.65	49.08	2
MOTI-C	60	52	2.84	170.16	4
JPHO-N	53	2	0.12	6.54	1
TELF-C	52	41	2.58	134.16	3
GLDS-C	38	14	1.21	45.81	3
DOUG-I	34	1	0.10	3.27	1
NIDE-C	34	10	0.96	32.72	2
RAME-I	34	1	0.10	3.27	1
SORO-I	34	1	0.10	3.27	1
BROA-N	27	2	0.24	6.54	1
SKTE-N	26	0	0	0	0
REIN-N	25	11	1.44	35.99	2
LUCE-C	24	15	2.05	49.08	2
ITLC-C	23	19	2.70	62.17	3
PALM-N	21	0	0	0	0
ZTEC-N	21	0	0	0	0
CHEN-I	19	0	0	0	0
KYOC-C	19	3	0.52	9.82	1
YAHO-N	17	0	0	0	0
MATU-C	15	2	0.44	6.54	1
PHIG-C	15	5	1.09	16.36	1
TOKE-C	15	4	0.87	13.09	1
AMTT-C	14	8	1.87	26.18	2
HUAW-N	14	2	0.47	6.54	1
INTE-N	14	3	0.70	9.82	1
KTFR-N	13	0	0	0	0
RENE-N	13	5	1.26	16.36	1
FREE-N	11	5	1.49	16.36	1

专利权人代码	专利数	被引数	CII	TS	h
FUIT-C	11	6	1.78	19.63	2
SILV-N	11	0	0	0	0
TELC-N	11	0	0	0	0
WANG-I	11	4	1.19	13.09	1
SBCK-N	10	0	0	0	0
SHAF-C	10	0	0	0	0
TEXI-C	10	2	0.65	6.54	1
ZHON-N	10	0	0	0	0
COGE-C	9	0	0	0	0
ZHAN-I	9	5	1.82	16.36	1
CHAN-I	8	1	0.41	3.27	1
GUPT-I	8	2	0.82	6.54	1
MEDI-N	8	0	0	0	0
NXPN-N	8	2	0.82	6.54	1
SHAN-N	8	0	0	0	0
SIEI-C	8	2	0.82	6.54	1
ALDE-I	7	0	0	0	0
BEND-I	7	2	0.93	6.54	1
CISC-N	7	2	0.93	6.54	1

数据检索时间：2009 年 3 月 2 日

根据 DII 专利引文数据分别计算出各专利权人的专利影响因子 CII、技术强度 TS 和专利 h 指数，利用 SPSS 统计软件将专利权人的专利数量、TS 值和 h 指数值在同一图中分别绘制成曲线，如图 8.1 所示。从图 8.1 中可以看出，处于 TS 前 3 名的专利权人分别为：OYNO-C、MOTI-C 和 TELF-C，其对应的 h 指数值也相应较高，说明其 3G 通信技术实力处于世界领先水平；并且可以发现由于专利数量和 TS 之间本身所具有的相关性所表现出相似的变化趋势。

为了进一步分析 TS 指标和 h 指数指标之间的相关性，以专利数量前 50 位专利权人中 37 组有效专利引文数据为基础，通过 SPSS 统计软件分别进行 Pearson 相关系数和 Spearman 相关系数计算，得到 TS 和 h 指数的全息相关矩阵如表 8.2 所示，TS 和 h 指数之间表现出显著相关性。

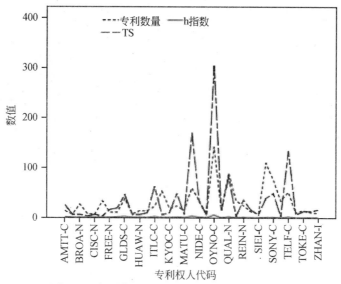

图 8.1　专利数量、TS 与 h 指数三曲线比较图

表 8.2　TS 和 h 指数全息相关矩阵

Correlations		Spearman（Sig.（2-tailed））	
		TS	h 指数
Pearson	TS	1	0.870（0.000）
（Sig.（2-tailed））	h 指数	0.944（0.000）	1

下面进一步对 3G 技术专利进行年度数量分布、IPC 类别分布、专利权人国别分布以及专利技术实力等展示。

1）年度分布

自 2001 年日本运营商 NTTDoCoMo 开通 3G 通信服务后，全球范围内的 3G 通信网络部署逐渐展开，其专利技术数量也逐年增长。图 8.2 展示了 2004～2008 年间年度 3G 专利数量分布。

从图 8.2 可以清楚看出 2004～2008 五年间 3G 通信专利数量呈快速增长之状，增长率达 864.7%。期间 2006 年专利数量略有小幅减少则可能由欧洲地区前期 3G 通信使用推广步履维艰以及中国国内前期对 3G 通信牌照发放态度不明晰等因素所导致。由此可见，随着技术普及和认可，3G 通信技术专利仍将保持增长趋势。

2）IPC 类别分布

根据导出的前 500 个 IPC 分类号，取四位分类号进行统计，专利类别分布如图 8.3 所示。

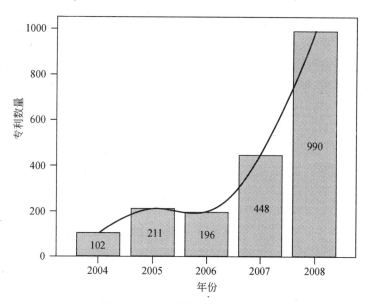

图 8.2　3G 专利数量年度分布图

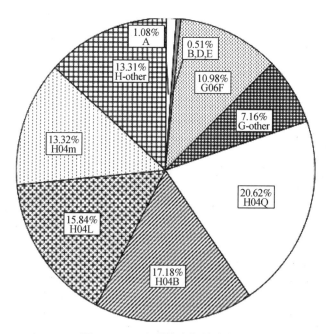

图 8.3　3G 专利技术领域分布图

图 8.3 表明 3G 通信专利技术领域主要分布在 H 电学大类和 G 物理大类，共占 98.41%；其中 H 大类占 80.27%。为进一步明确 3G 通信技术专利的重点领

域，我们选择 IPC 记录数量最多的前 5 位，如表 8.3 所示，可见 3G 通信技术专利的重点领域包括选择两站之间连接的方法与设备、信息信号的传输、信号传输设备与方法、电话通信系统以及电数字数据处理。

表 8.3　3G 技术中前 5 位 IPC 分类技术内容表

IPC 类号	专利数	技术内容
H04Q	1091	所需数量的站之间或在主站与所需数量的分站之间选择地建立连接的方法、电路或设备，以便传送信息；通过已建立的连接进行选择呼叫的设备；该连接可以利用导体或电磁波
H04B	909	包含载有信息信号的传输，其传输与信息的特性无关，并包括监控和测试设备，以及噪声和干扰的抑制和限制
H04L	838	包括传输以数字形式提供的信号，并包括数据传输、电报通信以及监控的方法和设备
H04M	705	包括与其他电气系统相结合的电话通信系统；电话通信系统的专用测试设备
G06F	581	电数字数据处理；"处理"包括数据的处理或传送

3）专利权人国别分布

根据 DII 数据库分析得出的 3G 通信技术专利记录数量前 50 位专利权人数据，其所拥有的专利数量达 1274 条，占总数的 65.43%。选取其中前 12 位作为 3G 通信技术主要专利权人，如图 8.4 所示。

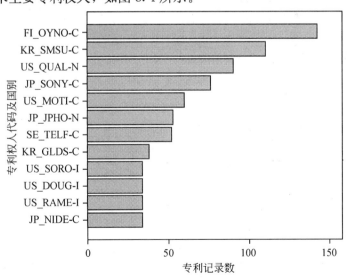

图 8.4　前 12 位专利权人专利数量比较图

通过专利权人代码可以发现，在前 12 位专利权人中，有 3 位是个体专利权人（后缀 I），占该 12 位专利总量的 13.47%，表明在 3G 通信技术的发展中，企业在发挥着不可替代的主导力量之时，个人也起着积极的推动作用；另外可根据前 12 位专利权人所在国别认为，传统电子通信强国美国、日本、韩国、芬兰四国在 3G 通信技术领域继续处于领先地位。

通过以上分析，可以获得以下结论：

（1）技术强度 TS 作为一种重要的专利影响力指标，在评价 3G 通信技术的专利质量方面体现出有效性；而 h 指数表现出与 TS 之间的显著相关性，也反映出 h 指数是一个简单且有效的评价专利重要性或影响力的指标。

（2）随着 3G 通信技术的普及和认可，其全球专利数量正持续增长；另外，3G 通信技术专利主要集中在 H 大类中信号传输技术、设备与连接方式的选择以及 G 大类中的电数字数据处理五大领域；而传统电子通信强国在该技术领域仍处于领先地位。

通过全球 3G 通信技术专利比较，我们发现中国公司无论是在数量和质量上均与国外先进水平存在差距，尤其是专利质量。这可以从 TS 和 h 指数两指标数据中得出：以 ZTEC-N 为例，虽然 3G 通信技术专利数量达 21 条，但被引次数为零；HUAW-N 出现相似现象。由此反映出我国企业技术专利的社会价值不高。因此，在 3G 领域内与传统电子通信强国的竞争中，建议我国电信行业应注意自主技术研发，提高自主创新能力，在提高 3G 技术专利数量的同时，需要注重专利质量问题，增加该领域内的核心专利。同时，积极掌握国际 3G 通信技术发展趋势，制定有效的专利战略，以实现在 3G 电信领域占据技术优势地位。

8.2 行业专利计量分析

这里取 2008 年度《财富》世界 500 强公司排名榜前 100 名企业的名单及其营业收入，再基于 DII（Derwent Innovations Index）数据库查出百强企业作为专利权人对应的专利权人代码，在 DII 数据库中检索出百强企业专利权人在 2003～2007 五年间的专利申请数、专利被引次数、h 指数，并计算出百强企业的 CII（专利影响因子）、TS（技术强度），以分析其相关性。

通过 DII 数据库等收集获得的基础数据见表 8.4，其中专利数为申请数。

表 8.4 世界百强企业的 h 指数、申请专利数、专利被引次数和营业收入

企业名称	专利权人代码	行业	h03-07	P03-07	C_{ij}	P08	营业收入/百万美元
Wal-Mart Stores	WALM-N	一般商品零售	3	18	15	5	378 99

续表

企业名称	专利权人代码	行业	h03-07	P03-07	C_{ij}	P08	营业收入/百万美元
Exxon Mobil	ESSO-C	炼油	2	21	31	0	372 824
Royal Dutch/Shell Group	SHEL-C	炼油	40	1252	4217	374	355 782
BP	BRPE-C	炼油	7	420	385	104	291 438
Toyota Motor	TOYT-C	汽车	14	2123	1585	198	230 201
Chevron	CALI-C	炼油	10	769	1050	175	210 783
Ing Group	INGE-N	银行	2	49	26	0	201 516
Total Fina Elf	PETF-C	炼油	3	30	24	0	187 280
General Motors	GENK-C	汽车	19	2595	5603	119	182 347
ConocoPhilips	ConocoPhilips	炼油	1	1	2	0	178 558
DaimlerChrysler	DAIM-C	汽车	16	7786	6821	395	177 167
General Electric	GENE-C	多元化	24	8086	12350	2262	176 656
Ford Motor	FORD-C	汽车	13	428	905	74	172 468
Fortis	FORT-N	银行	4	11	50	1	164 877
AXA	AXAP-N	保险	1	3	6	2	162 762
Sinopec	SINO-N	炼油	2	1286	58	135	159 260
Citigroup	CITI-N	银行	1	9	6	0	159 229
Volkswagen	VOLS-C	汽车	12	3806	2868	670	149 054
Dexia Group	Dexia Group	银行	0	0	0	0	147 648
HSBC Holdings	HSBC Holdings	银行	1	1	1	0	146 500
BNP Paribas	BNP Paribas	银行	0	1	1	0	140 726
Allianz	Allianz	保险	1	1	11	1	140 618
Crédit Agricole	Crédit Agricole	银行	0	0	0	0	138 155
State Power Corporation	POWE-N	公用事业	0	5	0	5	132 885
China Petroleum	CHPE-N	炼油	3	114	13	665	129 798
Deutsche Bank	Deutsche Bank	银行	0	0	0	0	122 644
ENI	ENIE-C	炼油	6	143	171	22	120 565
Bank of America Corp.	BANK-N	银行	4	49	32	35	119 190
ATandT	AMTT-C	电信	27	1983	5436	790	118 928
Berkshire Hathaway	Berkshire Hathaway	保险	0	0	0	0	118 245
UBS	UBSU-N	银行	3	65	43	4	117 206
J. P. Morgan Chase	J. P. Morgan Chase	银行	0	0	0	0	116 353

企业名称	专利权人代码	行业	h03-07	P03-07	C_{ij}	P08	营业收入/百万美元
Carrefour	Carrefour	食品、药品店	0	2	0	0	115 585
Assicurazioni Generali	Assicurazioni Generali	保险	0	1	0	0	113 813
American International Group	American International Group	保险	0	0	0	0	110 064
Royal Bank of Scotland	Royal Bank of Scotland	银行	0	0	0	0	108 392
Siemens	SIEI-C	电子、电气设备	22	21 667	16 695	5 209	106 444
Samsung Electronics	SMSU-C	电子、电气设备	30	58 807	26 553	20 686	106 006
ArcelorMittal	ARCE-N	金属	2	25	16	18	105 216
Honda Motor	HOND-C	汽车	17	16 010	9 303	3 192	105 102
Hewlett-Packard	HEWP-C	计算机办公设备	41	13 137	29 623	1 234	104 286
Pemex	Pemex	原油生产	0	0	0	0	103 960
Société Générale	Société Générale	银行	0	0	0	0	103 443
McKesson HBOC	McKesson HBOC	保健品批发	0	1	0	0	101 703
HBOS	HBOS	银行	0	0	0	0	100 267
Intl. Business Machines	IBMC-C	信息技术服务	29	7 100	10 752	1 584	98 786
Matsushita Electric Industrial	Matsushita Electric Industrial	能源	0	0	0	0	98 642
Hitachi	HITA-C	电子、电气设备	29	29 706	26 043	4 884	98 306
Valero energy corp	valero energy corp	炼油	0	1	0	0	96 758
Nissan Motor	NSMO-C	汽车	19	17 521	7 804	2 221	94 782
Tesco	TESC-N	食品、药品店	7	56	119	15	94 703
E. ON	RUHG-C	能源	1	18	3	0	94 356
Vericon	vericon	电信	0	0	0	0	93 775

续表

企业名称	专利权人代码	行业	h03-07	P03-07	C_{ij}	P08	营业收入/百万美元
Nippon Telegraph and Telephone	NITE-C	电信	11	12 151	3 211	1 651	93 527
Deutsche Post	Deutsche Post	邮政包裹快递	0	0	0	0	90 472
Metro	METR-N	食品、药品店	7	145	188	17	90 267
Nestlé	NEST-C	食品	5	91	155	5	89 630
Santander Central Hispano Group	Santander Central Hispano Group	银行	0	0	0	0	89 295
STATOIL	DENO-C	炼油	4	170	111	31	89 224
Cardinal Health	CARD-N	保健品批发	8	93	145	21	88 364
Goldman Sachs	GOLD-N	证券经纪	5	84	120	13	87 968
Morgan Stanley Dean Witter	MORG-N	证券	1	2	1	0	87 879
Petrobrás	PETB-C	炼油	3	320	47	91	87 735
Deutsche Telekom	Deutsche Telekom	电信	0	0	0	0	85 570
Home Depot	HOME-N	专业零售	1	6	3	0	84 740
Peugeot	CITR-C	汽车	8	2 130	1 060	869	82 965
LG	GLDS-C	电子电气设备	19	67 392	12 517	17 982	82 096
Electricite De France	ELEC-C	公用事业	3	129	42	2	81 629
Aviva	AVIV-N	保险	5	14	76	2	81 317
Barclays	BARC-N	银行	0	2	0	1	80 347
Fiat	FIAT-C	汽车	11	806	795	132	80 112
Matsushita Electric Industrial	Matsushita Electric Industrial	电子、电气设备	0	0	0	0	79 412
BASF	BADI-C	化学	12	4 988	3 510	1 213	79 322
Credit suisse	CRED-N	银行	1	7	1	6	78 206
Sony	SONY-C	电子、电气设备	25	38 032	19 567	7 028	77 682

续表

企业名称	专利权人代码	行业	h03-07	P03-07	C_{ij}	P08	营业收入/百万美元
Telefonica	TELE-N	电信	2	14	7	1	77 254
UniCredito Italiano	UniCredito Italiano	银行	0	0	0	0	77 030
BMW	BAYM-C	汽车	1	4	4	1	76 675
Procter and Gamble	PROC-C	家居个人用品	16	2 930	4 027	673	76 476
CVS Caremark	CVS Caremark	食品、药品店	0	0	0	0	76 330
UnitedHealth Group	UnitedHealth Group	医疗保健和保险	0	0	0	0	75 431
Hyundai Motor	HYUN-N	汽车	10	19 584	1 091	5 598	74 900
U. S. Postal Service	U. S. Postal Service	邮政包裹快递	0	0	0	0	74 778
France Télécom	ETFR-C	电信	7	1 834	506	381	72 488
Vodafone	VODA-N	电信	5	402	247	182	71 202
SK	SKTE-N	炼油	7	4 833	491	1 594	70 717
Kroger	KROG-I	食品、药品店	3	18	21	0	70 235
Nokia	OYNO-C	网络通信设备	27	6 332	12 894	1 507	69 886
Thyssen Krupp	THYS-C	金属	5	218	144	12	68 799
Lukoil	LUKO-S	炼油	1	94	1	9	67 205
Toshiba	TOKE-C	电子、电气设备	29	42 118	22 756	10 035	67 145
Repsol YPF	REPS-N	炼油	1	9	3	6	67 006
Boeing	BOEI-C	航天国防	17	3 159	4 575	731	66 387
Prudential	PRUD-N	保险	2	17	8	6	66 358
Petronas	PETR-N	炼油	1	3	7	0	66 218
AmerisourceBergen	AmerisourceBergen	保健品批发	0	1	0	0	66 074
Suez	SUEZ-N	能源	0	11	0	5	64 982
Munich Re Group	Munich Re Group	保险	0	0	0	0	64 774
Costco	Costco	专业零售	0	0	0	0	64 400
Merrill Lynch	MERR-N	证券经纪	5	17	72	4	64 217

当数据中包括专利申请数很少、营业收入却很高的银行业、保险业、零售业时，用 SPSS 处理统计数据发现专利权人 h 指数与营业收入之间没有相关性；而当我们排除专利申请数很少、营业收入很高的银行业、保险业、零售业，对百强企业进行行业细分后专业权人 h 指数与企业营业收入的相关性显现出来。

参照国际专利分类法，将排除银行业、保险业、零售业后的行业分为电类、炼油-化学类、汽车-机械类三类。结果主营电类（包括电子电器、电信、电力）的企业有 16 家，占 16%；主营炼油-化学类的企业有 21 家，占 21%；主营汽车-机械类的企业有 11 家，占 11%；这三类行业共占百强企业的 48%。分类数据分别整理如表 8.5、表 8.6、表 8.7 所示。

表 8.5　电类企业的 h 指数、技术强度 TS、营业收入

企业名称	专利权人代码	03-07 年专利 h 指数	TS	营业收入/百万美元
Samsung Electronics	SMSU-C	30	14 654.81	106 006
ATandT	AMTT-C	27	13 513.72	118 928
Toshiba	TOKE-C	29	8 506.768	67 145
Hitachi	HITA-C	29	6 718.023	98 306
Siemens	SIEI-C	22	6 297.396	106 444
Sony	SONY-C	25	5 673.171	77 682
LG	GLDS-C	19	5 240.213	82 096
Nokia	OYNO-C	27	4 814.808	69 886
Intl. Business Machines	IBMC-C	29	3 763.614	98 786
Nippon Telegraph and Telephone	NITE-C	11	684.533	93 527
Vodafone	VODA-N	5	175.453 2	71 202
France Télécom	ETFR-C	7	164.928 3	72 488
Telefonica	TELE-N	2	0.784 493	77 254
Vericon	vericon	0	0	93 775
Deutsche Telekom	Deutsche Telekom	0	0	85 570
Matsushita Electric Industrial	Matsushita Electric Industrial	0	0	79 412

表 8.5 表征了电类企业的 h 指数、技术强度 TS 和营业收入三大特征参数的绝对值，依次按 TS、h 和营业收入排序。因故不能算出 TS 的置 0。

表 8.6   炼油-化学类企业的 h 指数、技术强度 TS、营业收入

企业名称	专利权人代码	03-07 年专利 h 指数	TS	营业收入/百万美元
Royal Dutch/Shell Grou	SHEL-C	40	1 976.468	355 782
BASF	BADI-C	11	1 339.246	79 322
Chevron	CALI-C	10	374.903	210 783
SK	SKTE-N	7	149.576 6	70 717
BP	BRPE-C	6	148.581 7	291 438
China Petroleum	CHPE-N	3	118.981 4	129 798
ENI	ENIE-C	6	41.276 4	120 565
STATOIL	DENO-C	4	31.758 12	89 224
Petrobrás	PETB-C	3	20.970 48	87 735
Sinopec	SINO-N	2	9.553	159 260
Repsol YPF	REPS-N	1	3.137 972	67 006
Lukoil	LUKO-S	1	0.150 222	67 205
Matsushita Electric Industrial	Matsushita Electric Industrial	40	0	98 642
Total Fina Elf	PETF-C	3	0	187 280
Exxon Mobil	ESSO-C	2	0	372 824
ConocoPhilips	ConocoPhilips	1	0	178 558
E. ON	RUHG-C	1	0	94 356
Petronas	PETR-N	1	0	66 218
Pemex	Pemex	0	0	103 960
Valero energy corp	valero energy corp	0	0	96 758
Suez	SUEZ-N	0	0	64 982

表 8.6 表征了炼油-化学类企业的 h 指数、技术强度 TS 和营业收入三大特征参数的绝对值，依次按 TS、h 和营业收入排序。因故不能算出 TS 的置 0。

表 8.7   汽车-机械类企业的 h 指数、技术强度 TS、营业收入

企业名称	专利权人代码	03-07 年专利 h 指数	TS	营业收入/百万美元
Honda Motor	HOND-C	17	2 910.138	105 102
Boeing	BOEI-C	17	1 661.031	66 387
Nissan Motor	NSMO-C	19	1 552.122	94 782

续表

企业名称	专利权人代码	03-07 年专利 h 指数	TS	营业收入/百万美元
Volkswagen	VOLS-C	12	792.144 1	149 054
Peugeot	CITR-C	8	678.523 7	82 965
DaimlerChrysler	DAIM-C	16	542.937 4	177 167
General Motors	GENK-C	19	403.133 8	182 347
Ford Motor	FORD-C	13	245.502 3	172 468
Toyota Motor	TOYT-C	14	231.933 5	230 201
Fiat	FIAT-C	11	204.279 6	80 112
BMW	BAYM-C	1	1.568 986	76 675

表 8.7 表征了汽车-机械类企业的 h 指数、技术强度 TS 和营业收入三大特征参数的绝对值，依次按 TS、h 和营业收入排序。

利用表 8.5、表 8.6、表 8.7 的数据，利用 SPSS 分别计算三类企业专利权人 h 指数、技术强度 TS 与 2008 年营业收入三者之间的 Pearson 相关系数和 Spearman 相关系数，结果如表 8.8、表 8.9 和表 8.10 所示。

表 8.8　电类企业三指标全息相关矩阵

Correlations（电类）		Spearman（Sig.（2-tailed））		
		营业收入	TS	h 指数
Pearson（Sig.（2-tailed））	营业收入	1	0.319 (0.229)	0.240 (0.371)
	TS	0.539 (0.031)	1	0.894 (0.000)
	h 指数	0.330 (0.212)	0.822 (0.000)	1

表 8.9　炼油-化学类企业三指标全息相关矩阵

Correlations（炼油-化学类）		Spearman（Sig.（2-tailed））		
		营业收入	TS	h 指数
Pearson（Sig.（2-tailed））	营业收入	1	0.168 (0.467)	0.359 (0.110)
	TS	0.391 (0.080)	1	0.712 (0.000)
	h 指数	0.325 (0.150)	0.622 (0.003)	1

表 8.10　汽车-机械类企业三指标全息相关矩阵

Correlations（汽车-机械类）		Spearman（Sig.（2-tailed））		
		营业收入	TS	h 指数
Pearson（Sig.（2-tailed））	营业收入	1	−0.127（0.709）	0.338（0.309）
	TS	−0.350（0.291）	1	0.571（0.067）
	h 指数	0.321（0.336）	0.512（0.107）	1

由此可见，在三类企业中技术强度 TS 和 h 指数与营业收入之间不存在相关关系。但是，数据表明在技术性较强的行业中 h 指数与技术强度 TS 之间显示出弱相关性，并表现为为正相关，但相关系数存在行业差异，通常技术强度 TS 越高的企业专利权人，其 h 指数也越高。

h 指数与技术强度 TS 两个指标都是专利数量与专利质量的综合，如果把这两个指标的相关性看成是企业技术创新的象征，技术强度 TS 越高的企业专利权人，其 h 指数也会越高。因此，h 指数和 TS 一样可以作为测评企业技术竞争力的指标。

h 指数不同于专利数量、专利被引次数等传统专利计量指标，它具有自身独特的含义，它是专利数量与专利质量的结合，该指标的测度简单、有较好的综合性和稳定性。在现行的专利计量指标体系中，包括 h 指数在内的任何一种指标都不是完美无缺的。而将 h 指数应用于专利权人评价中，可以在一定程度上补充和完善现有专利计量指标体系。

8.3　h 指数与专利计量参数 SL、SS、EPI、ETS 的关联导引

除上述章节所述专利评价指标之外，在专利计量学领域还有其他重要计量指标。

1）科学关联度（science linkage，SL）和科学强度（science strength，SS）

这两个指标均由 CHI Research 首先提出并进行了实证研究，是其每年发布 Patent Board 的重要计量指标。与其他指标（CII 指标和 TS 指标）的不同之处在于，CII 指标和 TS 指标通过前向引证关系评价专利质量，而 SL 指标和 SS 指标则通过后向引证关系进行评价（Breitzman and Narin，2001）。

在专利申请中，专利审查员会引用在先专利或科学文献来描述该专利与其他专利在技术内容上的关联。所以我们经常以专利引文文献中科学文献的数量作为衡量科学与技术关联程度的重要依据。因此 SL 指标的计算公式为

$$SL = \frac{\text{专利引用的非专利文献数量}}{\text{专利总数}} \qquad (8.1)$$

该指标可用于衡量专利技术和前沿科学研究关系的疏密,有助于追踪技术与科学之间的联系,反映某个技术领域的科学基础是否深厚。

而 SS 指标则由 SL 指标引申出来。用于测度企业利用科学技术程度,构造专利组合,进而判断企业科研力量,其计算公式为

$$SS = SL \times \text{企业专利数量} \qquad (8.2)$$

在数据获取上,现有的专利数据库中可用 DII 和 USPTO 数据库数据计算 SL 指标和 SS 指标。

在 DII 数据库中检索得到某专利权人所拥有的专利后,选择某一条专利记录,"被审查员引用的文献"即表示审查员在审查该专利时引用的科学文献数量;依次选择每一条专利记录,加总求和即可得到 SL 指标。

在 USPTO 数据库中检索得到某专利权人所拥有的专利后,选择某一条专利记录,"References Cited"所列即为审查员在审查该专利时引用的美国专利和国外专利;而"Other References"所列即为审查员在审查该专利时引用的科学文献。由此得到该条专利引用的科学文献数量,以此类推可求和得到 SL 指标。

对于 SL 指标和 SS 指标的计算,对于现有的专利数据库而言不便于进行大规模样本数据的采集。因此对于 h 指数与 SL 指标和 SS 指标的相关分析还有待于进一步研究。

2) 优质专利指数(essential patent index,EPI)和优质技术强度(essential technological strength,ETS)

该组指标由台湾大学陈达仁教授和黄慕萱教授在原有专利计量指标研究基础之上首先提出(Chen et al.,2007),他们认为专利的重要性除被引次数影响之外,还因其被引用对象和时间差异而不同。一般地,被引用次数受时间因素影响,随着时间推移而被引次数增加;因此需要对不同年代的引用次数赋予不同的权重,以除去时间因素的影响。

EPI 指标的计算主要思路是,根据引用者权重和专利各年被引用的权重,计算得出某一领域内专利的优质积分;同时根据该优质积分的计算结果对该领域所有专利进行排名,取前 25% 作为优质专利数量。最后用某企业所拥有的优质专利数量与该专利权人在该领域拥有的专利数量的比率作为衡量指标。

EPI 指标的具体计算公式为

$$EPI_{ij} = \frac{EPN_{ij}/P_{ij}}{0.25} \qquad (8.3)$$

其中,EPN_{ij},P_{ij} 分别表示企业 i 在技术领域 j 内拥有的优质专利数量和所有专

利数量。若 EPI 指标大于 1，则表示企业 i 的整体专利质量要优于领域 j 内的 25％的平均质量。

EPN$_{ij}$ 根据 G_s 计算得到的分值，排名前 25％的专利数量；而 G_s 即为优质积分，计算公式为

$$G_s = \sum_{q=0}^{q_{max}} (W_{z,q} \times e_{s,z,q}) \times \Psi_s \tag{8.4}$$

$W_{z,q}$，Ψ_s，$e_{s,z,q}$ 分别代表被引用权重，引用者权重及 z 年产出的专利 s 在 $z+q$ 年的被引用次数。因此必要专利数量 EPN$_{ij}$ 即公司 i 在行业 j 中拥有的前 25％专利数量。

Ψ_s 和 $W_{z,q}$ 的计算公式为

$$\Psi_s = \prod_{a=1}^{A_s} \Psi_{a,s} n_{a,s} \tag{8.5}$$

$\Psi_{a,s}$ 代表引用专利 s 的专利权人 a 的引用者权重，假设为 1；A_s 代表引用专利 s 的专利权人 a 的数量；$n_{a,s}$ 代表专利权人 a 引用专利 s 的次数。

$$W_{z,q} = \frac{E_{z,q}^{-1}}{\sum_{q=0}^{Q_z} E_{z,q}^{-1}} \tag{8.6}$$

$E_{z,q}$ 代表 z 年产出所有专利在 $z+q$ 年的被引用次数。

ETS 指标是在 EPI 基础上的进一步发展；它结合考虑了专利数量与专利质量，以专利数、当前影响指数和优质专利指数的乘积来反映专利整体表现。计算公式为

$$\text{ETS}_{ij} = P_{ij} \times \text{EPI}_{ij} \times \text{CII}_{ij} \tag{8.7}$$

其中 P_{ij}，EPI_{ij}，CII_{ij} 分别表示企业 i 在技术领域 j 内的专利总数、优质专利指数和当前影响指数。

而后陈达仁教授和黄慕萱教授又对 ETS 进行了调整，专利数量以所有专利数与中位数的商来表示；专利质量以 CII 和 EPI 乘积的二次方根来表示。故 ETS 的计算公式调整为

$$\text{ETS} = \frac{P_{ij}}{\text{Med}_{ij}} \times \sqrt{\text{CII}_{ij} \times \text{EPI}_{ij}} \tag{8.8}$$

其中，Med_{ij} 代表企业 i 在领域 j 内专利数量的中位数。

从上述对 EPI 和 ETS 的计算过程可以发现，该组计量指标计算中考虑了引用对象和引文年龄两个影响因素，需要对其事先计算并确定；而后计算过程相对复杂。

考虑到 TS 与上述指标之间存在关联，而 h 指数与 TS 相关，故可以定性推断 h 指数与专利计量参数 SL、SS、EPI、ETS 之间也存在相关性，但由于在现

有的专利数据库中有关数据获取难度大，难以进行大规模样本数据采集，所以专利权人 h 指数与专利计量参数 SL、SS、EPI、ETS 等的相关关系有待深入探索。

参 考 文 献

陈达仁，王俊杰，周永铭. 2006. 由中国专利探讨 TFT-LCD 专利表现及主要公司技术布局. 图书情报知识，114(6)：96-104，112

次仁拉珍，乐思诗，叶鹰. 2009. 世界百强企业 h 指数探析. 大学图书馆学报，27(2)：76-79

次仁拉珍，叶鹰. 2009. 专利权人 h 指数研究. 图书与情报，(6)：67-69，107；

乐思诗，叶鹰. 2009. 专利计量学的研究现状与发展态势. 图书与情报，(6)：63-66，73；

栾春娟，侯海燕. 2008. 全球纳米技术领域专利计量分析. 科技与经济，21(4)：38-40

邱均平，马瑞敏，徐蓓等. 2008. 专利计量的概念、指标及实证—以全球有机电激发光技术相关专利为例. 情报学报，27(4)：556-565

唐健辉，叶鹰. 2009. 3G 通信技术之专利计量分析. 图书与情报，(6)：70-73

Braun T，Glänzel W，Schubert A. 2006. A Hirsch-type index for journals. Scientometrics，69 (1)：169-173

Breitzman A F，Narin F. 2001. Method and apparatus for choosing a stock portfolio, based on patent indicators. US Patent 6175824

Chen D-Z，Lin W-Y C，Huang M H. 2007. Using essential patent index and essential technological strength to evaluate industrial technological innovation competitiveness. Scientometrics，71 (1)：101-116

Csajbok E，Berhidi A，Vasas L，et al. 2007. Hirsch-index for countries based on essential science indicators data. Scientometrics，73(1)：91-117

Guan J C，Gao X. 2008. Exploring the h-index at patent level. Journal of American Society for Information Science and Technology，59(13)：1-6

Hirsch J E. 2005. An index to quantify an individual's scientific research output. Proceedings of the National Academy of Sciences of the USA，102(46)：16569-16572

Narin F. 1994. Patents bibliometrics. Scientometrics，30(1)：147-155

Van Raan A F J. 2006. Comparison of the Hirsch-index with standard bibliometric indicators and with peer judgment for 147 chemistry research groups. Scientometrics，67(3)：491-502

Ye F Y，Rousseau R. 2008. The power law model and total career h-index sequences. Journal of Informetrics，2(4)：288-297

第四篇　相关研究

　　h指数与已有信息计量参数及有关指标之间的关系需要阐明，这是h指数研究中不可或缺的一环。

第 9 章　h 指数与王冠指数和 MNCS 比较研究

在 h 指数提出以前的各类信息计量指标中，荷兰莱顿大学科学技术研究中心 (CWTS) 提出并使用的 CPP/FCSm（又称标准化影响系数）较有特色，并因其良好的适用性而被称为王冠指数（crown-index）。Moed 等据此合作构建了一组标准文献计量指标，其中王冠指数主要用于测算机构在某一学科领域内相对于世界平均科研水平的相对影响力（Moed et al.，1995，1998）。而后 CWTS 进行了大量的实证研究与运用（Van Raan，2006，2008；CWTS，2008），同时也被世界其他机构所广泛采用（REPP，2005）。

Lundberg、Opthof 和 Leydesdorff 认为王冠指数对高被引的学科领域赋予过高的权重，故提出 MNCS（mean normalized citation score）对王冠指数进行改进，MNCS 指标因而被认为是一个 New Crown 指数（Lundberg，2007；Opthof and Leydesdorff，2010a，2010b）。

因此，对 h 指数与王冠指数和 MNCS 进行比较分析与综合研究，检验其相关性和应用特性，具有一定的研究意义和参考价值。

9.1　h 指数与王冠指数相关分析

按照 Moed 等的原始定义，王冠指数由 CPP 和 FCSm 两个指标构成。CPP 即为某机构在某领域内的论文篇均被引次数；FCSm 则是在该领域内每一文献类型的 FCS 指标数值的综合均值。FCS 是指某领域内当年发表同类型文献的平均被引次数。显然，CPP＝C/P 是王冠指数的核心，与同样由 P 和 C 决定的 h 相比，二者应有关联。

采用 Web of Science 数据库作为数据来源，选择 Zhejiang Univ 为例，以"AD＝Zhejiang Univ；入库时间＝2006～2007；数据库＝SCIE"为检索策略可得到 8545 条记录。

第一，通过"创建引文报告"得所有论文篇均被引次数；

第二，通过"学科类别"精炼，选择其中的 Chemistry Physics，可得该领域内 Articles 为 458 篇，由"创建引文报告"可得文献类型为 Articles 的篇均被引次数为 7.33；同理可得文献类型为 Proceedings Papers（15 篇）和 Letters（1

篇）篇均被引次数分别为 4.80 和 7。

第三，假定 Zhejiang Univ 只在该领域发表论文，则

FCSm＝[(458×7.33)＋(15×4.80)＋(1×7)]/(458＋15＋1)＝7.249

第四，若在其他领域发表论文则重复步骤一和步骤二计算其他领域不同文献类型的篇均被引次数，最后再求综合平均值。

可见，FCSm 计算过程比较复杂；同时在数据获取上还存在以下困难：

（1）在 Web of Science 中学科精炼只显示前 100 种；

（2）"创建引文报告"只在论文数小于 10000 前提下可以使用，这造成数据计算困难。

为了能够使王冠指数在现有数据库功能下便于计算，我们考虑对其公式进行适当的调整（黄慕萱，2008）：保留指标原有本质，放宽文献类型的限制和扩大学科范围。即

$$CPP/FCSm＝\frac{该机构该领域论文被引次数/该机构该领域论文数}{全球该领域论文被引次数/全球该领域论文数} \tag{9.1}$$

由此我们可以利用 Web of Knowledge 平台下 ESI 数据库中 Baseline 和各大学在 22 个学科十年累积论文数据作为分母数据。

本研究选取中国、英国、美国、俄罗斯、德国和日本 6 国 20 所大学的六大基础学科为样本集，它们是中国大学 6 所：Peking University，Nanjing University，Zhejiang University，Fudan University，University of Hongkong，National Taiwan University；英国大学 3 所：University of Cambridge，University of Edinburgh，University of Nottingham；美国大学 4 所：Harvard University，Stanford University，University of Michigan，University of Washington；俄罗斯大学 2 所：Moscow State University，St. Petersburg State University；德国大学 3 所：Technology University of Berlin，University of Heidelberg，University of Hamburg；日本大学 2 所：University of Tokyo，Kyoto University。六大基础学科是：数学、物理、化学、空间科学、地理科学、生物学与生物化学。

选用 ISI-ESI 数据库作为数据源。在 ESI 主页选择 Institution 后，分别输入各大学名称得到各大学进入前 1‰的学科及其对应的 P、C、CPP 指标数值并从对应的 Top Papers 中查 h 指数，获得符合要求的样本数据，如表 9.1 所示。

表 9.1　20 所大学 6 学科的基础数据

Harvard University					
学科	P	C	CPP	王冠指数	h 指数
数学	1 243	10 205	8.21	2.67	37
物理	4 289	104 227	24.30	2.97	126

续表

Harvard University

学科	P	C	CPP	王冠指数	h 指数
化学	2 897	101 841	35.15	3.62	135
空间科学	461	10 014	21.72	1.65	15
地理科学	1 291	34 580	26.79	3.07	62
生物学与生物化学	8 890	317 439	35.71	2.18	194

Stanford University

学科	P	C	CPP	王冠指数	h 指数
数学	1 083	10 612	9.80	3.19	38
物理	5 658	134 840	23.83	2.91	133
化学	2 827	71 301	25.22	2.59	90
空间科学	1 076	16 456	15.29	1.16	21
地理科学	1 867	26 887	14.40	1.65	31
生物学与生物化学	3 271	103 346	31.59	1.93	96

University Michigan

学科	P	C	CPP	王冠指数	h 指数
数学	1 618	9 837	6.08	1.98	27
物理	4 464	68 491	15.34	1.87	81
化学	2 887	59 936	20.76	2.14	71
空间科学	1 585	44 934	28.35	2.15	42
地理科学	1 406	19 698	14.01	1.61	20
生物学与生物化学	3 634	90 753	24.97	1.52	60

University Washington

学科	P	C	CPP	王冠指数	h 指数
数学	1 115	8 546	7.66	2.50	31
物理	3 273	75 740	23.14	2.83	97
化学	2 381	51 700	21.71	2.23	71
空间科学	1 202	39 198	32.61	2.48	57
地理科学	3 035	62 641	20.64	2.37	79
生物学与生物化学	3 762	108 443	28.83	1.76	81

续表

University Cambridge

学科	*P*	*C*	CPP	王冠指数	h 指数
数学	704	3 731	5.30	1.73	12
物理	7 426	118 361	15.94	1.95	111
化学	4 817	84 435	17.53	1.80	80
空间科学	3 066	87 943	28.68	2.18	94
地理科学	2 097	31 991	15.26	1.75	38
生物学与生物化学	3 703	94 453	25.51	1.55	69

University Edinburgh

学科	*P*	*C*	CPP	王冠指数	h 指数
数学	455	1 806	3.97	1.29	2
物理	1 969	34 790	17.67	2.14	42
化学	1 740	21 697	12.47	1.28	29
空间科学	737	25 647	34.80	2.64	52
地理科学	1 224	17 146	14.01	1.61	21
生物学与生物化学	1 907	43 386	22.75	1.39	24

University Nottingham

学科	*P*	*C*	CPP	王冠指数	h 指数
数学	475	1 878	3.95	1.29	2
物理	1 549	12 603	8.14	0.99	17
化学	2 446	31 463	12.86	1.32	27
空间科学	450	11 950	26.56	2.02	28
地理科学	*	*	*	*	*
生物学与生物化学	1 100	15 949	14.50	0.88	9

Peking University

学科	*P*	*C*	CPP	王冠指数	h 指数
数学	1 138	2 993	2.63	0.86	4
物理	4 965	31 769	6.40	0.78	40
化学	5 559	44 584	8.02	0.83	44
空间科学	*	*	*	*	*
地理科学	1 398	8 517	6.09	0.70	14
生物学与生物化学	1 287	10 258	7.97	0.49	9

Nanjing University					
学科	*P*	*C*	CPP	王冠指数	h 指数
数学	*	*	*	*	*
物理	4 506	21 579	4.79	0.58	9
化学	5 367	38 269	7.13	0.73	24
空间科学	*	*	*	*	*
地理科学	1 079	5 696	5.28	0.61	8
生物学与生物化学	*	*	*	*	*

Zhejiang University					
学科	*P*	*C*	CPP	王冠指数	h 指数
数学	*	*	*	*	*
物理	3 502	17 119	4.89	0.60	22
化学	7 143	31 461	4.40	0.45	11
空间科学	*	*	*	*	*
地理科学	*	*	*	*	*
生物学与生物化学	983	4 659	4.74	0.29	2

Fudan University					
学科	*P*	*C*	CPP	王冠指数	h 指数
数学	802	2 278	2.84	0.93	2
物理	2 588	13 215	5.11	0.62	7
化学	4 036	29 935	7.42	0.76	28
空间科学	*	*	*	*	*
地理科学	*	*	*	*	*
生物学与生物化学	921	5 231	5.68	0.35	4

University of Hong Kong					
学科	*P*	*C*	CPP	王冠指数	h 指数
数学	596	1 844	3.09	1.01	4
物理	1 381	10 528	7.62	0.93	13
化学	1 527	23 432	15.35	1.58	22
空间科学	*	*	*	*	*
地理科学	604	5 907	9.78	1.12	16
生物学与生物化学	842	10 296	12.23	0.75	8

续表

National Taiwan University

学科	*P*	*C*	CPP	王冠指数	h 指数
数学	*	*	*	*	*
物理	3 470	25 459	7.34	0.90	27
化学	3 825	32 497	8.50	0.87	18
空间科学	*	*	*	*	*
地理科学	857	7 663	8.94	1.03	13
生物学与生物化学	1 205	10 885	9.03	0.55	4

Moscow State University

学科	*P*	*C*	CPP	王冠指数	h 指数
数学	3 340	4 794	1.44	0.47	5
物理	7 861	47 153	6.00	0.73	37
化学	8 356	39 160	4.69	0.48	18
空间科学	*	*	*	*	*
地理科学	1 554	5 451	3.51	0.40	3
生物学与生物化学	2 333	18 002	7.72	0.47	9

St. Petersburg State University

学科	*P*	*C*	CPP	王冠指数	h 指数
数学	*	*	*	*	*
物理	2 525	14 095	5.58	0.68	10
化学	2 947	12 336	4.19	0.43	4
空间科学	*	*	*	*	*
地理科学	673	3 321	4.93	0.57	4
生物学与生物化学	*	*	*	*	*

Technology University of Berlin

学科	*P*	*C*	CPP	王冠指数	h 指数
数学	541	2 031	3.75	1.22	4
物理	1 881	20 907	11.11	1.36	22
化学	1 897	23 686	12.49	1.28	16
空间科学	*	*	*	*	*
地理科学	*	*	*	*	*
生物学与生物化学	345	7 474	21.66	1.32	3

续表

University Heidelberg

学科	P	C	CPP	王冠指数	h 指数
数学	471	2 540	5.39	1.76	12
物理	2 549	41 913	16.44	2.01	50
化学	2 118	27 922	13.18	1.36	20
空间科学	*	*	*	*	*
地理科学	676	9 088	13.44	1.54	11
生物学与生物化学	1 593	32 188	20.21	1.23	16

University Hamburg

学科	P	C	CPP	王冠指数	h 指数
数学	*	*	*	*	*
物理	2 723	37 289	13.69	1.67	45
化学	1 568	21 429	13.67	1.41	28
空间科学	*	*	*	*	*
地理科学	755	7 448	9.86	1.13	9
生物学与生物化学	1 158	22 325	19.28	1.17	13

University Tokyo

学科	P	C	CPP	王冠指数	h 指数
数学	937	2 859	3.05	0.99	2
物理	15 503	19 0987	12.32	1.50	137
化学	8 551	124 962	14.61	1.50	101
空间科学	2 398	51 089	21.30	1.62	65
地理科学	3 052	30 910	10.13	1.16	30
生物学与生物化学	6 841	130 010	19.00	1.16	65

Kyoto University

学科	P	C	CPP	王冠指数	h 指数
数学	1 026	3 254	3.17	1.03	7
物理	8 439	85 969	10.19	1.24	82
化学	9 534	128 841	13.51	1.39	88
空间科学	1 555	17 523	11.27	0.86	14
地理科学	1 697	11 632	6.85	0.79	6
生物学与生物化学	4 963	87 035	17.54	1.07	48

注：＊缺失数据

数据来源：ESI（http：//esi. isiknowledge. com/home. cgi）Jan. 1，1998-Dec. 31，2008

再从 Baselines 中取得六大基础学科 1998～2008 年的平均被引率（average citation rates）数据作为 FCSm 数值，如表 9.2 所示。

表 9.2　六大基础学科世界平均被引水平（FCSm）

领域	平均被引率
数学	3.07
物理	8.19
化学	9.72
空间科学	13.17
地理科学	8.72
生物学与生物化学	16.41

数据来源：ESI（http://esi.isiknowledge.com/fieldrankingspage.cgi）Jan.1，1998-Dec.31，2008

根据上述基础数据，分六大学科将各大学分别按 h 指数和王冠指数排序，结果见表 9.3。

表 9.3　六大学科的王冠指数和 h 指数排名

数学		
王冠指数排序	大学	h 指数排序
1	Stanford University	1
2	Harvard University	2
3	University Washington	3
4	University Michigan	4
5	University Heidelberg	5～6
6	University Cambridge	5～6
7～8	University Edinburgh	12～15
7～8	University Nottingham	12～15
9	Technology University of Berlin	9～11
10	Kyoto University	7
11	University of Hongkong	9～11
12	University Tokyo	12～15
13	Fudan University	12～15
14	Peking University	9～11
15	Moscow State University	8

续表

物理		
王冠指数排序	大学	h 指数排序
1	Harvard University	3
2	Stanford University	2
3	University Washington	5
4	University Edinburgh	10
5	University Heidelberg	8
6	University Cambridge	4
7	University Michigan	7
8	University Hamburg	9
9	University Tokyo	1
10	Technology University of Berlin	14～15
11	Kyoto University	6
12	University Nottingham	16
13	University of Hongkong	17
14	National Taiwan University	13
15	Peking University	11
16	Moscow State University	12
17	St. Petersburg State University	18
18	Fudan University	20
19	Zhejiang University	14～15
20	Nanjing University	19

化学		
王冠指数排序	大学	h 指数排序
1	Harvard University	1
2	Stanford University	3
3	University Washington	7
4	University Michigan	6
5	University Cambridge	5
6	University of Hongkong	14
7	University Tokyo	2
8	University Hamburg	11

续表

化学		
王冠指数排序	大学	h 指数排序
9	Kyoto University	4
10	University Heidelberg	15
11	University Nottingham	12
12—13	University Edinburgh	9
12—13	Technology University of Berlin	18
14	National Taiwan University	16～17
15	Peking University	8
16	Fudan University	10
17	Nanjing University	13
18	Moscow State University	16～17
19	Zhejiang University	19
20	St. Petersburg State University	20

空间科学		
王冠指数排序	大学	h 指数排序
1	University Edinburgh	4
2	University Washington	3
3	University Cambridge	1
4	University Michigan	5
5	University Nottingham	6
6	Harvard University	8
7	University Tokyo	2
8	Stanford University	7
9	Kyoto University	9

地理科学		
王冠指数排序	大学	h 指数排序
1	Harvard University	2
2	University Washington	1
3	University Cambridge	3
4	Stanford University	4
5—6	University Michigan	7

续表

地理科学

王冠指数排序	大学	h 指数排序
5—6	University Edinburgh	6
7	University Heidelberg	11
8	University Tokyo	5
9	University Hamburg	12
10	University of Hongkong	8
11	National Taiwan University	10
12	Kyoto University	14
13	Peking University	9
14	Nanjing University	13
15	St. Petersburg State University	15
16	Moscow State University	16

生物学与生物化学

王冠指数排序	大学	h 指数排序
1	Harvard University	1
2	Stanford University	2
3	University Washington	3
4	University Cambridge	4
5	University Michigan	6
6	University Edinburgh	8
7	Technology University of Berlin	17
8	University Heidelberg	9
9	University Hamburg	10
10	University Tokyo	5
11	Kyoto University	7
12	University Nottingham	11~13
13	University of Hongkong	14
14	National Taiwan University	15~16
15	Peking University	11~13
16	Moscow State University	11~13
17	Fudan University	15~16
18	Zhejiang University	18

为考查两指标按学科排名之间的差异性，令王冠指数排名数值为 N_1，h 指数排名数值为 N_2，引进排名数值差 M：

$$M = N_2 - N_1$$

$M > 0$ 表示王冠指数排名前于 h 指数排名；$M < 0$ 表示王冠指数排名后于 h 指数排名；$M = 0$ 表示王冠指数排名与 h 指数排名相等。

根据表 9.2 分别计算各学科领域内各大学两指标排名数值差 M，并用 SPSS 软件制作出数值差 M 变化折线图，如图 9.1 所示。

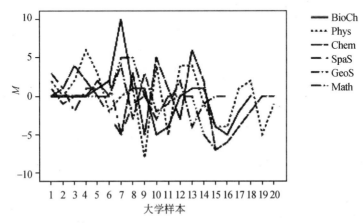

图 9.1　六大学科 h 指数和王冠指数排名数值差折线图

表 9.4 专门列出 h 指数和王冠指数排名数值差 $|M| > 4$ 所对应的大学及其学科，由此可以更为清晰地发现两组样本在排名数值上存在的差异程度。

表 9.4　h 指数和王冠指数排名数值差 $|M| > 4$ 对应的大学与学科

大学	领域	王冠指数 指标排名	h 指数 指标排名	M 值
Tokyo Univ	物理	9	1	−8
	化学	7	2	−5
	空间科学	7	2	−5
	生物学与生物化学	10	5	−5
Kyoto Univ	物理	11	6	−5
	化学	9	4	−5
Peking Univ	数学	14	9−11	−5
	化学	15	8	−7
Moscow State Univ	数学	15	8	−7
	生物学与生物化学	16	11−13	−5

续表

大学	领域	王冠指数 指标排名	h 指数 指标排名	M 值
Edinburgh Univ	数学	7～8	12—15	+5
	物理	4	10	+6
Tech Univ of Berlin	化学	12～13	18	+6
	生物学与生物化学	7	17	+10

上述王冠指数和 h 指数两指标排名数值差异体现两指标不同的机理特征和表现出的差异性。

为进一步说明王冠指数和 h 指数之间的相关性,下面将选择王冠指数和 h 指数指标数值制作散点图并进行相关性分析。

根据基础数据中王冠指数和 h 指数指标项数值,利用 SPSS 统计软件制作出数学、物理、化学、地理科学、生物学与生物化学和空间科学六大学科两指标散点图,如图 9.2 所示。

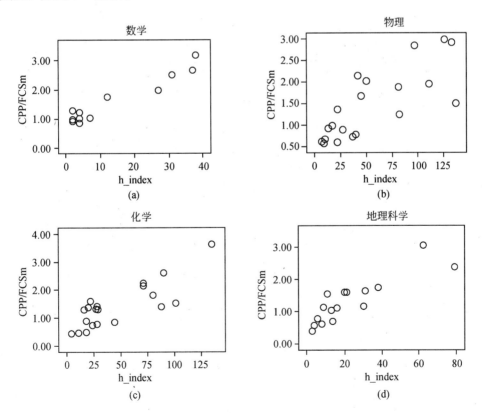

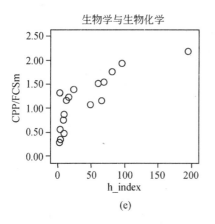
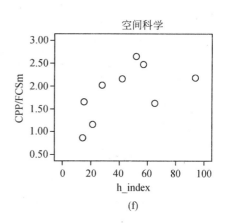

图 9.2　六大学科两指标散点图

从各散点图分布可见 h 指数和王冠指数的相关性存在学科差异，其中数学学科的图像显示两者趋势相对一致；而物理学科散点分布最为分散。

在散点图分析基础上，我们利用 SPSS 分别计算两指标的 Pearson 相关系数和 Spearman 相关系数，并构建各学科 h 指数和王冠指数全息相关矩阵，如表 9.5 所示。

表 9.5　各学科 h 指数和王冠指数的 Pearson 相关系数

领域	相关关系		Spearman（Sig.（2-tailed））	
			h 指数	王冠指数
数学	Pearson（Sig.（2-tailed））	h 指数	1	0.727（0.002）
		王冠指数	0.931（0.000）	1
物理	Pearson（Sig.（2-tailed））	h 指数	1	0.806（0.000）
		王冠指数	0.778（0.000）	1
化学	Pearson（Sig.（2-tailed））	h 指数	1	0.765（0.000）
		王冠指数	0.820（0.000）	1
地理科学	Pearson（Sig.（2-tailed））	h 指数	1	0.905（0.000）
		王冠指数	0.867（0.000）	1
生物学与生物化学	Pearson（Sig.（2-tailed））	h 指数	1	0.815（0.000）
		王冠指数	0.811（0.000）	1
空间科学	Pearson（Sig.（2-tailed））	h 指数	1	0.617（0.077）
		王冠指数	0.589（0.095）	1

考虑王冠指数和 h 指数同时受到文献总数（P）和引文总数（C）两因素影响，故再利用 SPSS 统计软件进行二阶偏相关分析，得到五大学科偏相关系数及其对应的偏相关系数检验双侧的概率 P 值，如表 9.6 所示。

表 9.6　各学科 h 指数和王冠指数的偏相关分析结果

控制变量发文量 P 和引文量 C	Partial Correlation（Sig.（2-tailed））
	h 指数 vs 王冠指数
数学	0.765（0.002）
物理	0.593（0.009）
化学	0.746（0.000）
地理科学	0.246（0.396）
生物学与生物化学	0.431（0.095）
空间科学	0.078（0.703）

表 9.5 表明各学科王冠指数和 h 指数两指标的相关系数检验概率 p 值均近似为 0，且 Pearson 相关系数（除物理和空间科学）均大于 0.8，表现出高度相关关系。而表 9.6 表明数学、物理、化学三学科领域二阶偏相关系数分别为 0.765、0.593、0.746，且对偏相关系数检验双侧的概率 p 值均小于 0.01，因此可以认为王冠指数和 h 指数两者之间存在相关关系，但相关程度较弱；而另外地理科学、生物学与生物化学和空间科学三学科两指标二阶偏相关系数为 0.396、0.431、0.703，且对偏相关系数检验双侧的概率 p 值均大于 0.05，因此可以认为王冠指数和 h 指数在该两学科呈极弱相关关系，说明两指标关系并不密切。

综上分析，在控制文献总数（P）和引文总数（C）两影响因素后，王冠指数和 h 指数两指标相关关系与之前简单相关分析相比，相关关系程度大大减弱，表明两者关系并不十分密切，同时学科之间两指标相关程度存在较大差异。而产生这一结果的原因可以能包括由学科性质差异（如实验型与理论型）而引起的发文和引文差异。具体地说，首先，学科性质不同会导致该领域内文献总数（P）在数量上产生差异，如原创型文献占多数的学科文献总数（P）相对较少，同时学科差异也会影响到该领域内科研人员的引文习惯从而引起引文总数（C）的差异。其次，王冠指数指标受到文献总数（P）和引文总数（C）的直接影响；而 h 指数并不直接受到 P、C 两因素影响。再次，王冠指数侧重于反映质量的平均被引的相对水平；而 h 指数则更加侧重于在考虑数量的同时也考虑到质量因素，影响 h 指数的重要因素是 Hirsch-Core 中的引文数量（hc），而 hc 虽小于引文总数（C），但两者之间并无必然联系（Hirsch-Core 中的引文数量 hc 因素对该两指标相关性的影响将在今后研究中作进一步分析）。最后，王冠指数反映的是相对水平，其数值可以精确至小数多位，而 h 指数的数值是由排序后所得的整数；而这一差异也可能导致在排名顺序上的不同和相关关系程度。

由于王冠指数指标能够反映出某一研究团体相对于世界平均水平的影响力；而单一 h 指数指标兼顾数量与影响，能用于比较同类机构之间学术影响力的高低。因此在大学及其学科评价中可以考虑兼用王冠指数和 h 指数。

9.2　h 指数与 MNCS 相关分析

MNCS 由 Lundberg、Opthof 以及 Leydesdorff 提出后，与 CWTS 研究人员展开了讨论和深入的研究（van Raan et al.，2010；Waltman et al.，2010）。形成王冠指数和 MNCS 之间差异的根源在于两个指标计算中标准化处理的方式不同。

假设给定一个文献集合，王冠指数指标处理需要计算每一篇文献的被引次数以及同一领域内相同文献类型文献的篇均被引次数；最后以文献集合的总被引次数与不同领域内相同文献类型篇均被引次数总和之商作为指标计算结果。

而 MNCS 指标的计算首先计算每一篇文献实际被引次数和该篇文献类型相同且在同一领域内的篇均被引次数的比率；然后以比率之和与文献总数之商作为指标计算结果。

以数学公式可表示为

$$\text{CPP/FCSm} = \frac{\sum_{i=1}^{n} C_i / n}{\sum_{i=1}^{n} e_i / n} = \frac{\sum_{i=1}^{n} C_i}{\sum_{i=1}^{n} e_i} \tag{9.2}$$

$$\text{MNCS} = \frac{1}{n} \sum_{i=1}^{n} \frac{C_i}{e_i} \tag{9.3}$$

其中，C_i 表示文献 i 被引次数；e_i 表示文献 i 所在领域内文献篇均被引次数；n 则表示文献总数。

针对王冠指数和 MNCS 之间的关系，Waltman 等进行了实证研究，认为在大集合情况下，如大型研究机构与国家，两指标之间差异极小；而对于小集合情况下，如小型研究团体与期刊，两指标差异则较大（Waltman et al.，2010）。

由此，我们利用上述样本数据对 MNCS 和 h 指数进行比较研究。

根据 MNCS 的计算公式可以发现，若继续对单一学科进行研究，则 MNCS = CPP/FCSm。因此在此我们以大学作为整体对 h 指数和 MNCS 进行相关分析。

以 Harvard Univ 为例（参见表 9.1 中数据），其 MNCS 指标计算过程为

$$n = (P_1 + P_2 + P_3 + P_4 + P_5 + P_6)$$
$$= (1243 + 4289 + 2897 + 461 + 1291 + 8890) = 19071$$

$$\sum_{i=1}^{6} \frac{C_i}{e_i} = (C_1/e_1 + C_2/e_2 + C_3/e_3 + C_4/e_4 + C_5/e_5)$$

$$= (10205/3.07 + 104227/8.19 + 101841/9.72 + 10014/13.17$$

$$+ 34580/8.72 + 317439/16.41) = 2.653$$

注 3.07，8.19，9.72，13.17，8.72，16.41 分别为数学、物理、化学、空间科学、地理科学、生物学与生物化学六大学科内篇均被引数，如表 9.2 所示。

以此类推，可以计算得出其他 19 所大学 MNCS 指标；同时检索得到相应 1998～2008 年范围内的各样本大学 h 指数，如表 9.7 所示。

表 9.7 20 所大学的 MNCS 和 h 指数

大学	MNCS	1998～2008 年 h 指数
Harvard Univ	2.653	420
Stanford Univ	2.401	332
Univ Michigan	1.855	272
Univ Washington	2.310	276
Univ Cambridge	1.855	267
Univ Edinburgh	1.696	198
University Nottingham	1.207	143
Peking Univ	0.770	97
Nanjing Univ	0.660	83
Zhejiang Univ	0.483	72
Fudan Univ	0.689	81
Univ Hongkong	1.132	156
Natl Taiwan Univ	0.854	108
Moscow State Univ	0.557	94
St. Petersburg State Univ	0.549	62
Tech Univ of Berlin	1.309	95
Univ Heidelberg	1.596	173
Univ Hamburg	1.446	159
Tokyo Univ	1.343	251
Kyoto Univ	1.205	222

利用 SPSS 统计软件分别计算 MNCS 和 h 指数之间的 Pearson 相关系数和 Spearman 相关系数，并构建两指标全息相关矩阵如表 9.8 所示。

表 9.8　MNCS 和 h 指数全息相关矩阵

Correlations		Spearman（Sig.（2-tailed））	
		h 指数	MNCS
Pearson	h 指数	1	0.933（0.000）
（Sig.（2-tailed））	MNCS	0.928（0.000）	1

　　由此可见，h 指数和 MNCS 指标之间具有极强的相关性；相较于王冠指数而言表现出更佳的相关关系。

　　因此，本章研究结论是 h 指数与王冠指数之间存在弱相关，而 h 指数与 MNCS 之间存在强相关，该结论有待在更大规模数据集中进一步检验。

参 考 文 献

黄慕萱.2008. 纳入规模量考：2008 年大学科研论文成效评比改进方案研议．［EB/OL］http：//epaper. heeact. edu. tw/images/epaper_heeact_edu_tw/2008_0301_No12/PDF_12/12_5-5_21-23. pdf

CWTS. 2008. The Leiden ranking 2008.［EB/OL］. http：//www. cwts. nl/ranking/

Lundverg J. 2007. Lifting the crown-citation z-score. Journal of Informetrics，（1）：145-154

Moed H F，De Bruin R E，van Leeuwen TH N. 1995. New bibliometric tools for the assessment of national research performance：databse description and first application. Scientometrics，33 （3）：381-422

Moed H F，Luwel M，Hoaben J A，1998. The effects of changes in the funding structure of the Flemish universities on their research capacity，productivity and impact during 1980's and early 1990's. Scientometrics，43(2)：231-255

Opthof T，Leydesdorff L. 2010a. Caveats for the journal and field normalizations in the CWTS （"Leiden"）evaluations of research performance. Journal of Informetrics（in print）arxiv：1002. 2769

Opthof T，Leydesdorff L. 2010b. Normalization，CWTS indicators，and the Leiden Rankings：Differences in citation behavior at the level of fields arxiv：1003. 3977

REPP. 2005. Quanititative indicators for research assessment-a literature review.［EB/OL］. http：//repp. anu. edu. au/paper/2005_Literature_Review. pdf

Van Raan A F J. 2006. Comparison of the Hirsch-index with standard bibliometrics indicators and with peer judgment for 147 chemistry research groups. Scientometrics，67(3)：49-502

Van Raan A F J. 2008. Evaluation of scientific research by advanced quantitative methods.［EB/OL］. http：//www. ub. uio. no/umh/ecspbiomed/presentations/Raan. pdf

Van Raan A F J，Van Leeuwen THN，Visser M S，et al. 2010. Rivals for the crown：Reply to Opthof and Leydesdorff arxiv：1003. 2113

Waltman L，Van Eck NJ，Van Leeuuen TH. N. 2010. Towards a new crown indicator：An empirical analysis. arXiv：1004. 1632v1

第 10 章　h 指数与新型期刊计量参数比较研究

科技期刊的计量与测评一直是科学计量学研究的重点之一。h 指数提出后，Braun 等（2006）将其用于期刊的计量与测评，成为 h 指数较早的重要扩展应用，随后引起了广泛关注（Olden，2007；Schubert and Glanzel，2007；Vanclay，2008；Bornmann et al.，2009；周英博等，2009；Franceschet，2010a）。另一方面，期刊的计量与测评方法在最近几年也取得了较大进展，一些测度参数相继被提出。其中，SJR（Butler，2008；González-Pereira et al.，2010）、特征因子（Eigen factor）及其派生出的 Article Influence（AI）（Bergstrom，2007；Bergstrom et al.，2008）三种新参数不仅理论上具有新意和价值，实践中也已有较受关注的应用。这些指标与 h 指数共同构成了近年来期刊计量参数的代表性新成果。本章将尝试实证讨论期刊 h 指数与这三种新型期刊计量参数的联系与差异。

10.1　h 指数与 SJR

SJR（SCImago Journal Rank）由西班牙的 SCImago 研究小组开发，其主要新意是可用于衡量期刊的声望（Butler，2008）。SJR 将期刊引文分析的理论假设向前推进了一步，认为当一种期刊越多地被高声望期刊所引用，此期刊的声望才越高。其使用类似于 Google 网页排名的 PageRank 算法（Brin et al.，1998），计算时给予来自高声望期刊的引用更高的权重，并以此迭代计算直到收敛，能同时衡量期刊被引记录的数量和影响（赵星等，2009）。实践方面，SJR 使用 Scopus 数据库作为数据源，在 WOS 之外开辟了新的期刊测评数据来源，具有免费、数据公开透明、刊源范围广等诸多特点。Butler 认为 SJR 将会挑战 Thomson Reuters 公司在期刊测评上的垄断地位（Butler，2008）。

为进行实证分析，于 2008 年 5 月从 SJR 网站（www. scimagojr. com）下载了 Scopus 收录的 12642 种有可被引论文期刊 2006 年 SJR、期刊 h 指数以及计算 SJR 所须使用的参数和数据。利用此数据集，可分析期刊 h 指数与 SJR 的相关与差异，结果如图 10.1 所示。

由图 10.1 可见，期刊 h 指数与 SJR 有正相关关系，即总体上，声望高的期

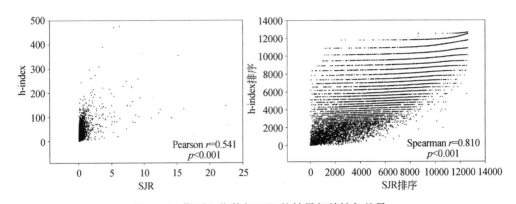

图 10.1　期刊 h 指数与 SJR 的结果相关性与差异

注：图中的"h 指数排序"和"SJR 排序"分别指按 h 指数和 SJR 进行降序排列后期刊所得序号，
即其在样本集中的排名。排序分析主要用于探析两种参数测评结果在排名上的差别

刊，高影响力论文也多，但针对很多具体案例，两者测评结果有不小的差异，体现为点分布发散。SJR 的数值分布差异相对于 h 指数较大，主要表现为大部分期刊 SJR 取值集中且较小。结果排序上，虽然两者 Spearman 等级相关显著且相关系数超过了 0.8，存在同步增加的趋势，但对于大量取值较低的长尾样本点，期刊 h 指数与 SJR 的测评未必能达成一致。

　　SJR 以权重引文的计算为主要算法特点，特别是用较自然的方式实现了每条引征记录的权值设定，巧妙而具有先进性。任一期刊的 SJR 计算，都直接或间接的涉及所有纳入测评的期刊数据，故带有普遍联系的理论性质，在 SJR 的计算中除以了期刊载文总量，这与期刊影响因子相似。SJR 与期刊 h 指数的另一基本差别在于对引文的处理方式不同，h 指数包含了"所有引征记录等价"的假设，而SJR 则以权重的形式体现了不同施引源的差别。

10.2　h 指数与特征因子

　　Bergstrom 等提出的特征因子在算法上与 SJR 有相似之处（Bergstrom，2007；Bergstrom et al.，2008）。特征因子以 Thompson 公司的 Journal Citation Reports（JCR）为数据源，构建剔除自引的期刊 5 年期引文矩阵，用类似于 PageRank 的算法迭代计算出期刊的权重影响值，实现了引文数量与影响的综合测评（赵星，2009）。这一新参数采用期刊影响力为权，以更贴近实际的权重网络形式重构了引文网络。特征因子的计算思想也与社会网络分析中用于描述节点在关系网络中权力和地位的特征向量中心度相似，重要的不同之处是避免了孤立点的影响。

　　使用与第 6 章相同的方法，获得数学、物理、化学、生物学、经济学、管理学、法学、教育学、哲学、历史学和图书情报学 11 个学科的 215 种代表性期刊样本数据，以便进行统计学分析，结果如图 10.2 所示。

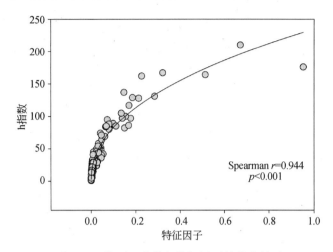

图 10.2   期刊 h 指数与特征因子的分布关系

由 10.2 可见，期刊 h 指数与特征因子显著强相关，关系形态总体呈幂律，特征因子取值也比 h 指数更集中。此类权重引文算法可能导致"强者愈强，弱者愈弱"。

因理论算法相似，特征因子和 h 指数的异同与 SJR 和 h 指数的异同也类似。主要的区别在于，特征因子使用的是 WOS 数据，其算法中没有除以期刊载文数量，故与 h 指数的相关性要强于 SJR 与 h 指数的相关性，在测评结果上可能相对接近于 h 指数。

10.3   h 指数与 AI

AI（article influence）是特征因子的派生参数，期刊 i 的 AI_i 计算公式为

$$AI_i = 0.01 \frac{Eigenfactor_i}{N_i} \tag{10.1}$$

其中，$Eigenfactor_i$ 是期刊 i 的特征因子值，N_i 是期刊 i 的标准化载文数量，标准化方法是将所有期刊的载文总数设为 1，按各期刊载文数占所有期刊载文总数的比例取值。由此可知，AI 即为平均化处理后的特征因子，其表征的是期刊的篇均权重影响，这与 SJR 的理论含义较为接近。

为进行期刊 h 指数与 AI 的统计学分析，使用与第 6 章相同的方法，获得数学、物理、化学、生物学和经济学 5 个学科的 100 种代表性期刊样本数据。数值

分布结果比较如图 10.3 所示。

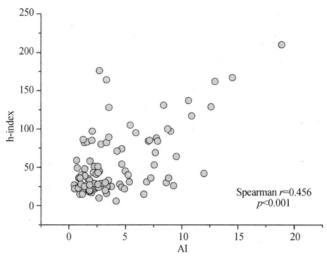

图 10.3　期刊 h 指数与 AI 的分布关系

由图 10.3 可见，期刊 h 指数与 AI 仍有显著的统计学正相关性，但中低取值的部分样本分布零散。期刊 h 指数与 AI 的 Spearman 相关系数远低于期刊 h 指数与特征因子的 Spearman 相关系数，而接近于期刊 h 指数与 SJR 的 Spearman 相关系数。总体而言，期刊 h 指数与 AI 在具体案例上的测评结果常存在一定区别。图 10.3 的结果还说明，平均化的处理较大幅度的改变了期刊计量参数的测评结果，而数据源不同对于参数测评结果的影响可能要小于平均化算法带来的影响。

10.4　总量型与平均型——期刊计量
参数的两类因子

SJR、Eigenfactor 和 AI 等新型期刊计量参数以及第 6 章曾提及的 5 年期影响因子已成为近期国际期刊影响力测评研究的热点（Falagas et al.，2008；Davis，2008；Leydesdorff，2009；Rousseau，2009；The STIMULATE 9 Group，2009；Fersht，2009；任胜利，2009；赵星，2009，2010；Franceschet，2010a；马丽等，2010）。值得注意的是，尽管参数间相关关系复杂，但一系列的数据和研究（赵星，2009；赵星等，2009；赵星，2010）都显示，除了半衰期这一并没有明确测评导向含义的参数外，包括期刊 h 指数和其他新参数在内的现今主要期刊计量参数都恰好被因子分析分为两类：总量型参数与平均型参数。具体汇集为表 10.1。

表 10.1 总量型与平均型——期刊计量参数的两类因子

样本描述	因子分析检验	因子分析结果		
		参数	因子 1	因子 2
(1) Scopus 收录的 12 642 种有可被引论文期刊	KMO＝0.829＞0.6，Bartlett 球形检验达到显著性水平（$p<0.001$）	期刊 h 指数	0.664	
		2006 年论文总数	0.953	
		3 年论文总数	0.971	
		参考文献总数	0.924	
		3 年总被引	0.846	
		3 年可被引论文数	0.967	
		SJR		0.767
		2 年篇均被引		0.642
		篇均参考文献		0.643
		特征根	4.830	1.830
		方差贡献率/%	20.327	53.666
		参数	因子 1	因子 2
(2) 我国大陆地区被 SCI（E）收录的 64 种期刊	KMO＝0.79＞0.60，Bartlett 球形检验达到显著性水平（$p<0.01$）	2001～2005 年论文数量	0.90	
		2001～2005 年论文在 06 年的总被引	0.96	
		2001～2005 年论文总被引	0.96	
		2001～2005 年 h 指数	0.77	
		2006 年 Eigenfactor	0.85	
		2006 年影响因子		0.93
		2006 年即年指数		0.89
		特征根	4.02	2.16
		方差贡献率/%	50.21	26.98
		参数	因子 1	因子 2
(3) 2008 年 JCR 科学版中 6598 种被 SCI 收录期刊	KMO＝0.69＞0.60，Bartlett 球形检验达到显著性水平（$p<0.001$）	2 年期影响因子		0.97
		5 年期影响因子		0.98
		即年指数		0.61
		论文影响分值		0.94
		当年总被引次数	0.97	
		当年论文总数	0.65	
		特征因子（Eigenfactor）	0.90	
		特征根	2.26	3.35
		方差贡献率/%	28.28	41.86

样本描述	因子分析检验	因子分析结果		
		参数	因子 1	因子 2
（4）2008 年 JCR 收录数学、物理、化学、生物学和经济学 5 个学科的 100 种代表性期刊	KMO=0.762>0.6，Bartlett 球形检验达到显著性水平（$p<$ 0.001）	2003～2007 年论文总数	0.930	
		2003～2007 年被引总数	0.896	
		h 指数	0.714	
		特征因子	0.794	
		影响因子		0.936
		5 年期影响因子		0.951
		即年指数		0.857
		AI		0.919
		特征根	4.202	3.055
		方差贡献率/%	52.521	38.184

因子分析的重要优点是能解构指标集合内各指标复杂的相关关系，其分析结果亦常能找到自洽描述。表 10.1 中四组不同数据因子分析得到了相似的结果，目前主流期刊计量参数的二分结构较明确，因子 1 为总量型参数，因子 2 为平均型参数。两种分类的理论和算法区别也较为清晰，即是否在计算中除以了期刊载文总量。

本章讨论的四种新型期刊计量参数中，期刊 h 指数和 Eigenfactor 同被归为总量型，SJR 和 AI 被归为平均型。之前的实证也显示 h 指数与 Eigenfactor 的相关关系更强，相关性分析和因子分析的结论得到了相互印证。值得注意的是，期刊 h 指数虽总体上归于了总量型参数，但表 10.1 中涉及 h 指数的第（1）、（2）和（4）组数据都显示 h 指数在总量型因子中的因子载荷都相对较低，这说明期刊 h 指数相对于其他总量型参数，更接近于平均型参数，即期刊 h 指数具有相对而言的综合性。

最后值得指出的是，四种新参数固然各具理论和实践优点，但也都有待讨论之处。例如，h 指数的计算仅涉及相对高被引的论文，但相对低被引论文是否全无价值？ Eigenfactor 会受到期刊规模（即载文总量）的影响，是否应该进行基于载文量的平均化处理值得讨论。但平均化的处理方式也并非完美，经过平均化处理过的 SJR 和 AIS 与影响因子一样，可能夸大载文量较少的期刊（特别是综述类期刊）的影响力。因此，试图依靠某一量化指标解决期刊测评这一复杂问题目前难度较大，单一的新型期刊测评方法常是从某一方面更逼近实际但仍无法面面俱到，相对全面准确的期刊测评还需观测多种测评方法的结果。另外，尽管近年来期刊计量参数研究较多，但表 10.1 说明现今主要的应用仍未突破总量型和平均型两类。因此，下一步可尝试探寻在这两个分类之外，是否还有第三种维度。

参 考 文 献

高小强，赵星. 2010. h 指数与论文总被引 C 的幂律关系. 情报学报，29(3)：506-510

马丽，赵星，彭晓东. 2010. 新型期刊引文评价方法比较研究. 情报理论与实践，5(33)：71-75

任胜利. 2009. 特征因子（Eigenfactor）：基于引证网络分析期刊和论文的重要性. 中国科技期刊研究，20(3)：415-418

赵星，高小强，唐宇. 2009. SJR 与影响因子、h 指数的比较及 SJR 的扩展设想. 大学图书馆学报，2：80-84

赵星. 2009. 期刊引文评价新指标 Eigenfactor 的特性研究——基于我国期刊的实证. 情报理论与实践，32(8)：53-56

赵星. 2010. JCR5 年期影响因子探析. 中国图书馆学报，36(187)：116-123

周英博，马景娣，叶鹰. 2009. 国际基础科学核心期刊 h 指数实证研究. 大学图书馆学报，27(2)：66-70

Bergstrom C. 2007. Eigenfactor. College and Research Libraries News , 68(5)：314-316

Bergstrom C T, West J D, Wiseman M A. 2008. The Eigenfactor™ metrics. Journal of Neuroscience , 28(45)：11433-11434

Bornmann L, Marx W, Schier H. 2009. Hirsch-type index values for organic chemistry journals：A comparison of new metrics with the journal impact factor. European Journal of Organic Chemistry, (10)：1471-1476

Braun T, Glanzel W, Schubert A. 2006. A Hirsch-type index for journals. Scientometrics, 69(1)：169-173

Brin S, Page L, Motwani R, et al. 1998. The PageRank Citation Ranking：Bringing Order to the Web. Stanford Digital Libraries Working Paper，6：102-107

Butler D. 2008. Free journal-ranking tool enters citation market. Nature, 451(7174)：6

Davis P M. 2008. Eigenfactor：Does the principle of repeated improvement result in better estimates than raw citation counts? Journal of the American Society for Information Science and Technology , 59(13)：2186-2188

Falagas M E, Kouranos V D, Arencibia-Jorge R, et al. 2008. Comparison of SCImago journal rank indicator with journal impact factor. Faseb Journal , 22(8)：2623-2628

Fersht A. 2009. The most influential journals：Impact Factor and Eigenfactor. Proceedings of the National Academy of Sciences of the United States of America，106(17)：6883-6884

Franceschet M. 2010a. A comparison of bibliometric indicators for computer science scholars and journals on Web of Science and Google Scholar. Scientometrics，83(1)：243-258

Franceschet M. 2010b. The difference between popularity and prestige in the sciences and in the social sciences：A bibliometric analysis. Journal of Informetrics, 4(1)：55-63

González-Pereira B, Guerrero-Bote V P, Moya-Anegon F. 2010. A new approach to the metric of journals' scientific prestige: The SJR indicator. Journal of Informetrics, 4(3): 379-391

Jacso P. 2009. Five-year impact factor data in the journal citation reports. Online information review, 33(3): 603-614

Leydesdorff L. 2009. "How are new citation-based journal indicators adding to the bibliometric toolbox?" Journal of the American Society for Information Science and Technology, 60(7): 1327-1336

Olden J D. 2007. How do ecological journals stack-up? Ranking of scientific quality according to the h index. . Ecoscience, 14(3): 370-376

Rousseau R. 2009. What does the Web of Science five-year synchronous impact factor have to offer? Chinese Journal of Library and Information Science (CJLIS), 2(3): 1-7

Schubert A, Glanzel W. 2007. A systematic analysis of Hirsch-type indices for journals. Journal of Informetrics, 1(3): 179-184

The STIMULATE 9 Group. 2009. The 5-year synchronous impact factor for large Journal Citation Reports (JCR) subject. International Journal of Scientometrics, Informetrics and Bibliometrics, 13(1): 1-4

Vanclay J K. 2008. Ranking forestry journals using the h-index. Journal of Informetrics, 2(4): 326-334

第 11 章 科学基金 h 指数

科学基金是促进科技创新的重要资源，对科学基金的绩效进行科学评价具有重要意义（国家自然科学基金委员会，2006）。科学基金尤其是纵向科学基金关注基础理论和基础应用研究，这类研究成果主要由科学论文所体现。故科学基金资助成果论文的水平和影响力在一定程度上体现了科学基金资助绩效。重要科学基金的资助常涉及大尺度情景，如资助学科广、立项总数多、涉及研究人员数量大等。同行评议虽应是科学评价的首要方法，但面对大尺度情景时，又会存在实施成本高、难以得到一致结论和较难把握宏观总体情况等问题。而科学计量与评价方法则相对适合于此类大尺度评价。h 指数（Hirsch，2005）是科学计量与评价方法的重要新进展。因此，可尝试将 h 指数用于科学基金论文成果学术影响力测评并构成科学基金资助绩效的新方法——科学基金 h 指数。下面首先介绍科学基金 h 指数的计算方法，再给出 4 种国家级科学基金（包括国家科技计划等，下文统称为国家科学基金）的算例，并对 25 个省（自治区、直辖市）的省级自然科学基金 h 指数进行实证分析。结果显示，科学基金 h 指数具有一定的应用可行性，是科学基金资助成果论文数量与影响力的综合衡量。

11.1 科学基金 h 指数定义与计算方法

类似于科学家个人 h 指数（Hirsch，2005），将科学基金 h 指数定义为：获得某科学基金资助的总计 N 篇论文中，有 h 篇论文的被引次数至少为 h 次，而其余 $N-h$ 篇论文的被引次数均小于或等于 h。例如，某科学基金 h 指数为 50，则表示该基金的资助产生了 50 篇引用次数不少于 50 次的论文。

科学基金 h 指数计算方法为：从引文数据库获取某一时段某科学基金资助的论文及其被引数据，按论文被引次数降序排列所有论文，按表 11.1 所示方法判定该科学基金的 h 值。

表 11.1 科学基金 h 指数计算过程

排序 i	科学基金资助论文被引次数	判定
1	C_1	$C_1 \geqslant C_2$
2	C_2	$C_2 \geqslant C_3$

排序 i	科学基金资助论文被引次数	判定
⋮	⋮	⋮
$h-1$	C_{h-1}	$C_{h-1} \geqslant C_h$
h	C_h	$C_h \geqslant h$
$h+1$	C_{h+1}	$C_{h+1} \leqslant h$
⋮	⋮	⋮
P	C_P	$C_P \leqslant C_{P-1}$

注：论文排列所得序号为 i，P 为该科学基金资助的论文总数（表中为序号最大值），C_i 为对应序号 i 的论文被引次数，对于所有 i，有 $C_i \geqslant C_{i+1}$。阴影表示 h 指数

由科学基金 h 指数的计算过程可知，科学基金成果论文集合及表征这些论文影响力的引用次数共同决定了 h 指数数值，该数值不仅反映了该科学基金资助的论文集合中高被引论文的被引强度，同时也反映了达到这一被引强度的高被引论文的数量。

11.2 基 础 数 据

科学基金 h 指数计算所需的论文被引次数可由引文数据库获得。此处选择中国引文数据库（http://ckrd.cnki.net/Grid20/Navigator.aspx? ID=6）作为数据源，该库是中国知识基础设施工程（CNKI）的子库，能以基金名作为检索项，并能直接查询出每篇论文的被引频次，可用于我国科学基金 h 指数的计算。检索期刊范围包含了 CNKI 所有收录期刊，引文类型选择来自期刊论文的引用，论文和引文截止时间均为 2008 年 6 月 20 日。具体的检索方法为：检索项选择"被引文献基金名称"，时段选择 2000～2008 年，匹配模式为"精确"，排序按"被引频次"，并以需考查的基金名为检索词进行检索。使用表 11.1 所示方法计算检索结果数据，可得出 4 种国家科学基金 2000～2008 年的 h 指数，如表 11.2 所示。

表 11.2 2000～2008 年部分国家科学基金 h 指数

基金名	基金 h 指数	基金名	基金 h 指数
国家自然科学基金	140	973 基金	55
863 基金	64	国家社会科学基金	37

由表 11.2 可见，用 2000～2008 年的数据计算出的国家自然科学基金 h 指数为 140，即表示国家自然科学基金资助的研究工作在此时段中产生了 140 篇被引频次不少于 140 次的高影响力的中文论文成果，资助成效较为显著。当然，表中

列出的几种基金资助政策与学科各异，相互之间未必有可比性，此处仅作科学基金 h 指数的计算可行性展示之用。

按前述方法，我们也统计了 25 个省（自治区、直辖市）的省级自然科学基金 2000～2008 年论文成果的数量及这些论文在 2000～2008 年间的被引频次，并计算出 h 指数，部分结果如表 11.3 所示。

表 11.3　2000～2008 年省级自然科学基金 h 指数排名前 10 的省份

基金所属省市	论文数量 N	有被引论文数 N_C	被引率 R_C	总被引 C	篇均被引 CPP	有被引论文篇均被引 A_{NC}	单篇最高被引 M_C	科学基金 h 指数
广东省	5 949	4 318	0.73	28 663	4.82	6.64	300	48
浙江省	2 797	2 036	0.73	13 931	4.98	6.84	117	37
福建省	1 976	1 432	0.73	9 231	4.67	6.45	131	33
湖北省	1 634	1 165	0.71	6 981	4.27	5.99	76	31
北京市	2 159	1 426	0.66	7 815	3.62	5.48	90	30
江苏省	2 664	1 729	0.65	9 521	3.57	5.51	65	30
山东省	2 473	1 592	0.64	9 014	3.65	5.66	100	30
河北省	1 685	1 096	0.65	6 659	3.95	6.08	99	29
陕西省	1 783	1 192	0.67	6 923	3.88	5.81	99	28
安徽省	1 469	1 022	0.67	5 547	3.78	5.43	94	26

表 11.3 的结果表明：广东省在自然科学基金论文成果的数量、总被引次数、单篇最高被引次数和 h 指数等指标数值上均领先于其他省（自治区、直辖市）。

11.3　结果讨论

前文研究已显示 h 指数与多种科学计量指标之间都有理论或实证联系。下面用 25 个省级自然科学基金的数据来探寻这种联系在科学基金 h 指数中的特点，表 11.4 是 25 个省级自然科学基金 h 指数与基金论文成果数量和被引指标的均值、标准差和 Pearson 相关分析结果。

表 11.4　省级自然科学基金 h 指数与基金论文成果数量和被引指标的均值、标准差和相关系数矩阵

变量	$\overline{X}\pm S$	1	2	3	4	5	6	7
1. 论文数量 N	1475.12±1205.09							
2. 有被引论文数 N_C	994.64±873.18	0.99 **						

续表

变量	$\overline{X}\pm S$	1	2	3	4	5	6	7
3. 被引率 R_C	0.65 ± 0.10	0.32	0.44 *					
4. 总被引 C	5822.32 ± 5838.33	0.97 **	0.99 **	0.50 *				
5. 篇均被引 CPP	3.61 ± 0.92	0.36	0.46 *	0.90 **	0.54 **			
6. 有被引论文篇均被引 A_{NC}	5.43 ± 0.87	0.54 **	0.60 **	0.66 **	0.68 **	0.87 **		
7. 单篇最高被引 M_C	95.48 ± 63.36	0.56 **	0.58 **	0.48 *	0.61 **	0.57 **	0.65 **	
8. 科学基金 h 指数	23.96 ± 9.15	0.93 **	0.96 **	0.56 **	0.98 **	0.62 **	0.76 **	0.64 **

** 表示 $P<0.01$，* 表示 $P<0.05$

表 11.4 的结果说明，科学基金 h 指数与论文数量和总被引次数都有显著强正相关关系，即科学基金 h 指数可能更好地综合衡量了科学基金资助论文的数量和影响力。

科学基金论文的总被引次数 C 也反映了其学术影响力，C 与论文数量 N 的关系为

$$C = \text{CPP} \times N \tag{11.1}$$

其中 CPP 为论文篇均被引。由表 11.4 中 CPP 的标准差可知，25 个省级自然科学基金论文的被引率和篇均被引差异相对较小，表明各省（自治区、直辖市）的论文成果在平均影响力上差别不大。当各省级自然科学基金论文的 CPP 差异较小时，可近似的将 CPP 视为常数，即有：

$$C \propto N \tag{11.2}$$

Hirsch（2005）指出论文总被引 C 与学者个人 h 指数有以下关系：

$$C = Ah^2 \tag{11.3}$$

其中 A 为常数。使用前述我国省级自然科学基金数据进行拟合可以得到科学基金论文成果总被引次数与科学基金与科学基金 h 指数的关系式：

$$C = 9.92h^2 (R^2 = 0.96, F = 525.79, P < 0.01) \tag{11.4}$$

另外，科学基金论文成果数量 N 与 h^2 之间也存在拟合较好的经验关系式：

$$N = 2.30h^2 (R^2 = 0.93, F = 297.64, P < 0.01) \tag{11.5}$$

通过多种不同模型的探索性分析还发现：科学基金 h 指数分别与基金论文成果数量 N 和总被引 C 之间存在幂律关系：

$$h = 1.01N^{0.44} (R^2 = 0.90, F = 213.98, P < 0.01) \tag{11.6}$$

$$h = 1.00C^{0.37}(R^2 = 0.98, F = 1292.05, P < 0.01) \tag{11.7}$$

值得注意的是式（11.6）和式（11.7）的系数均近似等于 1，式（11.6）即为 Egghe-Rousseau 模型（Egghe and Rousseau，2006），式（11.7）即为 h-C 幂律关系模型（高小强和赵星，2010）。科学基金 h 指数与论文数量 N 以及与总被引 C 间的数量关系实际上由幂指数决定。

由表 11.4 还可知，被引率 RC、篇均被引 CPP 以及单篇最高被引 M 等指标与科学基金 h 指数的相关性与论文数量 N 和总被引 C 相比较弱，且各指标相互之间相关关系复杂。为了避免多重共线性，下面采用探索性因子分析寻求与科学基金 h 指数关系相对密切的指标。因子分析有效性采用 KMO 和 Bartlett 球形检验，KMO＝0.63＞0.6，Bartlett 球形检验达到显著性水平（$P<0.01$），两个检验均表明此数据适合因子分析；公共因子采用主成分分析法提取，并对原始因子载荷进行最大方差垂直旋转变换，分析结果如表 11.5 所示。

表 11.5　科学基金 h 指数与其他指标的因子分析

表项	因子 1	因子 2
科学基金 h 指数	0.86	
论文数量 N	0.98	
有被引论文数 N_C	0.97	
总被引 C	0.96	
单篇最高被引 M	0.73	
被引率 R_C		0.95
篇均被引 CPP		0.94
有被引论文篇均被引 A_{NC}		0.84
特征根	5.69	1.57
累积方差贡献率	71.11%	90.79%

表 11.5 中，总的累积方差贡献率 90.79%＞80%，因子分析效果良好。综合表 11.4 和表 11.5 的结果，被引率 RC 和篇均被引 CPP 指标同科学基金 h 指数的相关性与其他指标相比有一定差距，而单篇最高被引 M 则与科学基金 h 指数亦有较强关联。获得单篇最高被引的论文作为基金论文中的优秀成果代表之一，也与高影响基金论文成果的总体水平关系密切。

将表 11.5 中科学基金 h 指数项剔除，使用剩余的指标再进行因子分析，各指标的归属分类不变。将新的两个公共因子命名为因子 1 和因子 2，因子 1 中的论文数量 N 和总被引 C 等可作为衡量科学基金论文成果总体数量和影响力的指标；因子 2 中的指标可作为衡量科学基金论文成果平均影响力的指标。计算出这两个新公共因子值并将其作为自变量，利用多元回归可得出因子 1 和 2 与科学基金 h 指数的回归系数，如表 11.6 所示。

表 11.6　公共因子值的多元回归结果

表项	科学基金 h 指数	
	标准回归系数	Sig
因子 1：总体数量和影响力（含 N、N_C、C 和 M）	0.83	0.00
因子 2：平均影响力（含 R、CPP 和 A_{NC}）	0.45	0.00
解释力 R^2	0.889	
F 值	88.25	
显著性水平	P＜0.01	

由表 11.6 可知，科学基金 h 指数既能表征论文总体的数量和影响力，也能体现论文平均影响力，并且科学基金 h 指数与总体数量和影响力的相关性大于其与平均影响力的相关性。

11.4　科学基金 h 指数的不足与展望

虽然前述结果显示科学基金 h 指数具有一定应用可行性和特点，但应指出的是，在将科学基金 h 指数用于科学基金绩效测评时，还需综合考虑其他因素。例如，表 11.2 中的 2000～2008 年时段内的国家社会科学基金 h 指数只有 37，远低于国家自然科学基金 h 指数的 140，甚至比广东省自然科学基金 h 指数的 48 还低。国家社会科学基金论文数量也仅为 1139 篇，远低于国家自然科学基金的 113488 篇，也低于广东省自然科学基金的 5949 篇。这可能是因为国家社会科学基金有较多成果以专著或研究报告形式体现，并不一定发表期刊论文，基金 h 指数并未反映出非期刊论文成果的数量和影响力。另外，包括 h 指数在内的科学定量评价指标尚有诸多局限，定量评价的结果只能用于参考、辅助或一些同行评议暂时无法进行的领域。不加分析的对于量化方法的滥用，可能会导致很多的问题。科学基金资助绩效测评还应坚持同行评议为主的原则。

另一方面，随着科学研究国际化程度的不断加深，各国的科学基金资助论文已经越来越多的在国际性刊物上发表，对于这部分论文，可采用 Web of Science（WOS）等数据库计算和研究其 h 指数。进一步的研究工作还可将科学基金 h 指数用于不同时段不同类型的科学基金的实证和评价，既可同类比较，也可历时自评，并探索各基金的经费总量、立项数目和平均资助强度等因素对科学基金 h 指数的影响，或将 h 指数与经费总量相对比从而研究"投入-产出"效率。因此，科学基金 h 指数还有较大的研究空间和实践前景。

参 考 文 献

高小强，赵星．2010．h 指数与论文总被引 C 的幂律关系．情报学报，29（3）：506-510

国家自然科学基金委员会．2006．国家自然科学基金"十一五"发展规划．中国科学基金，5：310-320

Egghe L，Rousseau R．2006．An informetric model for the Hirsch index．Scientometrics，69（1）：121-129

Hirsch J E．2005．An index to quantify an individual's scientific research output．Proceedings of the National Academy of Sciences of the USA，102(46)：16569-16572

第 12 章　国家 h 指数及其与 GDP 和 R&D 投入关系研究

由于主要国家的论文量 P 大多大于 100 000，故不能从 WoS 中直接查取 h 指数（Hirsch，2005），于是 ESI 的 Top papers 和 Highly Cited Papers 就成为实查国家 h 指数重要数据源（Csajbok et al.，2007），实检发现从 Top papers 和 Highly Cited Papers 查得的国家 h 指数完全相等，由此对国家 h 指数及其与 GDP 和 R & D 投入关系展开研究。

12.1　数据与方法

研究数据来源为 ISI-ESI 数据库、UNESCO 统计和 IMF 统计，由于获得的 h 指数是 1999～2009 年，我们取位于其中间的 2004 年国家 GDP 值和 GERD%（Gross Expenditure on R and D as % of GDP）数据作为经济参照。国家 GDP 采用购买力平价法，即通过价格调查并利用支出法计算的 GDP 作为基础，测算不同国家货币购买力之间的真实比率（PPP 货币转换系数），从而取代汇率，把一国的 GDP 转换成以某一基准货币或国际货币表示的 GDP。数据较完整的 50 个国家具体数据见表 12.1。

表 12.1　按总引文量排序的前 50 个国家有关数据

国家	P	C	CPP	HCP	ESI-h	GERD%	GDP
USA	3 038 383	47 690 387	15.7	56 205	813	2.580 7	11 867.75
England	696 556	10 060 552	14.44	11 621	505	1.721	1 835.37
Germany	782 060	10 048 883	12.85	10 765	468	2.490 3	2 415.68
Japan	802 656	8 079 216	10.07	5 756	406	3.167 1	3 666.32
France	558 428	6 739 759	12.07	6 783	414	2.149 9	1 776.76
Canada	435 246	5 618 999	12.91	6 171	396	2.078 8	1 065.76
Italy	412 712	4 736 425	11.48	4 672	361	1.096 9	1 575.84
China	673 182	3 740 358	5.56	4 563	244	1.229 9	4 697.90

续表

国家	P	C	CPP	HCP	ESI-h	GERD%	GDP
Netherlands	242 011	3 669 862	15.16	4 268	354	1.787 1	539.104
Australia	284 272	3 304 072	11.62	3 570	322	1.900 4	636.368
Spain	313 510	3 169 378	10.11	3 064	296	1.064 8	1 110.64
Switzerland	175 140	2 883 955	16.47	3 958	353	2.928 6	253.093
Sweden	178 508	2 574 335	14.42	2 566	313	3.708 7	278.832
Belgium	131 764	1 734 501	13.16	2 023	274	1.866 5	319.08
South Korea	245 099	1 642 719	6.7	1 524	195	2.846 5	1 015.46
Scotland	108 936	1 630 869	14.97	1 878	275	1.721	1 835.37
Denmark	94 874	1 467 962	15.47	1 723	261	2.496 4	171.461
India	261 598	1 399 497	5.35	1 015	174	0.687 1	2 096.09
Israel	111 651	1 375 458	12.32	1 424	250	4.447	149.289
Russia	279 435	1 274 957	4.56	1 046	205	1.149 9	1 548.72
Finland	88 314	1 188 852	13.46	1 079	230	3.448 4	152.611
Austria	91 822	1 152 264	12.55	1 248	239	2.226 1	263.798
Brazil	182 645	1 129 702	6.19	877	182	0.830 2	1 494.69
Poland	142 800	925 487	6.48	844	189	0.557 6	484.932
Norway	67 105	823 196	12.27	875	204	1.592 9	207.55
Turkey	130 774	618 232	4.73	466	105	0.518 3	658.633
Greece	77 200	613 545	7.95	545	147	0.480 2	266.503
New Zealand	55 253	575 803	10.42	578	158	0	96.251
Singapore	58 731	498 782	8.49	700	139	2.201 5	167.416
Mexico	70 643	474 367	6.71	375	129	0.471 6	1 231.62
Portugal	54 656	470 459	8.61	445	133	0.769 9	203.055
Hungary	50 127	467 564	9.33	445	156	0.876 2	159.479
Czech Republic	62 432	463 751	7.43	467	140	1.246 4	191.108
Ireland	40 688	450 594	11.07	541	154	1.247 1	146.523
Wales	36 430	434 410	11.92	466	147	1.721	1 835.37
Argentina	54 911	425 554	7.75	304	120	0.437 6	373.041
South Africa	50 054	391 443	7.82	392	131	0.859	366.453
Chile	30 352	263 502	8.68	237	103	0.673 8	183.175
Iran	52 928	207 349	3.92	280	59	0.587 4	591.582

国家	P	C	CPP	HCP	ESI-h	GERD%	GDP
North Ireland	17 825	203 582	11.42	207	112	1.721	1 835.37
Thailand	26 896	188 759	7.02	171	81	0.255 4	413.277
Ukraine	44 518	173 019	3.89	80	51	1.081 5	248.803
Egypt	32 447	154 097	4.75	80	42	0.269 9	309.652
Slovakia	23 657	142 485	6.02	111	67	0.513 9	78.71
Slovenia	21 616	140 993	6.52	155	70	1.419 1	43.461
Romania	30 600	132 641	4.33	125	65	0.386 8	189.743
Bulgaria	18 855	111 799	5.93	78	60	0.499 7	65.965
Croatia	19 156	100 642	5.25	96	59	1.202 9	62.504
Malaysia	17 980	79 098	4.4	89	35	0.599 9	277.648
Venezuela	11 850	75 722	6.39	56	43	0	231.245

注：P、C、CPP、ESI-h 数据均来自 Jan. 1, 1999-Dec. 31, 2009 ESI；GERD%数据来自 UNESCO 统计（未查得时置 0）；GDP 数据来自 IMF 统计（England, Scotland, Wales, North Ireland 共用 United Kingdom 数据，不能分离），GDP 单位为 Millions of International Dollars。中国数据中未包含台湾

方法来源于第 3 章所述 h 指数的三类数学模型（Ye, 2009），设 Hirsch 模型中 $a=5$、Egghe-Rousseau 模型中 $\alpha=2$，分别用以下公式作为 Hirsch 模型（Hirsch, 2005）、Egghe-Rousseau 模型（Egghe and Rousseau, 2006）、Glänzel-Schubert 模型（Glänzel, 2006；Schubert and Glänzel, 2007）的计算估计：

$$h_c \sim \sqrt{C/5} \tag{12.1}$$

$$h_p \sim \sqrt{P} \tag{12.2}$$

$$h_{pc} \sim cP^{1/3}(C/P)^{2/3} \tag{12.3}$$

其中常数 c 对国家实算时取 1。同时，按第 13 章中的定义计算 f 指数和对数 f 指数。

12.2　国家 h 指数的实证拟合

为检验国家 h 指数与 h 指数三类数学模型的吻合程度，我们用从 ESI 数据库中采集的 P、C、ESI-h 数据作为真实值，通过模型算出的 h 指数为计算值，50 个国家按三类模型分别计算出 h 指数，并与同时算出的 f 指数和对数 f 指数相参照，所得 50 个国家的有关数据见表 12.2。

表 12.2　50 个国家的 h 指数实查值和有关计算数据

国家	h	h_p	h_c	h_{pc}	f	f_1
USA	813	1 743.095 8	3 088.377 8	907.97	63.562 2	380.319 9
England	505	834.599 31	1 418.488 8	525.73	12.087 5	308.233 5
Germany	468	884.341 56	1 417.665 9	505.43	9.964 18	299.844 2
Japan	406	895.910 71	1 271.158 2	433.25	4.175 18	262.067 5
France	414	747.280 4	1 161.013 3	433.29	5.897 31	277.065 4
Canada	396	659.731 76	1 060.094 2	417.06	5.738 6	275.880 6
Italy	361	642.426 65	973.285 67	378.81	3.863 4	258.696 9
China	244	820.476 69	864.911 32	274.94	1.827 47	226.185
Netherlands	354	491.946 14	856.721 89	381.79	4.660 67	266.844 8
Australia	322	533.171 64	812.904 91	337.38	2.988 13	247.539 9
Spain	296	559.919 64	796.163 05	317.61	2.231 33	234.856 4
Switzerland	353	418.497 31	759.467 58	362.13	4.695 63	267.169 4
Sweden	313	422.502 07	717.542 33	333.6	2.665 3	242.574 6
Belgium	274	362.993 11	588.982 34	283.69	1.917 68	228.277 6
South Korea	195	495.074 74	573.187 4	222.46	0.735 5	186.658 4
Scotland	275	330.054 54	571.116 28	290.11	2.025 08	230.644 2
Denmark	261	308.016 23	541.841 67	283.2	1.92	228.33
India	174	511.466 52	529.055 2	195.63	0.391 15	159.234 4
Israel	250	334.142 19	524.491 75	256.85	1.263 7	210.164 5
Russia	205	528.616 12	504.966 73	179.85	0.343 57	153.602 1
Finland	230	297.176 72	487.617 06	252	1.046 14	201.959 1
Austria	239	303.021 45	480.055	243.62	1.128 19	205.238 3
Brazil	182	427.369 86	475.331 88	191.18	0.391 03	159.221 5
Poland	189	377.888 87	430.229 47	181.69	0.393 95	159.544 2
Norway	204	259.046 33	405.757 56	216.15	0.773 35	188.837 7
Turkey	105	361.626 88	351.633 9	142.98	0.158 77	120.077 2
Greece	147	277.848 88	350.298 44	169.57	0.312 1	149.428 8
New Zealand	158	235.059 57	339.353 21	181.72	0.433 83	163.732
Singapore	139	242.344 8	315.842 37	161.8	0.428 09	163.153
Mexico	129	265.787 51	308.015 26	147.14	0.181 25	125.827 8
Portugal	133	233.786 23	306.743 87	159.39	0.275 99	144.088 8
Hungary	156	223.890 6	305.798 63	163.38	0.299 07	147.576 6
Czech Republic	140	249.863 96	304.549 18	151.03	0.249 94	139.783
Ireland	154	201.712 67	300.197 93	170.88	0.431 39	163.486 9

国家	h	h_p	h_c	h_{pc}	f	f_1
Wales	147	190.866 45	294.757 53	173.03	0.400 12	160.218 7
Argentina	120	234.330 96	291.737 55	148.85	0.169 71	122.97
South Africa	131	223.727 51	279.801	145.2	0.220 81	134.401 7
Chile	103	174.218 25	229.565 68	131.76	0.148 18	117.079 3
Iran	59	230.060 86	203.641 35	93.305	0.079 06	89.796 86
North Ireland	112	133.510 3	201.783 05	132.48	0.170 28	123.116 1
Thailand	81	164	194.298 22	109.83	0.086 47	93.685 77
Ukraine	51	210.992 89	186.020 97	87.609	0.022 42	35.056 41
Egypt	42	180.130 51	175.554 55	90.117	0.027 37	43.730 81
Slovakia	67	153.808 32	168.810 54	95.03	0.048 13	68.244 4
Slovenia	70	147.023 81	167.924 39	97.246	0.072 8	86.210 38
Romania	65	174.928 56	162.874 8	83.153	0.038 99	59.092 24
Bulgaria	60	137.313 51	149.531 94	87.193	0.033 32	52.267 38
Croatia	59	138.405 2	141.874 59	80.863	0.036 3	55.995 5
Malaysia	35	134.089 52	125.775 99	70.336	0.028 21	45.036 72
Venezuela	43	108.857 71	123.062 59	78.507	0.025 78	41.121 34

表 12.2 数据中按 C 降序排列拟合图见图 12.1。

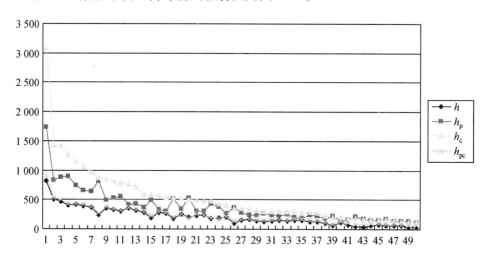

图 12.1　50 个国家 h 指数拟合图

显然，Glänzel-Schubert 模型获得最佳拟合效果。三种估计的全息相关矩阵如表 12.3 所示。

表 12.3　50 个国家 h 指数实检值与计算值的全息相关矩阵 (0.01 水平)

Correlations		Spearman [Sig. (2-tailed)]			
		h	h_p	h_c	h_{pc}
Pearson [Sig. (2-tailed)]	h	1	0.891 (0.000)	0.966 (0.000)	0.992 (0.000)
	h_p	0.914 (0.000)	1	0.964 (0.000)	0.897 (0.000)
	h_c	0.962 (0.000)	0.974 (0.000)	1	0.974 (0.000)
	h_{pc}	0.995 (0.000)	0.927 (0.000)	0.978 (0.000)	1

从表 12.4 相关系数可见三类模型的估计值均与实际值显著正相关,尤以 Glänzel-Schubert 模型相关性最好。

表 12.2 数据按 h 降序排列并与对数 f 指数的对照图见图 12.2。

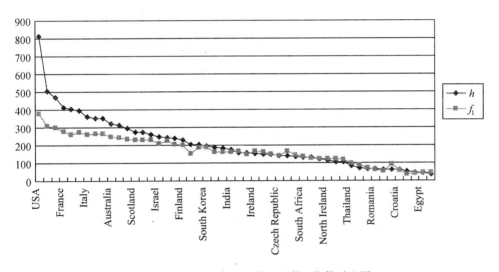

图 12.2　50 个国家 h 指数和对数 f 指数对比图

由此可见 h 指数和对数 f 指数存在差异,可以作为相互独立指数使用,但总体走势基本一致。

12.3　国家 h 指数与 GDP 的相关性

首先对表 12.1 中 h 指数与 GDP 的相关性用 SPSS 进行分析,两列数据输入后在 0.01 水平获得的 Pearson 相关系数和 Spearman 相关系数分别为 0.717 [Sig. (2-tailed) =0.000] 和 0.530 [Sig. (2-tailed) =0.000],表明国家 h 指数与国家 GDP 之间存在显著相关性。

把表 12.1 中的国家 GDP、HCP、CPP 等数据与表 12.2 中的 h 指数对应比较，经验试算发现可以引进 J 参数作为关联参数：

$$J = \text{HCP} \times \text{CPP} \times h/5000 \tag{12.4}$$

计算结果如表 12.4 所示。

表 12.4　50 个国家的 h 指数、HCP、CPP 和 GDP 构成的计算数据序列

国家	GDP	HCP	CPP	h	J
USA	11 867.75	56 205	15.7	813	143 481
England	1 835.37	11 621	14.44	505	16 948.5
Germany	2 415.68	10 765	12.85	468	12 947.7
Japan	3 666.32	5 756	10.07	406	4 706.59
France	1 776.76	6 783	12.07	414	6 778.9
Canada	1 065.76	6 171	12.91	396	6 309.67
Italy	1 575.84	4 672	11.48	361	3 872.42
China	4 697.90	4 563	5.56	244	1 238.07
Netherlands	539.104	4 268	15.16	354	4 580.96
Australia	636.368	3 570	11.62	322	2 671.53
Spain	1 110.64	3 064	10.11	296	1 833.84
Switzerland	253.093	3 958	16.47	353	4 602.29
Sweden	278.832	2 566	14.42	313	2 316.31
Belgium	319.08	2 023	13.16	274	1 458.92
South Korea	1 015.46	1 524	6.7	195	398.221
Scotland		1 878	14.97	275	1 546.25
Denmark	171.461	1 723	15.47	261	1 391.38
India	2 096.09	1 015	5.35	174	188.973
Israel	149.289	1 424	12.32	250	877.184
Russia	1 548.72	1 046	4.56	205	195.56
Finland	152.611	1 079	13.46	230	668.074
Austria	263.798	1 248	12.55	239	748.663
Brazil	1 494.69	877	6.19	182	197.602
Poland	484.932	844	6.48	189	206.733
Norway	207.55	875	12.27	204	438.039
Turkey	658.633	466	4.73	105	46.287 8
Greece	266.503	545	7.95	147	127.383

续表

国家	GDP	HCP	CPP	h	J
New Zealand	96.251	578	10.42	158	190.319
Singapore	167.416	700	8.49	139	165.215
Mexico	1 231.62	375	6.71	129	64.919 3
Portugal	203.055	445	8.61	133	101.917
Hungary	159.479	445	9.33	156	129.538
Czech Republic	191.108	467	7.43	140	97.154 7
Ireland	146.523	541	11.07	154	184.457
Wales		466	11.92	147	163.309
Argentina	373.041	304	7.75	120	56.544
South Africa	366.453	392	7.82	131	80.314 5
Chile	183.175	237	8.68	103	42.377 5
Iran	591.582	280	3.92	59	12.951 7
North Ireland		207	11.42	112	52.952 3
Thailand	413.277	171	7.02	81	19.446 8
Ukraine	248.803	80	3.89	51	3.174 24
Egypt	309.652	80	4.75	42	3.192
Slovakia	78.71	111	6.02	67	8.954 15
Slovenia	43.461	155	6.52	70	14.148 4
Romania	189.743	125	4.33	65	7.036 25
Bulgaria	65.965	78	5.93	60	5.550 48
Croatia	62.504	96	5.25	59	5.947 2
Malaysia	277.648	89	4.4	35	2.741 2
Venezuela	231.245	56	6.39	43	3.077 42

在表 12.4 计算序列中，GDP 与 J 参数之间表现出类似协整关系（Engle and Granger，1987）的关联，如图 12.3 所示。

GDP 与 J 参数之间的协整关系是与时间序列数据协整关系不同但类似的空间序列数据协整关系，此类关系应有重要经济学意义和科学计量学价值。但对此研究已超出本专著主题范畴，仅作为一个猜测，留待以后研究。

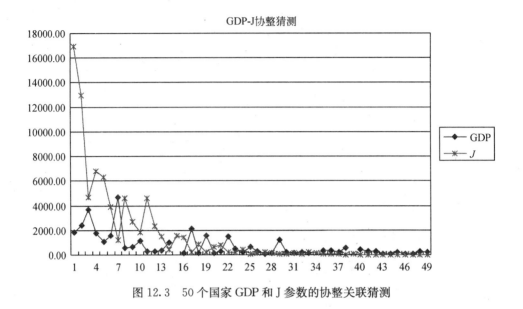

图 12.3　50 个国家 GDP 和 J 参数的协整关联猜测

12.4　国家 h 指数与 R&D 投入的关系

根据作者已有发现（Ye，2007），对大多数国家而言，设人均 GDP 为 G，GERD% 为 F，专利申请量为 P，每万人拥有的互联网用户为 N，则存在如下关联：

$$G = kF(\lg P)N \tag{12.5}$$

其中 k 是一个介于 0.4 到 1.2 之间的常数，$k \sim 0.5$ 属于正常情形，$k < 0.4$ 意味着专利质量不佳，而 $k > 1.2$ 表明创新活动较弱。

按上节同样思路把表 12.1 中的国家 GERD% 数据与表 12.2 中的 h 指数和对数 f 指数 f_1 对应比较，经验试算发现可以引进一个 Q 参数作为关联参数：

$$Q = \text{GERD\%} \times f_1 \tag{12.6}$$

计算结果如表 12.5 所示。

表 12.5　由 50 个国家的 h 指数、对数 f 指数和 GERD% 构成的计算数据序列

国家	GERD%	f_1	h	Q
USA	2.580 7	380.319 9	813	981.491 8
England	1.721	308.233 5	505	530.470 4
Germany	2.490 3	299.844 2	468	746.715 5
Japan	3.167 1	262.067 5	406	830.002

续表

国家	GERD%	f_1	h	Q
France	2.149 9	277.065 4	414	595.665 7
Canada	2.078 8	275.880 6	396	573.501 9
Italy	1.096 9	258.696 9	361	283.767 8
China	1.229 9	226.185	244	278.183 6
Netherlands	1.787 1	266.844 8	354	476.868 5
Australia	1.900 4	247.539 9	322	470.416 6
Spain	1.064 8	234.856 4	296	250.083 8
Switzerland	2.928 6	267.169 4	353	782.438 8
Sweden	3.708 7	242.574 6	313	899.642 5
Belgium	1.866 5	228.277 6	274	426.075
South Korea	2.846 5	186.658 4	195	531.328 8
Scotland	1.721	230.644 2	275	396.939
Denmark	2.496 4	228.33	261	570.005 2
India	0.687 1	159.234 4	174	109.409 8
Israel	4.447	210.164 5	250	934.594 6
Russia	1.149 9	153.602 1	205	176.630 6
Finland	3.448 4	201.959 1	230	696.429 8
Austria	2.226 1	205.238 3	239	456.879 5
Brazil	0.830 2	159.221 5	182	132.183 1
Poland	0.557 6	159.544 2	189	88.963 2
Norway	1.592 9	188.837 7	204	300.808 4
Turkey	0.518 3	120.077 2	105	62.237 1
Greece	0.480 2	149.428 8	147	71.750 19
New Zealand	0	163.732	158	0
Singapore	2.201 5	163.153	139	359.177 5
Mexico	0.471 6	125.827 8	129	59.335 08
Portugal	0.769 9	144.088 8	133	110.931 7
Hungary	0.876 2	147.576 6	156	129.307 9
Czech Republic	1.246 4	139.783	140	174.224 6
Ireland	1.247 1	163.486 9	154	203.892
Wales	1.721	160.218 7	147	275.736 6
Argentina	0.437 6	122.97	120	53.806 51

续表

国家	GERD%	f_1	h	Q
South Africa	0.859	134.401 7	131	115.449 5
Chile	0.673 8	117.079 3	103	78.891 95
Iran	0.587 4	89.796 86	59	52.748 39
North Ireland	1.721	123.116 1	112	211.883
Thailand	0.255 4	93.685 77	81	23.922 84
Ukraine	1.081 5	35.056 41	51	37.914 14
Egypt	0.269 9	43.730 81	42	11.804 53
Slovakia	0.513 9	68.244 4	67	35.072 35
Slovenia	1.419 1	86.210 38	70	122.340 9
Romania	0.386 8	59.092 24	65	22.854 64
Bulgaria	0.499 7	52.267 38	60	26.118 45
Croatia	1.202 9	55.995 5	59	67.356 17
Malaysia	0.599 9	45.036 72	35	27.017 4
Venezuela	0	41.121 34	43	0

在表 12.5 计算序列中，Q 参数与 h 指数之间也表现出类似协整关系的关联，如图 12.4 所表示。

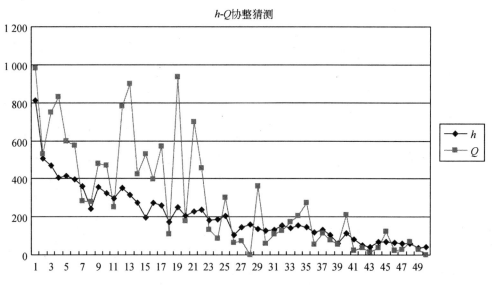

图 12.4　50 个国家 h 指数和 Q 参数的协整关联猜测

如果 Q 与 h 之间存在协整关系，则该关系像 GDP 和 J 之间关系一样值得深入研究。本专著仅引出问题，有待后续研究深化。

12.5　小　　结

综上所述，国家 h 指数的实证表明 Glänzel-Schubert 模型是在国家层面上与实际数据吻合较好的理论模型。由于国家经济活动必然通过 R & D 投入影响科技创造，所以可以研究国家 h 指数与 GDP 和 R & D 投入的关系，于是在引进 J 参数和 Q 参数基础上猜测在国家 GDP 与 J 参数之间、国家 h 指数与 Q 参数之间可能存在 Grange 协整关联，这为以后结合经济学和科学计量学的扩展研究提出了问题，按照"提出问题也许比解决问题更重要"的思想，本章研究未完而止，对进一步深入研究可望具有启发意义。

参 考 文 献

Csajbok E, Berhidi A, Vasas L, et al. 2007. Hirsch-index for countries based on Essential Science Indicators data. Scientometrics, 73 (1): 91-117

Egghe L, Rousseau R. 2006. An informetric model for the Hirsch-index. Scientometrics, 69 (1): 121-129

Engle R F, Granger C W J. 1987. Co-integration and error correction: representation, estimation, and testing. Econometrica, 55 (2): 251-276

Glänzel W. 2006. On the h-index - A mathematical approach to a new measure of publication activity and citation impact. Scientometrics, 67 (2): 315-321

Hirsch J E. 2005. An index to quantify an individual's scientific research output. Proceedings of the National Academy of Sciences of the USA, 102 (46): 16569-16572

Schubert A, Glänzel W. 2007. A systematic analysis of Hirsch-type indices for journals. Journal of Informetrics, 1 (2): 179-184

Ye F Y. 2007. A quantitative relationship between per capita GDP and scientometric criteria. Scientometrics, 71 (3): 407-413

Ye F Y. 2009. An investigation on mathematical models of the h-index. Scientometrics, 2009, 81 (2): 493-498

第五篇　延伸研究

　　h指数具有直接启迪学术评价测度研究的功能，类h指数和混合h指数将是其自然延伸，也存在其他延展空间。

第 13 章　f 指数和对数 f 指数

13.1　f　指　数

多年前 ISSRU（匈牙利信息科学与科学计量学研究所）就提出过 AAI、RCR 等评价参数（Schubert，1986，1996）、CWTS（荷兰科技研究中心）也提出过 CPP/FCSm、CPP/JCSm 等评价参数（Moed et al.，1995；van Raan，2005），受 Hirsch 基于 WoS 数据库发现 h 指数（Hirsch，2005）启发，本书作者试图探索基于 ESI 数据库是否存在类似指数，结果发现一个可基于 ESI 数据库直接计算的新指数，该指数是学科相关的（field-dependent or field-related），表征的是学科、国家、机构、期刊、学者的著名程度（famous level），故定名 f 指数[①]，其构造是两个百分比的乘积（叶鹰，2009a）：

$$f = \left(\frac{100 \times \text{HCP}}{P}\right) \times \left(\frac{100 \times C}{\text{TFC}}\right) = \text{HCPpP} \tag{13.1}$$

其中 P 是论文数，C 是引文数，HCP 是高引论文数（highly cited papers，被引位居国际前 1% 的论文数），TFC 是相关学科的总引文数。HCPpP、CpTFC 分别是 HCP per Paper、Citations per TFC 的缩写。

由于 $P > 0$ 和 $\text{TFC} > 0$，所以当且仅当 $\text{HCP} = 0$ 或 $C = 0$ 时才有 $f = 0$；又因 CPP、HCP、TFC 三个参数均是可查量，所以实际计算时可用如下与（13.1）等价的形式：

$$f = \text{CPP} \times \frac{\text{HCP}}{\text{TFC}} \times 10^4 \geqslant 0 \tag{13.2}$$

f 指数试图能成为适用于学科、国家、机构、期刊、学者多层面测算的一个自然统一指数。

考虑到 f 指数更适合测度学术团体而非个人，下面选择部分学术期刊、大学、国家作为实算样本。

[①] f 指数定名并发表后，发现国际上又有同名使用，但含义完全不同，见：Katsaros，D. et al. The f Index：Quantifying the Impact of Coterminal Citations on Scientists′ Ranking. *Journal of the American Society for Information Science and Technology*，2009，60（5）：1051-1056

在期刊层面，选择 10 种学术期刊作为样本：*Automatica*（所属学科：工程），*Biochemistry*（所属学科：生物学与生物化学），*Chinese Science Bulletin*（所属学科：地学＋多学科研究），*Genetics*（所属学科：分子生物学与遗传学），*Lancet*（所属学科：临床医学），*Nature*（所属学科：涉及 19 个学科），*Physics Letters B*（所属学科：物理学），*PNAS*（所属学科：涉及 18 个学科），*Science*（所属学科：涉及 18 个学科），*Scientometrics*（所属学科：社会科学）。

在大学层面，选择 6 所美国大学、2 所英国大学、1 所日本大学和 1 所中国大学共 10 所国际著名大学作为样本，它们是：美国哈佛大学（Harvard：Harvard University，USA），美国斯坦福大学（Stanford：Stanford University，USA），美国伯克利加州大学（Berkeley：University of California-Berkeley，USA），美国密西根大学（Michigan：University of Michigan，USA），美国哥伦比亚大学（Columbia：Columbia University，USA），美国耶鲁大学（Yale：Yale University，USA），英国剑桥大学（Cambridge：University of Cambridge，England），英国牛津大学（Oxford：University of Oxford，England），日本东京大学（Tokyo：University of Tokyo，Japan），中国北京大学（Beijing：Peking University，China）。

在国家层面，选择 10 个国家作为样本：G8 ——美国（United States）、英国（England）、法国（France）、德国（Germany）、意大利（Italy）、日本（Japan）、加拿大（Canada）和俄罗斯（Russia），加上亚洲国家代表——中国（China）和南美国家代表——巴西（Brazil）。

基础数据取自 ISI-ESI 数据库，其中 22 个学科总引文数是 TFC 的来源，是计算 f 指数的基础数据，如表 13.1 所示。

表 13.1　作为 TFC 来源的 ESI 22 个学科参数

学科	P	C＝TFC	CPP	HCP	学科 f 指数
临床医学	2 026 141	24 292 804	11.99	20 002	25.168 9
化学	1 168 570	11 361 559	9.72	11 509	11.743 7
生物学与生物化学	574 365	9 427 834	16.41	5 808	10.005 4
物理学	905 785	7 417 667	8.19	9 039	7.768 64
分子生物学与遗传学	275 261	6 916 747	25.13	2 741	7.228 51
神经学与行为	300 557	5 464 364	18.18	2 994	5.712 78
植物与动物科学	544 365	3 842 519	7.06	5 259	3.895 93

续表

学科	P	C=TFC	CPP	HCP	学科 f 指数
工程	780 081	3 065 121	3.93	8 040	3.315 48
免疫学	127 294	2 663 585	20.92	1 279	2.808 74
材料科学	437 424	2 501 176	5.72	4 401	2.641 04
微生物学	161 324	2 426 979	15.04	1 569	2.477 27
环境/生态学	246 278	2 401 234	9.75	2 474	2.531 58
精神病学/心理学	235 743	2 340 920	9.93	2 325	2.423
地学	268 538	2 340 771	8.72	2 768	2.532 22
药物学与毒物学	175 931	1 927 635	10.96	1 790	2.058 34
一般社会科学	407 466	1 693 563	4.16	3 910	1.705 57
空间科学	121 631	1 601 480	13.17	1 205	1.665 13
农学	185 707	1 151 600	6.2	1 859	1.209 86
计算机科学	257 065	808 606	3.15	2 559	0.844 79
经济学与商学	154 967	804 057	5.19	1 563	0.851 12
数学	243 634	748 722	3.07	2 310	0.745 04
多学科研究	20 273	84 486	4.17	201	0.087 91
全部学科	9 618 400	95 283 429	9.906 37	95 605	

数据来源：http://esi.isiknowledge.com/fieldrankingspage.cgi (Jan.1, 1998 to Dec. 31, 2008)

表 13.1 数据决定了 1998 年 1 月～2008 年 12 月期间每个学科的 TFC 和所有学科的 TFC=95283429。

10 种代表性期刊的基础数据和计算 f 指数见表 13.2。

表 13.2　10 种样本期刊的基础数据和 f 指数

学科	期刊	P	C	CPP	HCP	TFC	f
工程	AUTOMATICA	2 527	17 572	6.953 7	51	3 065 121	1.157 01
生物学与生物化学	BIOCHEMISTRY-USA	18 790	353 588	18.817 88	52	9 427 834	1.037 92
地学	CHIN SCI BULL	5 679	11 842	2.085 226	6	2 425 257	0.051 59
分子生物学与遗传学	GENETICS	5 505	119 251	21.662 31	17	6 916 747	0.532 42
临床医学	LANCET	6 665	459 891	69.000 9	1 140	24 292 804	32.380 4
综合	NATURE	11 234	1 377 220	122.593 9	3 802	92 922 044	50.160 5
物理学	PHYS LETT B	12 720	222 406	17.484 75	335	7 417 667	7.896 54
综合	PROC NAT ACAD SCI USA	31 862	1 544 226	48.466 1	2 635	89 064 049	14.338 9
综合	SCIENCE	10 195	1 278 275	125.382 5	3 650	90 651 415	50.484 2
社会科学	SCIENTOMETRICS	1 155	5 934	5.137 662	21	1 693 563	0.637 06

数据来源：http://esi.isiknowledge.com/home.cgi (Jan.1, 1998 to Dec. 31, 2008)

每种期刊都有特定的学科领域，其 TFC 等于表 13.1 中相应的学科引文数。多学科（Overall）期刊如 Nature、Science 的 TFC 是用总 TFC 减去不涉及的学科所得。中国科学通报（CHIN SCI BULL）本属多学科，但只有地学和跨学科论文进入高被引，故其 TFC 是两学科 C 的加和。对于涉及多学科的期刊，应根据其实际情况测算其 TFC。以 Cell 为例，ESI 仅将其归入 Molecular biology and genetics 一个学科，实际上已知 Cell 发文至少还涉及 Clinical medicine，故其 TFC=6 916 747+24 292 804=31 209 551。只要规定 f 指数不得大于等于 100，就容易识别需要调整 TFC 的项目。

10 所国际著名大学的基础数据和计算 f 指数见表 13.3。

表 13.3　10 所样本大学的基础数据和 f 指数

大学	P	C	CPP	HCP	f
Harvard	99 346	2 824 159	28. 427 5	4 728	14. 105 8
Stanford	51 112	1 228 651	24. 038 4	2 227	5. 618 35
Berkeley	49 519	1 016 747	20. 532 5	1 984	4. 275 29
Michigan	56 871	1 015 228	17. 851 4	1 548	2. 900 19
Yale	38 616	917 948	23. 771 2	1 335	3. 330 54
Columbia	44 940	921 530	20. 505 8	1 487	3. 200 15
Cambridge	45 376	870 790	19. 190 5	1 264	2. 545 76
Oxford	42 249	817 614	19. 352 3	1 218	2. 473 78
Tokyo	72 683	984 934	13. 551 1	1 142	1. 624 14
Peking	23 282	149 372	6. 415 77	248	0. 166 99

数据来源：http：//esi. isiknowledge. com/home. cgi (Jan. 1, 1998 to Dec. 31, 2008)

每个大学的学术研究领域设定为覆盖所有 22 个学科，故 TFC=95，283，429。

10 个代表性国家的基础数据和计算 f 指数见表 13.4。

表 13.4　10 个样本国家的基础数据和 f 指数

国家	P	C	CPP	HCP	f
USA	3 048 247	45 149 821	14. 811 7	56 276	87. 480 6
Germany	787 942	9 386 758	11. 913	1 0486	13. 110 3
England	698 869	9 381 860	13. 424 3	11 185	15. 758 4
Japan	817 894	7 667 143	9. 374 25	5 856	5. 761 3
France	564 353	6 342 404	11. 238 4	6 570	7. 749 1

续表

国家	P	C	CPP	HCP	f
Canada	428 264	5 189 039	12.116 4	5 887	7.486 04
Italy	407 500	4 336 816	10.642 5	4 465	4.987 09
China	604 041	2 920 922	4.835 64	3 808	1.932 56
Russia	283 603	1 210 338	4.267 72	1 047	0.468 95
Brazil	166 162	959 217	5.772 78	759	0.459 84

数据来源：http：//esi. isiknowledge. com/home. cgi (Jan. 1, 1998 to Dec. 31, 2008)

每个国家的学术研究理应覆盖所有 22 个学科，所以对每个国家也都有 TFC=95 283 429。

我们曾用 1997～2007 数据比较过期刊 f 指数与其影响因子 IF 相关性：用 SPSS 软件算得的 f 指数与影响因子 IF 的 Pearson 相关系数在 0.01 水平为 0.940，Sig.（2-tailed）=0.000，这表明 f 指数与影响因子 IF 正相关。而同期数据中用 SPSS 软件算得的学者的 f 指数与其 h 指数的 Pearson 相关系数为 0.096，Sig.（2-tailed）=0.792＞0.05，表明 f 指数与 h 指数没有显著相关性。

和 h 指数原本是一个客观经验参数一样，f 指数也是客观存在的一个经验参数，上述计算实例表明了各层面 f 指数的客观存在。

类似于 h 指数，f 指数有如下性质：

（1）同时包容了数量和质量因素；

（2）相对简单且容易计算；

（3）相对稳健（ESI 作为数据源时覆盖 10～11 年数据）；

（4）测算数据取自特定数据库而具有数据源敏感性；

（5）有特定学科因子 TFC 而具有学科敏感性；

（6）取决于数据的时间范围而具有时间敏感性。

当使用 ESI 数据源计算时，相当于通过一个 10～11 年的数据窗口观察 f 指数，这一窗口随 ESI 数据更新而改变，就会引起 f 指数变化。

有高被引论文的信息生产源才会有 f 指数，故是否有 f 指数可以作为是否优秀的一个标志。$f \geqslant 1$ 表征非常优秀，f 指数数值越大表明学术影响越大。f 指数可以用于学科、国家、机构、期刊、学者各层面，实际数据测算显示其数值非负并处于 0～100，表明 f 指数是一个简单的、稳健的、有用的参考指标。

从公式（13.1）可知 f 指数由两个百分比因子组成，由于 HCP/P 代表着高被引论文占论文总量的比例，而 C/TFC 表征了特定学科引文中测算项目引文所占比例，两个因子的乘积会放大它们分别测算时的差异，而提高 f 指数的关键是需要增大被引并增加高引。

由于是基于 ESI 数据计算 f 指数，而 ESI 数据库主要收集英文出版物，英语国家或英语机构将会比非英语国家或非英语机构占优势，这是一个系统偏差。

在同时涉及所有学科的层面，如国家层面、机构层面，f 指数具有明显优越性，它给出了用单一指数评价国家、机构的学术影响的一种选择，因而国家层面、机构层面的 f 指数排序具有重要参考价值，而这正是 h 指数的弱项。因此，f 指数和 h 指数可以互补。而 f 指数与 h 指数没有显著相关性则表明 f 指数可以作为一个独立的评价参数存在。

13.2　对数 f 指数

在实算 f 指数过程中，我们发现 f 指数的很多数值小于 1，而且不少小数点后两位才见数字，区分不很明显，故可以考虑把 f 指数放大 100 倍；但放大 100 倍后数据之间的差距又会变得很大，故取对数以平衡；而取对数后数据又变得较小，于是将再次放大 100 倍获得的既能增大区分又能适当细分的参数定义为对数 f 指数（叶鹰，2009b）：

$$f_1 = 100 \times \log(100 \times f) \tag{13.3}$$

公式（13.3）中的 log 约定为数据计算时用 lg，数学分析时用 ln。

根据公式（13.3），用表 13.1～表 13.4 数据计算 10 种期刊、10 所大学、10 个国家的对数 f 指数，按从大到小排序如表 13.5 所示。

表 13.5　对数 f 指数排序

期刊	f_1	大学	f_1	国家	f_1
SCIENCE	370. 315 5	Harvard	314. 939 9	USA	394. 191 2
NATURE	370. 036 2	Stanford	274. 960 9	England	319. 751 2
LANCET	351. 028 2	Berkeley	263. 096 5	Germany	311. 761 4
PROC NAT ACAD SCI USA	315. 651 6	Yale	252. 251 5	France	288. 925 1
PHYS LETT B	289. 743 7	Columbia	250. 517	Canada	287. 425 2
AUTOMATICA	206. 333 9	Michigan	246. 242 6	Japan	276. 052
BIOCHEMISTRY-USA	201. 616 2	Cambridge	240. 581 7	Italy	269. 784 7
SCIENTOMETRICS	180. 418 3	Oxford	239. 336 2	China	228. 613 3
GENETICS	172. 625 2	Tokyo	221. 062 3	Russia	167. 112 5
CHIN SCI BULL	71. 254 67	Peking	122. 268 3	Brazil	166. 261

对比表 13.2～表 13.4 和表 13.5 数据可见对数 f 指数不改变原 f 指数排序，只是比原 f 指数看起来区分度更好。由于具有 f 指数的团体（和个人）都相对优

秀，故相对而言 f_1 在评价上具有细化意义——$f_1 \geqslant 200$ 表征非常优秀，$f_1 =$ $100 \sim 200$ 表征比较优秀，$f_1 \leqslant 100$ 则相对不够优秀。

与 f 指数可应用于各个层面一样，对数 f 指数 f_1 也可应用于国家层面、机构层面、期刊层面甚或个体层面，但用于国家、机构等覆盖所有学科的团体的比较更有评价意义，计算上也较简单方便。

也可以考虑直接对 f 指数取对数，但不乘 100 取对数的结果是以 $f = 1$ 为界把评价对象一分为二：对数 f 指数 > 0 和对数 f 指数 < 0，后者是负数，可能让人联想成很差，而实际上 $f = 1$ 已是非常优秀，只要存在 f 指数就属于相对优秀，因为有 HCP 前 1‰ 高被引论文数的团体和个人才有 f 指数。

与 h 指数的各种改进型一样，对数 f 指数也只是提供一种评价视角，只有相对比较意义而非绝对优劣判据。

13.3　f 指数与大学评价

通常，进行大学评价（测评、比较及排名）的基本方法有多指标合成的指标体系法和单指标应用的特征指数法。

指标体系法曾被广泛用于测评和排序大学，但对各国大学进行统一比较和排名影响最大的只有上海交通大学的世界大学排名（ARWU，2009）。本课题组采用如表 13.6 所示的学术测评指标体系对世界知名大学独立收集数据进行过测评和排名（浙江大学文科发展评估课题组，2010）。

表 13.6　大学学术测评指标体系

总指标 $T = 0.25A + 0.65B + 0.10C$			
一级指标	一级指标权重	二级指标	二级指标权重
学术实力 A	0.25	教师中诺贝尔奖人数	0.50
		ESI 顶级学科数	0.50
学术活力 B	0.65	Nature+Science 论文数	0.50
		ESI 高引论文数（HCP）	0.20
		ESI 引文数	0.10
		ESI 论文数	0.10
		DII 专利数	0.10
学术影响力 C	0.10	本地指数	1.00

该指标体系的特点是使用了本地指数作为一个特色参数（各国大学中排名第一的大学均取值 100），且大部分指标可在 ISI-WoK（Web of Knowledge）平台

下查得可比数据（诺贝尔奖人数取自诺贝尔奖网站 http：//nobelprize. org）。

特征指数法除过去曾用过的 SCI 论文或引文等单项指标外，如今可用学术含义更丰富的 h 指数和 f 指数。

实际上，h 指数和 f 指数在个体水平上应用时产生的判断偏差会较多，而在群体水平上应用恰好会在统计平均上消除偏差，尤其是对多学科、多人群的大学采用 h 指数和 f 指数，应具有较好效果。因此，h 指数和 f 指数与其用于个体学者，不如用于学术团体，尤其是大学。

综合学术指标 T 更多地反映总量特征，f 则更多地体现质量特征，H 介于两者之间。从 T、H 到 f，反映出从重数量过渡到重质量。优秀大学才有 f 指数，$f \geqslant 1$ 表征非常优秀。

按此思路，我们取上海交通大学的世界大学排名中各种排行的前 100 名大学和各主要国家的知名大学之交集、共 260 所大学构成底表，查出 H 指数并算出 f 指数和综合指标 T，表 13.7 和表 13.8 分别给出 1998～2008、1999～2009 两组数据的滚动测算结果前 100 名。

表 13.7 世界知名大学三种参数排名前 100 名（1998～2008 年数据）

排序	Univ	T	Univ	H	Univ	f
1	Harvard Univ	93. 854 4	Harvard Univ	362	Harvard Univ	14. 105 8
2	Univ California-Berkeley	56. 871 8	Stanford Univ	332	Stanford Univ	5. 618 35
3	Stanford Univ	56. 087 5	Massachusetts Inst Tech（MIT）	318	Massachusetts Inst Tech（MIT）	4. 814 84
4	Massachusetts Inst Tech（MIT）	48. 385	Univ California-San Francisco	312	Johns Hopkins Univ	4. 474 69
5	Univ Cambridge	47. 984 6	Univ Washington	308	Univ Washington	4. 434 24
6	Univ Oxford	45. 911 8	Univ California-San Diego	307	Univ California-Berkeley	4. 275 29
7	Columbia Univ	45. 028 4	Johns Hopkins Univ	305	Univ California-San Francisco	3. 853 72
8	Univ Washington	44. 882 6	Univ California-Berkeley	293	Univ California-Los Angeles	3. 703 86
9	Johns Hopkins Univ	44. 705 6	Univ California-Los Angeles	290	Yale Univ	3. 330 54
10	Univ California-Los Angeles	42. 746 1	Yale Univ	284	Columbia Univ	3. 200 15

排序	Univ	T	Univ	H	Univ	f
11	Univ Chicago	42. 519 6	Univ Pennsylvania	283	Univ Pennsylvania	3. 066 1
12	Yale Univ	41. 780 5	Washington Univ-St. Louis	276	Univ Michigan	2. 900 19
13	Tokyo Univ	41. 263	Univ Michigan	272	Duke Univ	2. 776 03
14	Cornell Univ	40. 48	Columbia Univ	269	Univ Cambridge	2. 545 76
15	Princeton Univ	38. 710 9	Univ Cambridge	267	Univ Oxford	2. 473 78
16	Univ California-San Diego	38. 560 9	Univ Oxford	261	Washington Univ-St. Louis	2. 450 9
17	Univ Pennsylvania	38. 347 5	Duke Univ	259	Princeton Univ	2. 412 96
18	California Inst Tech	38. 297	California Inst Tech	252	Cornell Univ	2. 412 18
19	Univ Wisconsin	37. 996 3	Tokyo Univ	251	Rockefeller Univ	2. 239 76
20	Univ Michigan	37. 825 6	Univ Chicago	249	Univ Chicago	2. 189 14
21	Univ Illinois-Urbana Champaign (UIUC)	37. 519 4	Cornell Univ	249	Univ Minnesota	2. 016 14
22	Univ Toronto	36. 775 3	Univ Minnesota	244	Univ Toronto	1. 961 1
23	Univ Colorado	36. 116 1	Princeton Univ	244	Univ Wisconsin	1. 921 94
24	Univ Maryland	35. 971 8	Univ Toronto	243	Northwestern Univ	1. 867 88
25	Duke Univ	34. 841 6	Univ Pittsburgh	243	Univ North Carolina-Chapel Hill	1. 840 03
26	Univ Minnesota	33. 654 6	Imperial Coll London	242	Univ Pittsburgh	1. 823 85
27	Univ British Columbia	33. 412 4	Univ Texas	238	Univ Colorado	1. 796 2
28	Washington Univ-St. Louis	33. 243 7	Univ Wisconsin	237	Tokyo Univ	1. 624 14
29	Kyoto Univ	33. 067 8	Univ North Carolina-Chapel Hill	236	Univ Maryland	1. 535 91
30	Pennsylvania State Univ	33. 049 6	Univ Colorado	232	Univ California-Santa Barbara	1. 523 11
31	Univ California-San Francisco	31. 846 2	Northwestern Univ	230	Pennsylvania State Univ	1. 476 86
32	Univ North Carolina-Chapel Hill	30. 953 6	Rockefeller Univ	227	Boston Univ	1. 442 6

排序	Univ	T	Univ	H	Univ	f
33	Univ Edinburgh	30. 713 2	McGill Univ	222	New York Univ	1. 415 02
34	Univ Arizona	30. 288 5	Kyoto Univ	222	Univ Illinois-Urbana Champaign (UIUC)	1. 409 28
35	Univ California-Davis	30. 078 2	Univ Maryland	220	Emory Univ	1. 350 21
36	Northwestern Univ	30. 000 7	Univ Munich	219	Vanderbilt Univ	1. 348 43
37	McGill Univ	29. 587	Univ Amsterdam	219	Univ Arizona	1. 248 31
38	Univ Munich	29. 559 9	New York Univ	219	Univ California-Davis	1. 215 43
39	Univ Copenhagen	29. 271 8	Vanderbilt Univ	218	Univ California-San Diego	1. 212 1
40	Univ Zurich	29. 085 1	Osaka Univ	218	Ohio State Univ	1. 137 1
41	Univ Heidelberg	28. 748 3	Univ Illinois-Urbana Champaign (UIUC)	217	Univ Southern California	1. 121 24
42	Univ Helsinki	28. 453 1	Emory Univ	213	Univ California-Irvine	1. 108 35
43	Tohoku Univ	28. 368 2	Boston Univ	210	McGill Univ	1. 095 64
44	Univ California-Santa Barbara	28. 367 8	Pennsylvania State Univ	209	Univ British Columbia	1. 040 46
45	New York Univ	28. 200 1	Univ Alabama	208	Univ Massachusetts	1. 006 34
46	Ohio State Univ	28. 190 1	Univ Arizona	205	Tufts Univ	0. 999 63
47	Uppsala Univ	28. 007 2	Ohio State Univ	203	Indiana Univ	0. 981 76
48	Univ Utrecht	27. 973 4	Virginia Tech	201	Univ Edinburgh	0. 961 35
49	Univ Florida	27. 910 2	Univ Virginia	201	Univ Rochester	0. 944 22
50	Univ Manchester	27. 785 3	Univ Massachusetts	199	Virginia Tech	0. 941 09
51	Univ Amsterdam	27. 750 5	Univ British Columbia	199	Univ Virginia	0. 941 09
52	Australian Natl Univ	27. 741 5	Univ Iowa	198	State Univ New York-Stony Brook	0. 933 1
53	Univ Sydney	27. 657 8	Univ Edinburgh	198	Univ Alabama	0. 928 71
54	Osaka Univ	27. 487 9	Univ California-Davis	196	Kyoto Univ	0. 926 73
55	Univ Pittsburgh	27. 473 7	Univ Helsinki	194	Univ Helsinki	0. 926
56	Hebrew Univ Jerusalem	26. 892 2	Univ California-Irvine	194	Univ Utrecht	0. 870 58
57	Univ Queensland	26. 844	Univ California-Santa Barbara	191	Univ Munich	0. 864 49

续表

排序	Univ	T	Univ	H	Univ	f
58	Univ Vienna	26. 748 5	Univ Utah	188	Case Western Reserve Univ	0. 863 21
59	Univ California-Irvine	26. 637 8	Indiana Univ	188	Univ Iowa	0. 844 19
60	Univ Melbourne	26. 574 7	Case Western Reserve Univ	188	Osaka Univ	0. 826 56
61	Univ Bristol	26. 466 9	Univ Rochester	185	Rice Univ	0. 804 18
62	Univ Southern California	26. 377 4	Tufts Univ	185	Univ Utah	0. 804 07
63	Univ Roma-La Sapienza	26. 260 7	State Univ New York-Stony Brook	185	Univ Zurich	0. 786 56
64	Univ Sao Paulo	26. 041 8	Univ Zurich	179	Rutgers State Univ	0. 775 41
65	Rutgers State Univ	25. 981 4	Univ Utrecht	176	Univ Amsterdam	0. 766 26
66	Univ Leiden	25. 896 3	McMaster Univ	176	Brown Univ	0. 761 48
67	Tech Univ Munich	25. 768 3	Univ Basel	174	Kings Coll London	0. 748 91
68	Univ Oslo	25. 752 5	Lund Univ	174	Univ Florida	0. 716 87
69	Seoul Natl Univ	25. 721 8	Univ Heidelberg	173	Michigan State Univ	0. 714 31
70	Lund Univ	25. 587 9	Univ Montreal	171	Lund Univ	0. 705 91
71	Catholic Univ Leuven	25. 530 6	Brown Univ	171	Univ Basel	0. 697 81
72	Tel Aviv Univ	25. 496 1	Univ Geneva	170	Univ Bristol	0. 682 02
73	Univ Massachusetts	25. 432 7	Univ Milan	169	Univ Heidelberg	0. 674 46
74	Univ Ghent	25. 410 5	Univ Florida	169	Univ Leiden	0. 667 86
75	Univ Alberta	25. 406 9	Tohoku Univ	169	Univ Geneva	0. 661 46
76	Univ Paris 06（Curie）	25. 181 3	Univ Birmingham	168	Carnegie Mellon Univ	0. 647 44
77	Aarhus Univ	25. 163 7	Tech Univ Munich	168	McMaster Univ	0. 642 21
78	Univ Nottingham	24. 999 5	Univ Tennessee	167	Univ Cincinnati	0. 630 4
79	Natl Univ Singapore	24. 712 7	Univ Miami	167	Tech Univ Munich	0. 624 06
80	Univ Bonn	24. 687 3	Rutgers State Univ	167	Univ Manchester	0. 591 7
81	Nagoya Univ	24. 614 1	Uppsala Univ	166	Univ Miami	0. 590 98
82	Vanderbilt Univ	24. 608 2	Michigan State Univ	166	Dartmouth Coll	0. 590 93
83	Univ Milan	24. 426 2	Univ Glasgow	164	Georgia Inst Tech	0. 579 81

排序	Univ	T	Univ	H	Univ	f
84	Rockefeller Univ	24. 332 8	Univ Alberta	164	Univ Hawaii	0. 579 61
85	Univ Barcelona	24. 324 3	Univ Southern California	163	Texas AandM Univ	0. 560 89
86	McMaster Univ	24. 316	Univ Leiden	163	Aarhus Univ	0. 559 13
87	Univ Groningen	24. 308 8	Univ Cincinnati	163	Univ Glasgow	0. 542 47
88	Purdue Univ	24. 290 2	Univ Manchester	161	Univ Copenhagen	0. 525 85
89	Univ Paris 11	24. 086 1	Univ Vienna	160	Univ Groningen	0. 525 27
90	Michigan State Univ	24. 046 5	Univ Bristol	160	Univ Tennessee	0. 524 04
91	Univ Bern	23. 958	Hebrew Univ Jerusalem	160	Uppsala Univ	0. 522 19
92	Free Univ Amsterdam	23. 937 4	Univ Hamburg	159	Univ Alberta	0. 519 97
93	Indiana Univ	23. 935 8	Carnegie Mellon Univ	159	Purdue Univ	0. 516 23
94	Zhejiang Univ	23. 926 2	Univ Melbourne	157	Univ Birmingham	0. 514 56
95	Free Univ Bruxelles	23. 877	Univ Hawaii	157	Univ Melbourne	0. 509 63
96	Texas AandM Univ	23. 851 8	Univ Hong Kong	156	Univ Milan	0. 501 37
97	Univ Bologna	23. 849 9	Univ Copenhagen	156	Univ Paris 11	0. 499 15
98	Univ Virginia	23. 845 1	Texas AandM Univ	156	Tohoku Univ	0. 498 81
99	Univ Goettingen	23. 836 9	Univ Tuebingen	155	Univ Paris 06 (Curie)	0. 486 6
100	Univ Geneva	23. 822 4	Univ Durham	155	Univ Sheffield	0. 465 33

表 13.8　世界知名大学三种参数排名前 100 名（1999～2009 年数据）

排序	Univ	T	Univ	H	Univ	f
1	Harvard Univ	93. 920 6	Harvard Univ	375*	Harvard Univ	13. 767 3
2	Stanford Univ	61. 377 4	Stanford Univ	340	Stanford Univ	5. 460 43
3	Univ California-Berkeley	57. 627 5	Massachusetts Inst Tech (MIT)	325	Massachusetts Inst Tech (MIT)	4. 876 38
4	Massachusetts Inst Tech (MIT)	57. 256 8	Univ Washington	323	Johns Hopkins Univ	4. 485 13
5	Univ Cambridge	55. 149 8	Univ California-San Francisco	317	Univ Washington	4. 438 53
6	Columbia Univ	49. 992	Univ California-San Diego	317	Univ California-Berkeley	4. 267 25
7	Univ Oxford	48. 133 6	Johns Hopkins Univ	317	Univ California-Los Angeles	3. 812 87

排序	Univ	T	Univ	H	Univ	f
8	Univ Washington	47. 144 3	Univ California-Berkeley	307	Univ California-San Francisco	3. 663 85
9	CalTech	45. 57	Univ California-Los Angeles	303	Univ California-San Diego	3. 478 11
10	Yale Univ	44. 894 2	Univ Michigan	288	Columbia Univ	3. 188 06
11	Johns Hopkins Univ	44. 871 5	Yale Univ	287	Yale Univ	3. 187 41
12	Cornell Univ	44. 058 3	Columbia Univ	287	Univ Pennsylvania	3. 067 32
13	Univ California-Los Angeles	43. 973 9	Univ Pennsylvania	286	Univ Oxford	3. 017 54
14	Univ Tokyo	43. 195 3	Univ Cambridge	283	Univ Michigan	2. 960 68
15	Univ Chicago	42. 431 5	Washington Univ	279	Duke Univ	2. 894 13
16	Univ Michigan	41. 160 3	Univ Oxford	271	CalTech	2. 834 52
17	Univ California-San Diego	41. 143 9	Duke Univ	267	Univ Cambridge	2. 722 83
18	Univ Toronto	40. 367 8	Univ Tokyo	263	Princeton Univ	2. 462 07
19	Univ Pennsylvania	39. 697 9	Cornell Univ	263	Cornell Univ	2. 449 25
20	Princeton Univ	38. 192 7	Univ Chicago	259	Washington Univ	2. 303 1
21	Univ Wisconsin	38. 088 5	CalTech	259	Univ Chicago	2. 177 79
22	Univ Illinois (UIUC)	37. 384 9	Univ Toronto	256	Univ Toronto	2. 054
23	Imperial Coll	37. 133 6	Univ Pittsburgh	255	Univ Minnesota	2. 034 32
24	Duke Univ	36. 621 7	Princeton Univ	251	Rockefeller Univ	2. 029 51
25	Univ Maryland	36. 321 9	Imperial Coll	251	Univ N Carolina	1. 973 6
26	Univ Colorado	36. 242 1	Univ Wisconsin	249	Northwestern Univ	1. 964 85
27	Washington Univ	35. 913 5	Univ Minnesota	249	Univ Wisconsin	1. 908 28
28	Univ Minnesota	34. 723 2	Univ Nebraska	245	Univ Pittsburgh	1. 888 18
29	Kyoto Univ	34. 016 4	Northwestern Univ	244	Univ Colorado	1. 882 95
30	Penn State Univ	33. 852 4	Univ Colorado	235	Imperial Coll	1. 746 62
31	Univ British Columbia	33. 693 7	Univ Texas	234	Univ Tokyo	1. 630 85
32	Univ Edinburgh	31. 530 7	McGill Univ	234	Univ Maryland	1. 512 71
33	Univ California-San Francisco	31. 373 2	Univ Munster	231	Penn State Univ	1. 492 66

续表

排序	Univ	T	Univ	H	Univ	f
34	Univ California-Davis	30.802 9	Univ Maryland	231	New York Univ	1.478 21
35	Univ Zurich	29.958 5	Rockefeller Univ	230	Univ California-Santa Barbara	1.459 09
36	Univ Munich	29.352 4	Kyoto Univ	227	Univ Illinois (UIUC)	1.432 39
37	Univ Arizona	29.271 2	Osaka Univ	226	Boston Univ	1.412 81
38	Northwestern Univ	29.239 7	Free Univ Amsterdam	225	Emory Univ	1.392 95
39	Univ Copenhagen	29.234 8	Univ Illinois (UIUC)	224	Univ California-Davis	1.324 83
40	Ohio State Univ	29.227 8	Vanderbilt Univ	223	Vanderbilt Univ	1.290 59
41	Univ Florida	29.156 6	Emory Univ	223	Univ Arizona	1.288 67
42	Univ Bristol	29.001 4	Boston Univ	222	Ohio State Univ	1.218 13
43	McGill Univ	28.807 8	Ohio State Univ	217	McGill Univ	1.152 53
44	Univ Heidelberg	28.221 1	Penn State Univ	216	Univ California-Irvine	1.116 5
45	Univ Manchester	28.016 5	Univ Arizona	213	Univ British Columbia	1.107 97
46	Univ Utrecht	27.949 6	Univ Massachusetts	210	Univ Massachusetts	1.036 36
47	Univ California-Santa Barbara	27.773 7	Univ British Columbia	210	Tufts Univ	0.992 14
48	Univ Helsinki	27.709	Univ Alabama	209	Univ Edinburgh	0.984 1
49	Univ Pittsburgh	27.654 6	Virginia Tech	206	Univ Munich	0.970 46
50	Australian Natl Univ	27.484	Univ Virginia	206	Kyoto Univ	0.967 26
51	Osaka Univ	27.372 2	Univ California-Davis	205	Univ Rochester	0.963 79
52	Univ Sydney	27.347 1	Univ Edinburgh	202	Univ Alabama	0.955 68
53	Univ N Carolina	27.036 2	Univ California-Irvine	200	Univ Helsinki	0.929 16
54	Rutgers State Univ	27.001 9	Univ Helsinki	199	Indiana Univ	0.927 88
55	Univ Melbourne	26.977 4	Univ Iowa	198	Univ Utrecht	0.927 42
56	Tohoku Univ	26.917 3	Indiana Univ	196	SUNY Stony Brook	0.888 44
57	Univ Massachusetts	26.832 7	Univ Rochester	195	Univ Virginia	0.880 97
58	Univ Vienna	26.601 2	Univ California-Santa Barbara	193	Univ Zurich	0.862 07
59	Univ Uppsala	26.497	Case Western Reserve Univ	193	Case Western Reserve Univ	0.856 44

排序	Univ	T	Univ	H	Univ	f
60	Univ Sao Paulo	26.427	Univ Utah	191	Kings Coll London	0.804 57
61	Univ Bonn	26.407 4	Tufts Univ	188	Univ Utah	0.798 26
62	Univ Alberta	26.377 1	Univ Zurich	186	Osaka Univ	0.794 3
63	Seoul Natl Univ	26.373	SUNY Stony Brook	186	Univ Iowa	0.792 18
64	Leiden Univ	26.364 4	Brown Univ	183	Univ Amsterdam	0.789 23
65	Hebrew Univ Jerusalem	26.321 3	Univ Utrecht	182	Brown Univ	0.779 22
66	Univ California-Irvine	26.179 2	McMaster Univ	182	Rice Univ	0.774 97
67	New York Univ	26.135 9	Univ Heidelberg	179	Rutgers State Univ	0.758 34
68	Univ Oslo	25.988 4	Tech Univ Munich	179	Univ Florida	0.757 8
69	Univ Lund	25.770 1	Univ Montreal	178	Univ Bristol	0.733 14
70	Tel Aviv Univ	25.716 9	Univ Florida	178	Leiden Univ	0.718 71
71	Natl Univ Singapore	25.675 1	Univ Basel	178	Michigan State Univ	0.713 32
72	Univ Geneva	25.619 9	Univ Hong Kong	177	Univ Lund	0.700 65
73	Univ Nottingham	25.581 6	Univ Manchester	175	McMaster Univ	0.695 14
74	Aarhus Univ	25.471 7	Michigan State Univ	175	Univ Heidelberg	0.689 18
75	Tech Univ Munich	25.422 6	Univ Uppsala	174	Univ Basel	0.680 89
76	Univ Milan	25.290 9	Univ Miami	174	Tech Univ Munich	0.678 44
77	Purdue Univ	25.188 7	Rutgers State Univ	174	Carnegie Mellon Univ	0.640 59
78	Ghent Univ	25.105 1	Univ Tennessee	173	Univ Geneva	0.632 08
79	Michigan State Univ	25.032 2	Univ Milan	172	Univ Manchester	0.616 45
80	Texas AandM Univ	25.027 7	Univ Birmingham	172	Univ Miami	0.609 04
81	Univ Queensland	25.007 3	Tohoku Univ	172	Georgia Inst Technol	0.608 05
82	Vanderbilt Univ	25.003 2	Univ Cincinnati	171	Univ Copenhagen	0.605
83	Catholic Univ Leuven	24.959 8	Leiden Univ	171	Dartmouth Coll	0.599 39
84	Indiana Univ	24.905 1	Univ Southern California	170	Univ Cincinnati	0.598 88
85	Univ Gottingen	24.880 7	Univ Glasgow	169	Aarhus Univ	0.596 22
86	McMaster Univ	24.622 4	Univ Geneva	169	Texas AandM Univ	0.586 94
87	Univ Bern	24.604 9	Univ Alberta	168	Univ Glasgow	0.584 43
88	Univ Amsterdam	24.568 6	Swiss Fed Inst Technol	168	Univ Melbourne	0.562 62
89	Univ Hong Kong	24.548 9	Univ Bristol	167	Purdue Univ	0.554 16
90	Stockholm Univ	24.541 5	Univ Vienna	166	Univ Groningen	0.552 68

排序	Univ	T	Univ	H	Univ	f
91	Univ Alabama	24. 267	Univ Hawaii	166	Univ Hawaii	0. 548 53
92	Univ Utah	24. 261	Georgia Inst Technol	165	Univ Uppsala	0. 546 94
93	Free Univ Amsterdam	24. 185 8	Univ Queensland	164	Univ Alberta	0. 538 44
94	Rockefeller Univ	24. 158 2	Univ Copenhagen	164	Univ Paris 11	0. 533 95
95	Peking Univ	24. 139 3	Texas AandM Univ	164	Catholic Univ Leuven	0. 528 03
96	Univ Montreal	24. 137 9	Stockholm Univ	164	Univ Tennessee	0. 525 14
97	Univ Tuebingen	24. 101 1	Univ Hamburg	163	Univ Birmingham	0. 485 47
98	Boston Univ	24. 011 4	Carnegie Mellon Univ	163	Univ Milan	0. 484 3
99	Univ Bologna	23. 998 6	Univ Melbourne	162	Tohoku Univ	0. 479 79
100	Univ Barcelona	23. 93 83	Univ Connecticut	162	Univ Sheffield	0. 477 05

　* Harvard Univ 在 WoS 中的论文数＞1 000 000 导致高引论文不全使 h 指数仅为 318，其 ESI 中的 h 指数则高达 432，取其算术平均数

由于中国大学大多不在表 13.7 和表 13.8 中，故专门汇集中国主要著名大学的排名情况如表 13.9 和表 13.10 所示。

表 13.9　中国主要著名大学三种参数排名（1998～2008 年数据）

排序	学校	T	排序	学校	H	排序	学校	f
94	Zhejiang Univ	23. 926 2	96	Univ Hong Kong	156	152	Univ Hong Kong	0. 279 18
111	Univ Hong Kong	23. 157 8	184	Chinese Univ Hong Kong	111	182	Peking Univ	0. 166 99
118	Natl Taiwan Univ	22. 506 2	191	Natl Taiwan Univ	108	183	Chinese Univ Hong Kong	0. 160 84
130	Tsing Hua Univ	21. 321 4	202	Tsing Hua Univ	100	189	Natl Taiwan Univ	0. 153 99
133	Peking Univ	21. 196 1	203	Hong Kong Univ Sci and Tech	100	190	Hong Kong Univ Sci and Tech	0. 151 09
163	Chinese Univ Hong Kong	19. 426 5	207	Peking Univ	97	197	Univ Sci and Tech China	0. 134 89
193	Hong Kong Univ Sci and Tech	17. 662 6	208	Univ Sci and Tech China	96	209	Tsing Hua Univ	0. 102 19
200	Fudan Univ	17. 351 2	226	Nanjing Univ	83	219	Fudan Univ	0. 072 64
201	Shanghai Jiao Tong Univ	17. 200 8	227	Fudan Univ	81	223	Nanjing Univ	0. 059 58
210	Nanjing Univ	16. 174 5	232	Zhejiang Univ	72	225	Zhejiang Univ	0. 059 21

表 13.10　中国主要著名大学三种参数排名（1999～2009 年数据）

排序	学校	T	排序	学校	H	排序	学校	f
89	Univ Hong Kong	24.548 9	74	Univ Hong Kong	177	141	Univ Hong Kong	0.334 95
95	Peking Univ	24.139 3	178	Peking Univ	119	181	Peking Univ	0.200 61
110	Natl Taiwan Univ	23.267 2	180	Natl Taiwan Univ	118	189	Natl Taiwan Univ	0.177 73
126	Tsing Hua Univ	22.305 3	184	Chinese Univ Hong Kong	116	190	Chinese Univ Hong Kong	0.173 91
156	Chinese Univ Hong Kong	20.118 6	186	Tsing Hua Univ	115	191	Hong Kong Univ Sci and Tech	0.170 91
160	Zhejiang Univ	20.026 2	204	Hong Kong Univ Sci and Techol	104	193	Univ Sci and Technol China	0.155 59
183	Shanghai Jiao Tong Univ	18.613 7	209	Univ Sci and Technol China	101	204	Tsing Hua Univ	0.126 88
194	Hong Kong Univ Sci and Techol	18.026 2	222	Fudan Univ	92	219	Fudan Univ	0.093 78
201	Fudan Univ	17.526 6	223	Nanjing Univ	92	224	Nanjing Univ	0.076 59
205	Nanjing Univ	17.208	235	Zhejiang Univ	83	227	Zhejiang Univ	0.066 83

指标体系法和特征指数法都有数据源依赖性，采用指标体系法应尽可能采用统一数据源（才能对等比较），f 指数目前只有 ISI-ESI（Essential Science Indicators）数据库可用，h 指数则可选 ISI-WoS（Web of Science）、ESI（Essential Science Indicators）、Elsevier-Scopus 等数据源。

由于指标体系法和 f 指数都很难简单地把文科数据分离出来应用，因此，当前将大学文科评价从大学评价中简单分离出来的测评方法是采用 h 指数——当选择 SCI＋SSCI＋AHCI 作为数据源时，获得反映大学整体学术研究的整体 h 指数；当选择 SSCI＋AHCI 作为数据源时，获得反映大学文科（含社科和人文）研究的文科 h 指数；当只选择 AHCI 作为数据源时，获得反映大学纯人文研究的人文 h 指数。

以上探索可供进一步研究参考。

参 考 文 献

叶鹰.2009a.一种学术排序新指数——f 指数探析.情报学报，28（1）：142-149

叶鹰.2009b.对数 f 指数及其评价学意义.情报科学，27（7）：965-968

浙江大学文科发展评估课题组.2010.世界一流大学的特征及其对浙江大学文科规划的启示.浙江大学

ARWU. 2009. Academic ranking of world universities-2007. [EB/OL] http: //www. arwu. org

Hirsch J E. 2005. An index to quantify an individual's scientific research output. Proceedings of the National Academy of Sciences of the USA, 2005, 102 (46): 16569-16572

Moed H F, Debruin R E, Vanleeuwen T N. 1995. New bibliometric tools for the assessment of national research performance: database description, overview of indicators and first applications. Scientometrics, 33 (3): 381-422

Schubert A, Braun T. 1986. Relative indicators and relational charts for comparative assessment of publication output and citation impact. Scientometrics, 9 (5-6): 281-291

Schubert A, Braun T. 1996. Cross-field normalization of scientometric indicators. Scientometrics, 36 (3): 311-324

van Raan A F J. 2005. Statistical properties of bibliometric indicators: research group indicator distributions and correlations. Journal of the American Society for Information Science and Technology, 57 (3): 408-430

第 14 章　混合 h 指数

在 h 指数和 h 型指数的研究越来越细微的发展趋势下，什么才是真正有意义的评价指数或参考指标成为值得思考的问题。从第 1 章和第 2 章概括的形形色色的 h 指数和 h 型指数看，并非每种改进都有广泛应用价值。因此，只有那些富含学术信息、提供判断准则、而且简单实用的发展改良才有深远意义。由此推断，与其他学术参数混合发展的混合型 h 指数可能是一个有探讨价值的方向，此即本章命题。

*14.1　S 指数和 T 指数

在 h 指数（Hirsch，2005）之前，最简单的兼顾学术产出与学术影响的指标，当推 CPP$=C/P$，即篇均被引。CWTS（荷兰科技研究中心）以 CPP 为核心发展了 CPP/FCSm、CPP/JCSm 等 CWTS 的标志性评价参数（Moed et al.，1995；van Raan，2005）。h 指数产生后，CPP 与 h 有无结合可能，成为我们思考的起点。

由于测算对象的 C 和 P 可能相同或成比例，CPP 就会一样，h 作为正整数会重合，就导致单用 CPP 或 h 可能没有区分度，而 CPP 与 h 量纲不同又不适合简单加减，于是 $h \times$ CPP>0 就成了最简单的一种组合形式。可是，$h \times$ CPP 可能产生很大数值并放大差异失去可比性，这在测算群体时更明显，因此可以考虑取对数（Acs et al.，2002）。但取对数后数值又可能太小导致区分度不够，于是再放大 100 倍可以作为一个指数。这是 CPP 和 h 混合产生的综合指数（synthetic index），故称之为 S 指数：

$$S = 100 \times \log(h \times \text{CPP}) \tag{14.1}$$

公式（14.1）中的 log 约定为数据计算时用 lg，数学分析时用 ln。

同时，Hirsch 核心（Rousseau，2006）的引文总量 C_h 也是有意义的参数，同样的 h 条件下，C_h 越大显现影响越大；但 C_h 绝对数量与 CPP 和 h 不是一个量级（通常大很多），故可以用 C_h 的平方根——R 指数作为表征。于是，我们可以

---

　　* 英文论文刊发台湾大学《图书资讯学刊》（Journal of Library and Information Studies），2010，8（1）：1-9

把 $R \times h \times \text{CPP} > 0$ 按照上述组成 S 指数的同样思路组合成 T 指数,T 是三元体 (triad) 之意:

$$T = 100 \times \log(R \times h \times \text{CPP}) \qquad (14.2)$$

公式(14.2)中的 log 约定与(14.1)同。

这就是 S 指数和 T 指数的来历。

为实际验证 S 指数和 T 指数设计的合理性和可用性,我们从 WoS 和 DII 数据库中收集样本基础数据如表 14.1 所示。

表 14.1　取自 WoS and DII(1998～2008)的验证 S 指数和 T 指数的基础数据

期刊	P	C	C_h	h
Automatica	2 639	30 996	8 857	65
Economica	623	1 598	558	19
Lithos	1 436	14 400	3 887	47
Nature	30 602	1 527 176	432 289	486
Scientometrics	1 262	6 730	1 384	31
大学	P	C	C_h	h
Cambridge	70 705	1 013 720	135 262	261
Heidelberg	32 605	401 676	61 754	169
Kyoto	60 735	723 093	83 650	217
Stanford	68 423	1 316 611	221 821	325
Zhejiang	27 224	109 893	8 724	69
作者	P	C	C_h	h
Bennett C L	390	18 054	15 647	47
Egghe L	100	509	274	11
Jones J D G	105	7 820	6 914	47
Kalnay E	57	2 204	2 001	15
Kroto H W	108	3 123	2 201	34
专利权人	P	C	C_h	h
AT&T	4 353	31 964	5 850	64
Boeing	4 762	11 170	1 305	29
Motorola	13 560	84 142	7 609	75
Siemens	47 952	93 058	3 798	50
Volkswagen	8 494	15 340	1 231	27

数据来源:http://apps.isiknowledge.com, updated on Jan. 1, 2009(Assignee on Jan. 10, 2009)

用表 14.1 数据按公式 (14.1) 和 (14.2) 计算出的相应 S 指数和 T 指数见表 14.2。

表 14.2　S 指数和 T 指数计算结果

期刊	CPP	h	S	T
Nature	49.90	486	438.48	720.27
Automatica	11.75	65	288.28	485.64
Lithos	10.03	47	267.33	446.81
Scientometrics	5.333	31	221.83	378.89
Economica	2.565	19	168.78	306.12
大学	CPP	h	S	T
Stanford	19.24	325	379.61	646.91
Cambridge	14.34	261	357.31	613.87
Kyoto	11.91	217	341.22	587.34
Heidelberg	12.32	169	331.85	571.38
Zhejiang	4.037	69	244.49	441.52
作者	CPP	h	S	T
Jones J D G	74.48	47	354.41	546.40
Bennett C L	46.29	47	333.76	543.48
Kroto H W	28.92	34	299.26	466.39
Kalnay E	38.67	15	276.34	441.41
Egghe L	5.09	11	174.81	296.70
专利权人	CPP	h	S	T
Motorola	6.205	75	266.78	460.85
AT&T	7.343	64	267.21	455.56
Siemens	1.941	50	198.69	377.67
Boeing	2.346	29	183.27	339.05
Volkswagen	1.806	27	168.81	323.32

从表 14.2 中可见 S 指数和 T 指数的区分度明显优于 h 指数，当把 S 指数和 T 指数用 100 划分为区间形成 <100，100~200，200~300，…等分区时，其区分度与 CPP 相比也显出优势，$S<100$ 和 $T<100$ 区间还可标示并区分较差学术表现的程度。

由于计数 h 核心的引文量不易，计算 T 指数比 S 指数相对较难，因而对个人或团体大样本使用混合 h 指数时，S 指数最适用，例如，按 1999~2009 年 ESI

数据计算所得 S 指数排列的世界 100 名校见表 14.3，相同数据来源的 h 指数和 f 指数一并列入以便比较。

表 14.3　世界 100 名校的 S 指数及其与 f 指数和 h 指数比较

学校	h	f	S
Harvard Univ	375	13.767	410.6041
Rockefeller Univ	200	2.029 6	397.377 4
Univ California-San Francisco	298	3.663 6	392.307 7
Stanford Univ	320	5.460 7	391.015 5
Johns Hopkins Univ	322	4.485 2	389.967 3
Massachusetts Inst Tech (MIT)	295	4.876 8	388.579 6
Univ California-San Diego	300	3.477 9	385.678 9
Univ Washington	300	4.438 7	384.035 7
Yale Univ	266	3.187 6	381.493 3
Univ California-Berkeley	284	4.267 8	379.751 4
Washington Univ	251	2.303 1	379.726 6
CalTech	226	2.834 8	379.233 4
Univ California-Los Angeles	284	3.813 7	378.129
Columbia Univ	269	3.188	376.581 2
Univ Pennsylvania	266	3.067 6	376.552 4
Duke Univ	257	2.894	375.998 7
Princeton Univ	234	2.461 7	375.909
Univ Oxford	263	3.018	374.362
Univ Chicago	232	2.177 5	372.646
Univ Cambridge	255	2.722 7	372.293
Univ Michigan	269	2.959 9	370.941 9
Cornell Univ	248	2.449 8	368.582 1
Univ Pittsburgh	235	1.888 1	367.641 9
Emory Univ	208	1.393	365.291 9
Vanderbilt Univ	207	1.290 4	364.618 1
Northwestern Univ	225	1.964 4	364.532 4
Boston Univ	203	1.412 7	362.597 7
Univ N Carolina	226	1.973 3	362.245 2
Univ Colorado	215	1.883 2	361.754 5

学校	h	f	S
New York Univ	208	1.478 3	361.735 3
Univ Minnesota	231	2.034 8	360.490 9
Univ Toronto	234	2.053 8	360.094
Tufts Univ	179	0.992 2	359.645 9
Univ Wisconsin	232	1.908 1	358.768 4
Imperial Coll	216	0.008 7	358.463
McGill Univ	214	1.152 5	357.642
Univ California-Santa Barbara	178	1.458 9	356.090 1
Univ Massachusetts	192	1.036 3	355.117 7
Univ Alabama	194	0.955 8	354.715 7
Univ Rochester	176	0.963 6	354.632 5
Univ Tokyo	242	1.630 7	354.488 4
Univ Virginia	181	0.881	353.848 5
Case Western Reserve Univ	169	0.856 5	353.794 2
Univ Maryland	208	1.512 5	353.764 8
Univ Arizona	193	1.288 6	353.622 1
Univ California-Irvine	182	1.116 6	352.677 3
SUNY Stony Brook	164	0.888 2	351.609 1
Univ Basel	158	0.680 8	350.871 3
Univ Edinburgh	178	0.984 3	350.593 4
Univ Helsinki	185	0.929 2	350.546 9
Penn State Univ	200	1.492 3	349.968 7
Univ Iowa	174	0.792 3	349.218 7
Univ Utah	169	0.798 1	348.556 5
Ohio State Univ	199	1.218 5	348.012 5
Brown Univ	164	0.779 4	347.989 8
Univ Zurich	168	0.861 9	347.156 2
Rice Univ	148	0.775 2	346.846
Kings Coll London	168	0.804 5	346.760 2
Dartmouth Coll	144	0.599 3	346.435 8
Univ British Columbia	186	1.107 8	345.984 5

续表

学校	h	f	S
Indiana Univ	173	0.927 9	345.946
Univ Geneva	149	0.632 1	345.874 4
Kyoto Univ	207	0.966 9	345.867 3
Univ Illinois (UIUC)	200	1.432 1	345.606 2
Univ Amsterdam	172	0.789 3	345.589 8
Univ California-Davis	183	1.324 4	345.474
Osaka Univ	199	0.794 6	344.683 8
Univ Munich	171	0.970 4	343.384 7
Leiden Univ	156	0.718 8	343.317 4
McMaster Univ	169	0.695 1	343.037 5
Univ Utrecht	164	0.927 4	342.623 1
Univ Miami	152	0.608 9	341.152 5
Univ Cincinnati	153	0.598 8	340.948 3
Univ Heidelberg	159	0.689	339.812 6
Tech Univ Munich	160	0.678 6	338.367 2
Univ Lund	154	0.700 7	338.008 8
Univ Bristol	152	0.732 9	337.635 8
Univ Glasgow	146	0.584 5	337.036 9
Rutgers State Univ	152	0.758 4	336.738 6
Univ Dundee	108	0.400 6	336.485 1
Univ Uppsala	150	0.546 9	335.907 6
Carnegie Mellon Univ	138	0.640 8	335.867 7
Univ Hawaii	139	0.548 7	334.930 1
Univ Groningen	142	0.552 9	334.596 9
Aarhus Univ	145	0.596 3	334.349 7
Michigan State Univ	155	0.713 5	333.583 9
Univ Tennessee	144	0.525 2	333.096 5
Univ Birmingham	144	0.485 5	332.803 7
Univ Copenhagen	146	0.605	332.751 4
Univ Strasbourg 1	122	0.369 9	331.782 9
Univ Durham	125	0.469 5	331.597

学校	h	f	S
Univ Hamburg	133	0.419 7	331.249 9
Univ Tuebingen	134	0.471 4	330.780 4
Univ Milan	143	0.484 2	330.731 8
Univ Montreal	140	0.458 8	330.569 5
Univ Florida	160	0.757 7	330.380 1
Univ Manchester	150	0.616 5	330.189 8
Univ Notre Dame	116	0.388 6	329.821 5
Univ Freiburg	124	0.437 7	329.727
Humboldt Univ Berlin	120	0.352 4	329.561 1

我们看到，S 指数和 h 指数以及 f 指数排序具有相对一致性，但也存在一些明显差异，故它们提供了不同的学术信息。固然，任何单一指数都是有局限的，混合 h 指数的探索也只是在寻求优化的可能。

14.2 跨数据源混合 h 指数

大家知道，h 指数与数据源密切相关，从不同数据源获取的 h 指数具体数值不同（Bar-Ilan，2008），能否用一种折中的形式处理同一主体来自不同数据源的 h 指数，这就是探讨跨数据源 h 指数的缘起，也是尝试对 h 指数进行混合组合的一种方式。

根据经验知识，最简单的方法是采用算术平均或几何平均形式组合不同数据源的 h 指数，形成跨数据源混合 h 指数：设某主体来自第 i 个数据源的 h 指数为 h_i，则其算术平均 h 指数 h_{am} 和几何平均 h 指数 h 指数 h_{gm} 分别定义为

$$h_{am} = \left(\sum_{i=1}^{n} h_i \right) / n \tag{14.3}$$

$$h_{gm} = \left(\prod_{i=1}^{n} h_i \right)^{1/n} \tag{14.4}$$

现以大学数据为例，每所大学分别有 WoS-h 指数 h_{WoS} 和 ESI-h 指数 h_{ESI}，于是其算术平均 h 指数 h_{am} 和几何平均 h 指数 h 指数 h_{gm} 分别为

$$h_{am} = (h_{WoS} + h_{ESI})/2 \tag{14.5}$$

$$h_{gm} = (h_{WoS} \times h_{ESI})^{1/2} \tag{14.6}$$

世界名校计算实例取前 100 名如表 14.4 所示。

表 14.4 世界 100 名校的跨数据源混合 h 指数

Rank	Univ	h_WoS	h_ESI	h_am	h_gm
1	Harvard Univ	318	432	375	370.642 7
2	Stanford Univ	340	320	330	329.848 5
3	Johns Hopkins Univ	317	322	319.5	319.490 2
4	Univ Washington	323	300	311.5	311.287 6
5	Massachusetts Inst Tech (MIT)	325	295	310	309.636 9
6	Univ California-San Diego	317	300	308.5	308.382 9
7	Univ California-San Francisco	317	298	307.5	307.353 2
8	Univ California-Berkeley	307	284	295.5	295.276 1
9	Univ California-Los Angeles	303	284	293.5	293.346 2
10	Univ Michigan	288	269	278.5	278.337 9
11	Columbia Univ	287	269	278	277.854 3
12	Yale Univ	287	266	276.5	276.300 6
13	Univ Pennsylvania	286	266	276	275.818 8
14	Univ Cambridge	283	255	269	268.635 4
15	Univ Oxford	271	263	267	266.97
16	Washington Univ	279	251	265	264.629 9
17	Duke Univ	267	257	262	261.952 3
18	Cornell Univ	263	248	255.5	255.389 9
19	Univ Tokyo	263	242	252.5	252.281 6
20	Univ Chicago	259	232	245.5	245.128 5
21	Univ Pittsburgh	255	235	245	244.795 8
22	Univ Toronto	256	234	245	244.752 9
23	Princeton Univ	251	234	242.5	242.351
24	CalTech	259	226	242.5	241.938
25	Univ Wisconsin	249	232	240.5	240.349 7
26	Univ Minnesota	249	231	240	239.831 2
27	Northwestern Univ	244	225	234.5	234.307 5
28	Imperial Coll	251	216	233.5	232.843 3
29	Univ Colorado	235	215	225	224.777 7
30	McGill Univ	234	214	224	223.776 7
31	Univ Maryland	231	208	219.5	219.198 5

Rank	Univ	h_WoS	h_ESI	h_am	h_gm
32	Kyoto Univ	227	207	217	216. 769 5
33	Emory Univ	223	208	215. 5	215. 369 5
34	Vanderbilt Univ	223	207	215	214. 851 1
35	Rockefeller Univ	230	200	215	214. 476 1
36	Boston Univ	222	203	212. 5	212. 287 5
37	Osaka Univ	226	199	212. 5	212. 070 7
38	Univ Illinois (UIUC)	224	200	212	211. 660 1
39	Penn State Univ	216	200	208	207. 846 1
40	Ohio State Univ	217	199	208	207. 805 2
41	Univ Arizona	213	193	203	202. 753 5
42	Univ Alabama	209	194	201. 5	201. 360 4
43	Univ Massachusetts	210	192	201	200. 798 4
44	Univ British Columbia	210	186	198	197. 636
45	Univ California-Davis	205	183	194	193. 687 9
46	Univ Virginia	206	181	193. 5	193. 095 8
47	Univ Helsinki	199	185	192	191. 872 4
48	Univ California-Irvine	200	182	191	190. 787 8
49	Univ Edinburgh	202	178	190	189. 620 7
50	Univ Iowa	198	174	186	185. 612 5
51	Univ California-Santa Barbara	193	178	185. 5	185. 348 3
52	Univ Rochester	195	176	185. 5	185. 256 6
53	Indiana Univ	196	173	184. 5	184. 141 3
54	Univ N Carolina	142	226	184	179. 142 4
55	Tufts Univ	188	179	183. 5	183. 444 8
56	Case Western Reserve Univ	193	169	181	180. 601 8
57	Univ Utah	191	169	180	179. 663 6
58	Univ Nebraska	245	112	178. 5	165. 650 2
59	Univ Zurich	186	168	177	176. 771
60	McMaster Univ	182	169	175. 5	175. 379 6
61	SUNY Stony Brook	186	164	175	174. 653 9
62	Brown Univ	183	164	173. 5	173. 239 7

Rank	Univ	h_WoS	h_ESI	h_am	h_gm
63	Univ Utrecht	182	164	173	172.765 7
64	New York Univ	137	208	172.5	168.807 6
65	Tech Univ Munich	179	160	169.5	169.233 6
66	Free Univ Amsterdam	225	114	169.5	160.156 2
67	Univ Florida	178	160	169	168.760 2
68	Univ Heidelberg	179	159	169	168.703 9
69	Univ Basel	178	158	168	167.702 1
70	Univ Munster	231	104	167.5	154.996 8
71	Michigan State Univ	175	155	165	164.696 7
72	Leiden Univ	171	156	163.5	163.327 9
73	Univ Miami	174	152	163	162.628 4
74	Rutgers State Univ	174	152	163	162.628 4
75	Tohoku Univ	172	153	162.5	162.222 1
76	Univ Manchester	175	150	162.5	162.018 5
77	Univ Cincinnati	171	153	162	161.749 8
78	Univ Uppsala	174	150	162	161.554 9
79	Univ Bristol	167	152	159.5	159.323 6
80	Univ Geneva	169	149	159	158.685 2
81	Univ Montreal	178	140	159	157.860 7
82	Univ Tennessee	173	144	158.5	157.835 4
83	Univ Birmingham	172	144	158	157.378 5
84	Univ Alberta	168	147	157.5	157.149 6
85	Univ Glasgow	169	146	157.5	157.079 6
86	Univ Milan	172	143	157.5	156.831 1
87	Univ Copenhagen	164	146	155	154.738 5
88	Rice Univ	161	148	154.5	154.363 2
89	Georgia Inst Technol	165	144	154.5	154.142 8
90	Univ Munich	138	171	154.5	153.616 4
91	Univ Amsterdam	136	172	154	152.944 4
92	Texas AandM Univ	164	141	152.5	152.065 8
93	Univ Hawaii	166	139	152.5	151.901 3

Rank	Univ	h_WoS	h_ESI	h_am	h_gm
94	Univ Groningen	160	142	151	150.731 5
95	Univ Queensland	164	138	151	150.439 4
96	Carnegie Mellon Univ	163	138	150.5	149.98
97	Univ Hong Kong	177	124	150.5	148.148 6
98	Virginia Tech	206	92	149	137.666 3
99	Univ Sydney	160	136	148	147.512 7
100	Univ Melbourne	162	134	148	147.336 3

显然，跨数据源混合 h 指数必然与每个单一数据源的 h 指数强相关，跨数据源混合 h 指数的优势是可以平衡数据源差异，并对 h 指数相同的主体提供个别区分效果，该效果在采用几何平均跨数据源混合 h 指数情形下尤其显著。

在国际性英语数据库中，英语国家的 h 指数等计量指标明显占优，这是一个系统偏差，调节该偏差的方法可以适当选用各种区域语言数据库的计量结果提供综合参考，对此也可采用跨数据源混合 h 指数的思路进行处理。

综上所述，混合 h 指数实算结果表明它们可以用作评价参数，因而提供了独特参考视角。

参 考 文 献

Acs Z J, Anselin L, Varga A. 2002. Patents and innovation counts as measures of regional production of new knowledge. Research Policy, 31: 1069-1085

Bar-Ilan J. 2008. Which h-index? —A comparison of WoS, scopus and Google scholar. Scientometrics, 74(2): 257-271

Blundell R, Griffith R, Vanreenen J. 1995. Dynamic count data models of technological innovation. The Economic Journal, 105(429): 333-344

Hirsch J E. 2005. An index to quantify an individual's scientific research output. Proceedings of the National Academy of Sciences of the USA, 102(46): 16569-16572

Moed H F, Debruin R E, Vanleeuwen T N. 1995. New bibliometric tools for the assessment of national research performance: database description, overview of indicators and first applications. Scientometrics, 33(3): 381-422

Rousseau R. 2006. New developments related to the Hirsch index. Science Focus, 1(4): 23-25 (in Chinese). An English translation is available at E-LIS: code 6376

van Raan A F J. 2005. Statistical properties of bibliometric indicators: research group indicator distributions and correlations. Journal of the American Society for Information Science and Technology, 57(3): 408-430

第 15 章　h 指数研究的知识图谱

自 2005 年 Hirsch 在 *PNAS* 上发表"An index to quantify an individual's scientific research output"一文以来，h 指数迅速成为科学计量学和科学评价学最主要的新兴研究热点之一。Hirsch 的原始论文短短五年内已被引用了 500 余次，这在相关研究领域中较为罕见。

近年科学计量学的另一重要进展则出现在知识图谱研究领域，陈超美（Chen，2004，2006）开发的 CiteSpace 软件使得知识图谱的理论和实践向前迈出了重要一步，引起了国内外学界的广泛关注并开始应用（Henry et al.，2007；Bar-Ilan，2008；Thelwall，2008；侯海燕等，2009；陈立新等，2009；Takeda et al.，2009）。借助 CiteSpace，亦可对 h 指数近五年的研究进行简要梳理。

15.1　数 据 输 入

由于 h 指数出现时间不长，现有相关研究文献一般都会引用 Hirsch 提出 h 指数的原始论文，故 h 指数研究论文集合可由"An index to quantify an individual's scientific research output"一文的被引记录确定。具体做法如下：

（1）在 Web of Science（WoS）中检索 Hirsch 的原始论文"An index to quantify an individual's scientific research output"，检索式为

"标题＝（An index to quantify an individual's scientific research output）

入库时间＝所有年份．数据库＝SCI-EXPANDED，SSCI，A&HCI．"

（2）点击"An index to quantify an individual's scientific research output"的被引次数数字链接，可得到引用了此文的论文集合。

（3）将此论文集合（共计 520 篇论文，截至到 2010 年 6 月 6 日）以及 Hirsch 的原始论文在 WoS 中的记录保存为纯文本格式，在 CiteSpace 中新建项目将此文本集导入。

由以上步骤，可将包括 Hirsch 原始论文在内的 521 篇 h 指数研究相关论文输入到 CiteSpace 中。

15.2 图谱示意

使用前述输入数据,在 CiteSpace 中进行数据演算和图谱绘制,可得到基于共现分析的关键词和研究领域,基于共引分析的重要文献、作者和期刊以及基于合作分析的作者、机构和国家的三组共计八幅图谱,如图 15.1~图 15.8 所示。

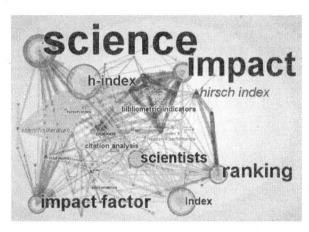

图 15.1 h 指数研究的关键词图谱

图 15.2 h 指数研究的研究领域图谱

图 15.1 和图 15.2 由共现分析(co-occurrence analysis)而得,分别展示了 h 指数研究的关键词和主要研究领域。由图 15.1 可见,h 指数的应用焦点之一是对科学家的科学影响进行排序。尽管在实践中,包括 h 指数在内的引文分析参数常被误用为"质量"测评指标,但关键词图谱显示,学界内部还是较普遍的认为 h 指数主要是"影响"测度。另外,影响因子也出现在图谱中,表明学界在研究 h 指数的过程中,注重了与影响因子的比较,而期刊 h 指数也成为被提及较多的

h 指数应用扩展。图 15.2 较明晰的显示，目前 h 指数研究主要涉及图书情报学、计算机科学和交叉学科等。其中，图书情报学起到了主导作用，而计算机科学的凸显一部分原因是图书情报学重要期刊 *Journal of the American Society for Information Science and Technology*（JASIST）在 JCR 中也被同时归于了计算机科学分类。交叉学科的显示度则主要由 *Nature* 和 *Science* 贡献。另外，物理学、生物学和工程学等领域也有少量相关论文发表。

图 15.3　h 指数研究的重要文献图谱

注：此图谱中未显示 Hirsch 原始论文

图 15.4　h 指数研究的作者图谱

　　图 15.3～图 15.5 由共引分析（co-citation analysis）而得，分别呈现了 h 指数研究中的重要基础文献、活跃作者和主要期刊。图 15.3 列出的文献大多为 h 指数早期文献，这与引文积累需要时间有关。其中，Ball（2005）发表于 *Nature* 的文章 "Index aims for fair ranking of scientists" 虽只是讨论性短文，但对 h 指数的知名度提升起到了重要作用。Redner（1998）刊于 *European Physical Journal B* 的论文 "How popular is your paper? An empirical study of the citation distribution" 研究了引文的幂律分布，亦是一篇被引次数超过 300 次的高影响力论文，并是 Hirsch 原始论文中的六篇参考文献之一，故在图谱中具有显示

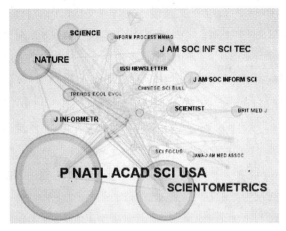

图 15.5 h 指数研究的期刊图谱

度。由图 15.4 可见，很多活跃的当代科学计量和信息计量学家都参与了 h 指数研究热潮。Garfield 虽然没有直接创作 h 指数的研究性论文，但由于他对于引文分析的基础性贡献，也在 h 指数研究中经常性的被提及和引用。现今的 h 指数研究学者的方法范式大致可分为三类：以数理推导为主的 Egghe，Rousseau 等、以实证研究为主的 Van Raan，Bornmann 等以及两者综合的 Glanzel 等。图 15.5 展示了 h 指数研究的主要相关期刊。其中，*PNAS*、*Nature* 和 *Science* 都属于权威综合性刊物，关于 h 指数的研究刊载量不大，但普遍较有影响力。而 *Scientometrics*、*Journal of the American Society for Information Science and Technology* 和 *Journal of Informetrics* 等情报学重要刊物则成为 h 指数研究论文较集中的发表阵地。

图 15.6～图 15.8 由合作分析而成，描述了现今 h 指数研究的合作态势。图

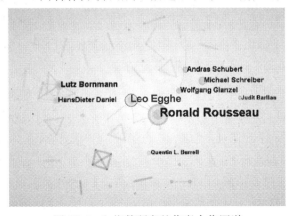

图 15.6 h 指数研究的作者合作图谱

图 15.7　h 指数研究的机构合作图谱

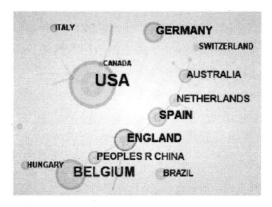

图 15.8　h 指数研究的国家合作图谱

15.6 展示的是 h 指数研究的主要合作作者群体。由该图谱可见，目前大规模的合作群体尚未形成。已有的合作中，主要有 Rousseau-Egghe，Glänzel-Schubert 和 Bornmann-Daniel 三组，都已产出了有影响力的成果。机构合作依赖于作者合作，故图 15.7 的结果与图 15.6 有相似之处。图 15.8 的国家合作分析则显示，主要的科学计量学研究强国都有学者参与了 h 指数研究，特别是欧洲各国之间有较多合作关系，但美国和德国的学者则独立研究居多。值得注意的是，虽然欧洲和亚洲一些国家在科学计量中一直表现活跃，但近年来，大部分的重要原创性成果仍是由美国学者完成，因此，各国均有待进一步加强创新性研究。

参 考 文 献

陈立新，刘则渊，梁立明．2009．力学各分支学科研究前沿和发展趋势的可视化分析．情报学报，28(5)：736-744

侯海燕，刘则渊，栾春娟. 2009. 基于知识图谱的国际科学计量学研究前沿计量分析. 科研管理，30(1)：164-170

Ball P. 2005. Index aims for fair ranking of scientists. Nature，436(7053)：900

Bar-Ilan J. 2008. Informetrics at the beginning of the 21st century-A review. Journal of Informetrics，2(1)：1-52

Chen C. 2004. Searching for intellectual turning points：Progressive Knowledge Domain Visualization. PNAS，101：5303-5310

Chen C. 2006. CiteSpace II：Detecting and visualizing emerging trends and transient patterns in scientific literature. JASIST，57(3)：359-377

Henry N，Goodell H，Elmqvist N，et al. 2007. 20 years of four HCI conferences：A visual exploration. International Journal of Human-Computer Interaction，23(3)：239-285

Redner S. 1998. How popular is your paper? An empirical study of the citation distribution. European Physical Journal B，4(2)：131-134

Takeda Y，Mae S，Kajikawa Y，et al. 2009. Nanobiotechnology as an emerging research domain from nanotechnology：A bibliometric approach. Scientometrics，80(1)：23-38

Thelwall M. 2008. Bibliometrics to webometrics. Journal of Information Science，34（4）：605-621

后　　记

本书是国家自然科学基金项目"h 指数与类 h 指数的机理分析与实证研究"（批准号：70773101）的结题成果。三年来，在课题组成员的共同努力下，本研究取得了总体令人满意的结果。课题组感谢国家自然科学基金的资助，感谢推荐专家台湾大学黄慕萱教授、中国科技信息研究所武夷山研究员、河南师范大学梁立明教授的推荐，中方人员感谢 Dr. Ronald Rousseau 的合作。参加过本项目研究的课题组主要成员有：

马景娣研究馆员，潘有能副教授，韩松涛馆员，程丽职员，博士后张蕊，博士研究生张力、赵星，硕士研究生丁楠、周英博、次仁拉珍、乐思诗、唐健辉、刘永涛、周志峰（同等学力）等，以及部分本科生。

本书在集体研究成果基础上，由叶鹰拟出大纲并梳理完成主要章节，其中第 6 章、第 8 章和第 9 章由唐健辉起草，第 10 章、第 11 章和第 15 章由赵星起草，署名作者三人轮流对各章进行了两轮交叉修改，最后由叶鹰定稿。赵星的研究大多源自在重庆大学攻读硕士学位期间的成果，作者们对重庆大学高小强教授课题组的支持表示感谢。

h 指数是一个经验指数，其发现过程得益于 SCI/SSCI/AHCI 长期数据积累和 Web 化数据库 WoS 的发展，为此，要向 Garfield 和 ISI 致敬。

自 2005 年 h 指数被发现以来，研究文献快速增长，本专著对 2005～2008 年的文献基本采用全面参考策略，而对 2009～2010 年的文献则采取选择性参考策略：如今每个月都有关于 h 指数的研究成果发表在国内外核心学术期刊上，难以一一涉猎，只能选择有代表性的加以参阅，参考文献截至时间为 2010 年 6 月。

已有的 h 指数研究主要包括机理研究、应用扩展和方法改进三个方面，现仍有一些问题悬而未决，例如，在 h 指数的机理方面，目前仍缺乏一致公认的理论解释，一些本质属性也缺乏度量参数而沿用传统参数测度，造成研究局限；在 h 指数应用扩展方面，一部分应用提出后尚缺乏深入的实证研究，具体领域的具体问题还有待明晰和解决；在 h 指数的方法改进方面，现有改进略显零散，一部分改进在可能弥补 h 指数缺陷的同时，又失去了 h 指数原有的简洁普适的主要优点，如何在简洁与深化之间找到平衡，将是今后需要努力的方向。

科学计量与学术评价领域鲜有一个研究对象能像 h 指数这样在发现不久的短

时间内异军突起成为一个热点，h指数的研究或可成为研究科学计量学史中的一个有趣案例并可能给今后的科学计量和学术评价指标或方法研究提供重要启示。首先，新的指标和方法要被普遍接受，应同时具备简洁、普适和稳健三大要点；其次，科学评价指标和方法研究应在机理研究、应用扩展和方法改进三方面综合推进；最后，富含计量信息的简单指标或测度是值得探索的方向，增加测度复杂性应以增多评价信息作为回报。

目前，社会网络、复杂系统、信息可视化等研究也在蓬勃发展，和h指数研究一样形成了具有研究活力的前沿领域，而它们的进一步相互交叉渗透必将引发新的研究问题和研究共识，为科学计量学和信息计量学研究注入新的活力并推进学术评价和启迪学术创新，因此，新的发展值得期待，新的热土有待开拓。

虽然h指数研究已成为信息计量学的一个热点，也值得客观地提醒：任何单一指数或参数提供的信息都有片面性，h指数和其他参数一样只是提供一种折中视角，不能绝对化。作为继CPP之后的又一简单有效的评价参数，h指数有可能发展成为下一代评价参数的核心，因此，h指数和h型指数的研究具有理论意义和实用价值，愿本书能为进一步研究提供有益的借鉴和参考。